スットコランド日記

宮田珠己

幻冬舎文庫

スットコランド日記

スットコランド日記◎目次

春

2008年4月〜6月

2008年4月

4月7日（月）

今住んでいるマンションの窓からスコットランドが見える。

マンションは崖上にあって、崖下にはゆるやかな丘があり、そこは畑が広がってその先に雑木林があるために、その一画を薄目で見ると、スコットランドに見えるのである。以前うちに遊びに来た後輩に紹介すると、あー、まあねえ、と苦笑していたが、スコットランドには牛もいて、ときどき牛糞《ぎゅうふん》の匂《にお》いが漂ってくるのが、いかにもいい感じである。仮に、スットコランドとでも呼ぶか。

今日のスットコランドは、桜が満開。

この景色があるだけでも、ここでの生活は救われている。私は眺めのよくない家には絶対住みたくない。そういう意味で、今後もできるだけ崖の上に住みたい。

4月8日（火）

激しい雨と風。

スットコランドの真ん中に雑木林へ続く道があり、その道の先、雑木林を越えた谷筋にあるスットコ幼稚園に、今日娘が入園した。

入園式で教室に入ると、自分が子どもだった頃、雨の日の教室がどうにも息苦しくてイヤだったことを思い出した。

雨の日は、世界が全部ハリボテになって、自分が書割《かきわり》の箱の中にいるかのように感じていたのだった。辛気《しんき》臭い蛍光灯の光と、粘土の匂い、ぴょーとかいう縦笛の音、そして単調な授業。思い出すだけでうんざりする。今は雨が降っても息苦しさを感じないのは、もう大人になって、どこにでも行きたいところへ行けるからだろう。その気になれば車に乗って、晴れている場所まで行くことができる。大人でよかった。

自分の子どもたちは、あの世界中ハリボテの日を、これから何日味わうことになるのだろう。そう思うと不憫《ふびん》。

入園式が終わって駐車場に戻ると、どの車にも散り落ちた桜の花びらが、何枚も張りついていた。汚れているようでも、それはそれで味わいかと思ったら、置き場が悪かったのか、私の車だけ花びらでなくて、枝みたいなものに覆われていた。

桜、桜、桜、枝。

ナイスボケだ、私の車。

そういえば、学生時代、走行中に突然バッテリーのあがった車をその場に路駐したまま1ヶ月ぐらい放っておいた後、バスに乗って見に行ったら、全身落ち葉に覆われてベトナム戦争の偽装戦車みたいになっていたのを思い出した。

4月9日（水）

「本の雑誌」のニック・ステファノスさんに会う。

次回連載のゲラをもらい、書評する本を撮影用に預ける。

その際、WEB日記を書いてみてはどうかと言われ、これを書き始める。

2日前から書いてあるのは、区切りがいい4月1日まで遡《さかのぼ》ってそこから書こうとしたためで、それが1日じゃなくて7日から始まっているのは、そこまで遡ったけれどあとは面倒くさくなったからである。

しかし、公表する前提で日記を書くのは思った以上に難しい。私がこれまで書いてきた本はどれもエッセイだから一人称で語っているが、たいていの場合自分をやや戯画化して書いているので、ネタは事実でも、本当の自分とはやっぱり違うのである。初めて会った編集者には、本の印象と違いますね、みたいなことを必ず言われるぐらいだ。

だから、この日記は、どういう自分として書くのか、その立ち位置が難しい。とか言いながら、わりと素に近い感じで書き始めてしまった。今後どうなることか。

4月10日（木）

一日じゅう小説を書く。

もうずっと前からとりかかっている小説が、なかなか書きあがらない。

雑誌に書いたことはあっても、いまだ1冊も小説を出版していないので、早いところ書きあげて本にしたいが、これが初めてにしてはずいぶんな長編なのだった。普通は最初に短編集でも出してこなれてから長編にとりかかるのが一般的かと思うが、私はどうにもこの話が書きたいので、最初から長くなってしまった。おまけにそれだけ書いて必ず出版されるという保証はどこにもないのだ。

それなのに、エッセイ本を書き下ろさないかという、本になる保証付きの依頼まで断ったり後回しにしたりして、書いている。経営戦略としてどうかと思う。

まあしかし、かっこつけるわけではないが、自分の人生のハンドルを握るということは、そういう保証のないことをこそやるということだろう。先の見えない仕事こそ、やるべし。なんて、エラそうなことを言いながら、ふと気がつくと、パソコンでソリティアをやってたりするのは、何の呪《のろ》いであろう。

4月11日（金）

一日、仕事場。

だんだん暖かくなってきたし、今日は久々に冷たいお茶を飲もうと思い、冷蔵庫を開けてペットボトルからマグカップにお茶を注いだら、そのペットボトルにまりも状の未確認物質が入っていた。ぼんわりと丸く、丸いけど輪郭の滲《にじ》んだ何かが、ペットボトルに残ったお茶のなかで雲のように弾んでいた。あわてて流しに捨てる。も、ペットボトルの口をなかなか通らないほど大きい。去年の夏から育ち続けていたようだ。残りのお茶も全部捨てて、うっかり飲まなくてよかったと胸をなでおろす。

その後しばらく机に向かい、それについてそのまま忘れてしまって、ふとまた何か飲もうと流しへ行ったら、排水口のゴムパッキンの上に、浜に打ち上げられたクラゲみたいなのがいて、おおっ、とうろたえた。すぐに思い出したけれども、どういうわけかさっきより少し大きくなっていたのも不気味だった。

4月12日（土）

娘を寝かしつけるとき、なぜだか知らんが彼女は私の股間で寝たがる。私がこころもち足を広げて、そこにできる三角形の中で眠るのである。そのとき私の股間を枕にするので、偉大なる私がゴリゴリして痛い。父として我慢のしどころである。

アマゾンで頼んでいたベルトルト・ラウファー『飛行の古代史』（博品社）届く。

4月13日（日）

子どもを連れて府中市郷土の森公園のプラネタリウムへ行く。一度来て、ハマり、今回2度目。産経新聞で書いているサブカルに関する連載で書くつもりで、取材も兼ねて。

今まで、プラネタリウムなんざしゃらくさいと思っていたが、最近は星を見せるだけでなく、全天スクリーンでCG映像を見せるので、それがリアルで癖になりそうである。ああっ、飛んでる飛んでる、って本当に宇宙を旅しているような感覚。遊園地によくある、スクリーンの前で椅子が動くライドなんかよりはるかにリアルだ。

「ねえ、これホントに動いてんの？」と息子。

「一回動いたよね」と娘。

「ああ。今度これに乗って大阪帰ろう」

「え、これで帰れんの？」

「…………」

「ねえ、これでホントに帰れんの？　ねえ」

言ってみただけだ。聞き流せ、息子よ。


帰りに、息子がどうしてもボウリングしたいとごねるので、1ゲームだけやることにする。ボウリング場内に入った瞬間、場内にカコーン、カコーンという音が響いていて、虚《むな》しい気分になる。なぜカコーンが虚しいのか考えるに、あの景気のいい乾いたカコーンは本当は大空が似合うのに、窓もない屋内に閉じ込められているからではないか。

大空に届かぬカコーン。

4月14日（月）

ラジオの収録で自由が丘へ。

約束より1時間半ぐらい早くスタジオ前に着いてしまい、まさか今から入っても迷惑だろうから、自由が丘を歩く。

午後に何かひとつ予定が入ると、その日一日仕事する気がなくなってしまうのは私の悪い癖で、かといって何か他にしたいこともないから、途中寄り道しながらだらだら行くつもりでさっさと家を出たはいいんだけど、とくに寄り道したい所が見つからないまま、超前倒しで現地着。ということが多々ある。

自由が丘には、初めてかもしれないので、散策しがいがあると思って来てみたが、建物ばかりで見るところがなかった。こんなに込み入ってて空が小さくては、住んでる人もきついだろう。なんて、くさしながらも、清潔でのんびりできそうなカフェがあれば、それはそれで入ってみたくもあり、うろうろする。だが結局、九品仏《くほんぶつ》の浄真寺参道ベンチで、コンビニで買ったペットボトルを飲んでカフェのかわりにする。こういうことも多々ある。

ラジオは、バイオリニストの葉加瀬太郎氏の番組にゲスト出演。

葉加瀬氏は、私の本を読んでくれていた。以前有名な芸能人のラジオに出たとき、まったく読んでないのがその話しぶりからわかってしまい、しかも会話もいかにも仕事だから話しているのが感じられて、グレそうになったことがあったが、葉加瀬氏は私の話に、くだらねえー、なんて笑いながらツッコんでくれて、感激である。おかげで話はますますくだらないほうへ流れ、充実した。

年を聞くと自分より下だった。意表。貫禄で全然負けている。

考えてみると、これまで貫禄で誰かに勝ったことなど一度もない自分なのだった。

4月15日（火）

朝日新聞夕刊に高野秀行さんと連載している往復書簡の原稿書き。締め切りはまだ1ヶ月ぐらい先だが、短期連載なので、さっさと全部書きあげてしまおうという魂胆。

4月16日（水）

午前中は、持病のため定期的に通っているかかりつけの病院へ。

ついでに少し寄り道して、南阿佐ヶ谷の書原へ行ってみる。むかし阿佐ヶ谷に住んでいたことがあり、当時何度も通った本屋である。こだわりのある本を多く置いているので気に入っている。

『西国坂東観音霊場記』金指《かなさし》正三校註（青蛙房）を買った。最近、寺や神社の縁起話が気になっていて、これは西国と坂東の三十三観音霊場の縁起が全部載っているという、まさにそのものズバリの本。

縁起話が気になるようになったのは、3年ぐらい前、大阪岸和田の蛸《たこ》地蔵で、すごい縁起絵巻を見せてもらったのがきっかけだ。それは、海から現れた蛸の軍団が、墨を光線のように吐きながら雑賀衆《さいかしゅう》と戦うという冗談みたいな内容で、そのSF的馬鹿馬鹿しさにしびれたのだった。考えてみれば、国宝の「信貴山縁起絵巻」でも、鉢が米俵を乗せてUFOみたいに空を飛んだりしており、国宝↓UFOという落差に心打たれる。私はそういう権威のあるもののなかに混じる腰砕けなものに惹《ひ》かれるという込み入った嗜好がある。ひまなときにこの本をチビチビ読んで、突拍子もない話を探そうと思う。

午後は散髪。美容師さんの話によると、白髪はたいてい右側に多く生えるそうだ。理由はわからないけれど、経験上統計的にどうしてもそうなのらしい。利き腕か何かの影響だろうか。今後人に会うときは、なるべく左側から接近しようと思う。

その後また、近くの本屋で本を買う。総額で1万円超えれば無料で郵送してくれると思い込んで、この際だからとドカドカ購入したところ、無料なのは1万5000円からと言われ、今さら5000円買い足すのもしゃくで、泣く泣く重たい本を持って帰った。

買ったのは、サビン・バリング＝グールド『ヨーロッパをさすらう異形の物語（上・下）』（柏書房）など。

4月17日（木）

寝坊。朝起きて、めし食って、いざ仕事場へ出かけようとして、マンションの前で幼稚園バスから降りてくる息子と娘に出くわす。他の子のお母さんに、今からお出かけですか、とうらやましがられる。いや、うらやましがられたのではないのか。

仕事場に着いて、小説書き。

突然携帯が鳴って起こされる。

いつの間にか寝ていた。

電話はいつもお世話になっている某雑誌の編集長ジョン・カーターさんからで、朝日新聞に連載中の往復書簡の感想。もっと弾けたほうがいい、とアドバイスをいただく。ジョン・

カーターさんはいつも私を気にかけてくれてありがたい。と同時に、ちょっと凹《へこ》む。

自宅に戻ってから妻に、ジョン・カーターさんにおとなしすぎるって言われたよ、と報告すると、妻にも、わたしも読んでそう思ったとダメ押しのように言われ、ますます凹む。ジョン・カーターさんの段階では、よし次はがんばろうという気持ちだったのが、夕方には暗黒星雲に覆われたような気持ちに。

4月18日（金）

往復書簡、書き直し。

娘が、早くも幼稚園バスの中でよその子を泣かせた。一緒に通園している息子によると、「〇〇ちゃんの鼻の穴に指突っ込んだ」とのこと。ウケると思ったらしい。

娘は、性格がおてんばというか、天真爛漫《らんまん》というか、まあかわいく言えばそうなのだけど、実態はそういう純真無垢な感じというより、ウケを狙うタイプであって、家でもよく変な顔をあれこれ試したり、おちんちんナントカ！　とか叫んだりしている。たぶん鼻の穴に指突っ込んだのは、彼女なりのサービスだったはずだが、〇〇ちゃんには理解されなかったのだろう。

4月19日（土）

息子のサッカースクールを見学に行く。

自分からスクールに通いたいと言ったくせに、息子は潑剌《はつらつ》と楽しんでいるように見えなかった。なんとなく取り残されているようでもある。友だちのH君やT君はコーチに筋がいいなどとほめられていたが、息子は何も言われなかった。

シュートをはずしては天を仰ぎ、ああ、もういいや、どうだって、とふてくされた態度で歩く姿を見ていると、うりゃあ、もっと本気でぶつかっていかんかい！　と男親として苛立《いらだ》つけれど、なんだか息子にすまないという気持ちも同時に湧《わ》いてくる。

息子はサッカーがしたいんじゃない。ただ友だちと走り回りたかっただけなのだ。そしてそれができる場所が、サッカースクールしかなかったのである。

これまでの人生で一番楽しかったのは、友だちと近所のドブで遊んだこと、と息子は妻に言ったそうだ。家族旅行で海とかキャンプにも連れて行ったのにドブかよ、と思うものの、自然のなかで友だちと無茶苦茶したいという気持ちが満たされたのは、きっとそのドブだけだったのだろう。

そのあと妻はまたドブへ連れて行ったようだが、ほかの子たちはみな二度とだめと言われたらしく、2度目のドブに入ったのは息子ひとりだったという。物足りなく、虚しかったにちがいない。

そんなことを思いながら、ずっと息子のシュートを見ていた。

4月20日（日）

子どもたちを連れて、宮ヶ瀬ダムにあるあいかわ公園へ遠出した。

自宅から車で1時間以内に行ける大きな公園は、もうほとんど行き尽くした。同じ公園に何度も行くと、子どもからクレームがくるので、遠めの公園でも、面白そうな遊具があったり評判がよかったりすると、行ってみるようにしている。あいかわ公園には、迷路型の遊具があり、息子も気に入ったようだ。迷路好きの私にも響くものがあった。しかし大人になって子どもの遊具で遊ぶと、乗り越えるところはいいが、しゃがんでくぐるところが邪魔くさい。

天気は曇りがちでときおり小雨が降ったが、木々がいっせいに芽吹いた山は、もこもこと明るく、空気を入れて膨らましたかのようだった。少しぐらい雨に濡れてもそれがどうしたと、おおらかな気分になった。

4月21日（月）

一日じゅう、仕事場で小説を書く。

4月22日（火）

平塚市美術館まで、はるばる電車を乗り継いで、村田朋泰《ともやす》展「夢がしゃがんでいる」を観に行く。

以前、六本木の国立新美術館でチラシを見て、これは是非行こうと思ったのだった。チラシには「夢の観光地　三ノ函《みのはこ》半島一泊ツアー」とのコピーがあって、三ノ函半島とは「かつて世界が三つの函だった頃の面影が今でも色濃く残る場所」なのだそうだ。世界が三つの函だった？　なんだかわけわかんなくて素敵だ。そういう、架空の場所を立体的に紹介するという企画が、私の〝架空の場所〟フェチ心を、強く揺さぶる。そもそも半島という言葉だけで、すでに私は萌えた。

内容も期待にたがわぬ架空の場所っぷりで、立体アニメーション作品も素晴らしかった。休憩用のベンチのところに置かれてあった巨樹のジオラマにも心惹かれた。自分もいつか、架空の場所を多角的に表現するような小説を書いてみたいと思った。ただ、昨今の〝架空の場所〟は、昭和のノスタルジーに引きずられすぎではないかという感じが少しあった。

美術館を出たあと、せっかく平塚まで来たのだから海でも見に行こうと駅の南側へ出たら、地図では近いくせに海なんかどこにも見えず、気持ちがくじけそうになった。ところへバスが来て、西海岸行きと書いてあったので、それに乗った。西海岸は知らないが、海岸であろう。

窓に流れる風景を見ていると、ああ、もうなんか、自分が今関東の一画に住んでいるのは、違うのかもしれない。もうじっとしていられない、という気持ちがした。

西海岸に到着してみると、そこは黒砂の海だった。湘南や三浦の海は、砂が黒くて今ひとつパッとしない。関東の海はやっぱり自分にはしっくりこない。上空をパラプレーンがブウウウウと飛んでいた。私もああいうので空を飛んでみたいが、妻に禁止されている。

4月23日（水）

妻が息子の遠足に付き添いで出かけ、娘は幼稚園へ行って、朝っぱらから家にひとりになる。なんとなく解放感。

家の窓からスットコランドを見ると、季節はぐんぐん加速していて、つい先日まではピンク色が優勢だったのに、今は大部分が黄緑になっていた。

そういえば子どもの頃、黄緑とピンクの組み合わせがなまぬるくて嫌いだったことを思い出す。そうか、黄緑とピンクは春の色だったんだな、と今さらにして気がついた。たしかに子どもの頃の私は春が嫌いだった。夏や冬のようなシャープさに欠け、秋の凜《りん》とした空気感もないから。

その気持ちはたぶん今も変わっていないはずなのだが、おっさん化により、体のほうはなまぬるさを求めているようで、気がつくと春を喜んでいる自分がいる。いつしか黄緑とピンクの組み合わせにも抵抗がなくなっていた。

ちなみに、むかし好きだった色の組み合わせは、白と緑と紫の三色が、渦を巻いているというもの。今は全然ピンとこない。

4月24日（木）

知人から抗うつ剤を飲み始めたというメールがきて、え、あの人がうつ？　と意外に思うと同時に、あの人がうつなら、私なんかもっとうつだろうと思った。昼間なかなか仕事できないのは怠け病かと思っていました、と書いてあって、なに怠け病？　そういうことなら私もまず間違いない、と確信のようなものを得た。

この日記を書くにあたり、作家の日記をいくつか読んでみて、結局面白いのはうつの人の日記だと思ったのは、自分もそうだからなのかもしれない。

私がこれまでに読んだ日記文学ベストワンは島尾敏雄『日の移ろい』（中公文庫）である。

ところで、唐突に思ったのだけれど、よく芸能人なんかが、むかし虐《いじ》められっ子だったなんてカミングアウトすることがあるけれど、あれにはどうにも鼻白むものがある。

なぜなら、そんなのは私だって同じであり、たぶんAさんもBさんもCさんもみんなそうだからである。若いときは、程度の差はあれ、誰でも自分は虐められている、不当な扱いを受けていると思っているもので、なおかつ、みな実際に虐められてもいるのであって、大人になって平気でカミングアウトできるぐらいなら、そんなのは特別視するに当たらない。むしろ、自分は虐めっ子でもあったはずだ、と認識するほうが大事だと思うのだがどうか。

4月25日（金）

福知山線脱線事故から3年。

追悼慰霊式があったことを新聞で知る。

事故に遭遇しながら、幸いたいした怪我もなく、精神が鈍感なせいか、PTSDのような症状も出なかった私だけれど、今でも電車は前3両には決して乗らないようにしている。どういうわけか、いまだ電車より、飛行機のほうが怖い。

健保の健康診断の申込書が自宅に届いていて、単に申込書がきたというそのことだけで、なんとなくビビる。飛行機と健康診断には、平然と対処できない。

今朝、娘が幼稚園に行きたくないと泣いていた。虐める子がいるから、とのこと。そのせいで、仕事場へ行っても、ついつい子どもたちのことを考えてしまった。

4月26日（土）

仕事場へ行って、今後のことを考える。新たな連載の依頼がきていて、それは大変ありがたいのだが、ギャグエッセイは最近あんまり書く気がしない。それより今書きかけの小説に没頭すべきではないか。

目先の金欲しさで、つい引き受けてしまい、毎月それを書くのに予想以上の時間がかかって、ますます小説の完成が先送りにされるという未来図が容易に頭に浮かぶ。決して安請け合いはすまい、と断るつもりで編集者に会い、会った瞬間に、このたびは本当にありがとうございますと、サラリーマン風の笑顔で快く引き受けている自分が見える。受注できるものは何でも受注しておこうというさもしい癖は、むかし取った杵柄《きねづか》というべきか。

あーあ。

ガタガタ言わんと、あっちもこっちも全部まとめてどーんと書いたらんかい！　という謎の声が、プレアデス星団の彼方から聴こえた。

4月27日（日）

妻と息子と娘が、息子の足の向くまま、どこにでもどこまでも歩いていく散歩に出かけた。

私はひとり仕事場で仕事をしながら、歩いていける範囲などたかが知れていると思いつつも、ひょっとしてホビットの村とかナルニア王国とかに行ってるかもしれない、自分もついていけばよかったと後悔した。

さらに突然、頭にクイッサス・ハデラッハという言葉が浮かび、それがいったい何なのか思い出せず悶々《もんもん》とした。仕事場には、うっかりネットサーフィンなどしてしまわないように敢《あ》えてインターネットを引いていないため、家に帰って早く調べたくなった。そんなこんなで全然仕事に集中できなかった。

一応、先日のプラネタリウムのことを新聞連載用に書いたが、プラネタリウム凄《すご》かった、という単なる素人《しろうと》の感想になってしまい、頭を抱えた。しかしいくら考えても、それ以上べつに言いたいことはなかった。そのまんま送ろうと思う。

帰宅後、クイッサス・ハデラッハを検索したが、インターネットはそんなもん知らんとのこと。

4月28日（月）

Q社編集のテナーさんと吉祥寺で連載の打ち合わせ。

ギャグ紀行エッセイなら勇気を出して断ろうと思っていたのだが、取材費をくれるというので、心グラグラに揺れる。

「でも、海外に行くとなると、少なくとも一回ン万円ぐらいはどうしてもかかりますよ」

「ええと、ン万円ぐらいまでなら、なんとか出せるんじゃないかと思います」

え？

心、倒壊する。

しかも、ギャグにそこまでこだわらなくていいと言われ、そんな自分でも赦《ゆる》されるのかと、大きな光に包まれたような、ほとんど洗脳されたような脳波状態になり、気がつくと、言われるがままに、床の間に置くと運勢がたちどころに上向くという壺《つぼ》を購入していた（ウソ）。

さっそく検討に入る。

もしこれから紀行エッセイをやるとなると、何をテーマにするべきか。これまでのように、ジェットコースターだの巨大仏だのベトナムの盆栽だのといった、好きなモノ、気になるモノを追いかけて書くスタイルに少々食傷気味なので、少し違った観点でやってみたい。それについては実はアイデアがあるのだが、いまだ焦点が曖昧《あいまい》な感じで、よし、これでいける、というところまで煮詰まっていない。形のうえでは、中国や台湾、韓国そして日本といった漢字文化圏をめぐる旅なわけだけれど、そこでこんな旅をしたいというイメージを、言葉でうまく表すことができないのだ。強いていえば、ある種の風景を探す旅だが、その、ある種の風景とはどんな風景なのか、が言葉にできないでいる。写真家なら、こういう感覚をうまくすくいとるんだろうな。

そうだ、そういうことなら、急遽《きゅうきょ》恵比寿の東京都写真美術館へ行って場の雰囲気にのまれ、自分のクリエイティブセンスまで上昇したかのような錯覚をテコに、じっくり考えてみようと思ったら、着いてみると館内が真っ暗で、定休日の札が立っていた。シャットアウト。

こざかしいことグダグダ言ってないで、文化的考察とか、役に立つ情報とか、現地の人々とのふれあいとか一切なく、読んだ人が、これ現地行ってないでしょ、と思うほど、中身スカスカの究極的にくだらないおバカ旅行記を書け、というお告げではないか。

Don't Think! Eeeeeeel.（考えるな、うなぎだ）

ところで、昨日のクイッサス・ハデラッハは、クイサッツ・ハデラッハではないか、と「本の雑誌」のニック・ステファノスさんに指摘され、調べてみたところ果たしてそうであった。映画「砂の惑星」に出てくる救世主の名前である。ずっとむかしに観たのだが、妙な語感により、意味は忘れても単語だけ私の深層にもぐり込んでいたようだ。ニック・ステファノスさん、なぜそんな瑣末《さまつ》すぎるネタを知っているのか。侮れん。

4月29日（火）

ゴールデンウィークをどうするか。というのは、毎年悩ましい問題だ。

物書きに休日も平日も関係ないし、そこらじゅうの観光地が混雑しているときにわざわざ出かけるのもアホらしいのであって、私としてはゴールデンウィークこそあくせく働き、世間があくせくしているときに休みたいわけだけれど、現在子どものカレンダーがわが家の法なので、法に則り今日は海へ行くことに。海のそばで生まれ育った妻は、いつも海が見たい海が見たいと念仏のように唱えており、いい加減ガス抜きしなければまずいことになりそうな危機感もあった。

関係ないけど、妻の記憶にある海は、砂浜にカブトガニがごろごろしていたというから驚く。ほんまかいな。

博多の近くなのだが、昭和の時代にそうだったということは、元寇《げんこう》の頃はカブトガニで埋め尽くされていたであろう。去年、興味があって元寇に関する本をたくさん読んだが、モンゴル軍がカブトガニを蹴散らし蹴散らし上陸したとか、竹崎季長《すえなが》がとっさのアイデアでカブトガニを盾にして難を逃れたグッジョブ、みたいな記述がまったくないのはどういうわけであろう。一度「蒙古襲来絵詞」にカブトガニが描かれていないか、じっくり見てみたいものだ。

　さて、日帰りなので、家からあまり遠くない海ということで、大磯まで車を走らせる。

　途中、川の上に夥《おびただ》しい数の鯉のぼりが揚げられているのを見た。それだけでも印象深かったが、その川の横に、忽然《こつぜん》とひとつだけ高層マンションが建っているのがなんとも奇妙だった。それがまた共産圏のアパートのような色合いで、昔マケドニアの首都スコピエでホテルを探したときの光景が頭の中にフラッシュバックする。そういえば以前ここを通ったときは、川原にデコトラが大集結していて、宵闇にビカビカ光っていた。まるで宇宙を見下ろしているかのようだった。そういう、非日常に突然引きずり込まれるような風景が、私は好きだ。

　やがて海に近づくと、なんと、こないだ平塚からバスで行った西海岸に出て、1週間の間にこんなところに2度も来たか、とおかしくなった。

　そうして大磯のビーチで子どもを遊ばせた帰りしな、今度は行きとは違うルートで帰ったところ、いい感じの川原があったので、車を停めて散歩した。たいして広い川ではなかったけれど、対岸に緑の丘陵が低く連なり、川原には菜の花が咲いて、宮沢賢治の命名した北上川のイギリス海岸がたしかこんな景色だったと、旅情豊かな気分になる。

　川原で数家族がテントを張っていて、みな顔はおおむね日本人なのに、スペイン語かポルトガル語をしゃべっていた。露出度の高い服を着たおばちゃんが、旦那の膝《ひざ》に座っている。

さすがラテン系、その年でそんな格好で旦那の膝に座るか、と感心しつつ、広場でゲートボールをやっているほうをちらっと見たら、ゲートボールでなくてペタンクだった。旅情豊かすぎ。どこなんだ、ここは。

マケドニア→西海岸→イギリス→南米？

一日で世界一周したような、そんな昭和の日であった。

4月30日（水）

娘泣き喚《わめ》き、幼稚園登園を頑として拒む。妻、それを胴上げのようにワッショイワッショイと幼稚園バスに放り込む。

4月は、そこらじゅうで、似たような光景が繰り広げられているようだ。制服に着替えない子どもを、制服ごと投げ込んだりする親もあるらしい。バスの中には自動的に制服を装着させる機械があるのだ。

そんなわけで、園バスの窓から、ピンク・フロイド「アナザー・ブリック・イン・ザ・ウォール　パート2」が大音量で漏れ聴こえてくるような、のどかな朝であった（ウソ。本当は、心張り裂けるようだった。がんばれ、娘！）。

伝書鳩が鳩の帰巣本能を利用しているのだとすると、返信はどうするのかという点が突如気にかかり、アマゾンで黒岩比佐子『伝書鳩　もうひとつのＩＴ』（文春新書）を購入。同様に、温泉につかる雪国のサルは、温泉を出た後どうしているのか、という点も前々から気になっていて、冬のニュースでサルの映像が出ると熱心に見る。しかし、温泉をあがった後のサルが映ったためしはない。全身ずぶ濡れで、暖房もタオルもないのだから、凍死は免れないのではないか。大丈夫か、サル。気になる。

２００８年５月

５月１日（木）

一日、仕事場。

エッセイ8枚ＵＰ。

なんか知らんが、ドロップアウトしたいと、ふと思う。しかし、すでに私はサラリーマンからドロップアウトした身なのであった。これ以上ドロップアウトして、いったいどこへ行こうというのか。

ドロップアウトの2乗。

5乗ぐらいまでは行けそうな気がする。

5月2日（金）

高野秀行さんと往復書簡の打ち合わせ。

打ち合わせのあと、今仕事ぬきで一番どこへ行きたいかという話になる。

私はイエメンとかシベリアとかアイスランド、パタゴニアあたりに行きたいと話した。

高野さんは「僕はバルカン半島ですね」と言う。ユーゴスラビアがバラバラになってしまったのが残念だそうで、なんとかあのへんのチマチマした国をひとつにまとめたいと壮大なことを語っていた。ただ、よく聞いてみると、博愛精神とは関係なく、地図がチマチマしているのが嫌、みたいな理由のようであった。さらに旧ソ連が分裂して、ベラルーシとかウクライナとかになっているあたりも気になるとか言っていた。なんのこっちゃ。

そのあとでふと「ああ、仕事ぬきなら単純にヨーロッパを旅行してみたいかな」と辺境作家らしからぬことを言い、そういえば自分もそうだなと思ったので、お互い実はミーハーであることが判明した。

高野さんとは、紀行本ばかり書いてきたこと、日常的な事柄に興味がなく、日常エッセイや自伝エッセイみたいなものを頼まれても筆が走らないこと、などが共通していて、同志だと思っていたが、さらに新たな共通点が見つかったわけである。

高野さんと別れ、ひとり渋谷に出て、映画「非現実の王国で　ヘンリー・ダーガーの謎」を観る。17歳のときに長大な物語を書き始め、81歳で死ぬ直前まで書き続けた、アウトサイダーアートの天才、ヘンリー・ダーガーをめぐるドキュメンタリー。

何よりその持続力に驚く。本人はよほど現実が苦しかったのだろう。数百枚はあるという挿絵は、どれも微妙な色合いでセンスを感じたけれど、ストーリー自体は、あらすじを知った限りでは不毛な感じがした。不毛も何も突き抜けて、絶対零度というか、まるで温度がない。私には何ひとつ共感する要素がなかった。

帰りの電車で、ジョージ・R・R・マーティン『タフの方舟2　天の果実』（ハヤカワ文庫）を読んだところ、人口が増えすぎて食糧危機に陥る惑星が出てきて、暗い気持ちになる。

温暖化、食糧危機、エネルギー危機などなど。常に心の底に流れる滅亡の予感が、むくむくと頭をもたげてくる。遅くとも自分の子どもたちが生きている間に、全地球規模のカタストロフがくるのではないか、という不安。数年前、それにやられて1年近くノイローゼっぽかったことがある。たしか『ウはウミウシのウ』を書いていた頃だ。なにしろそこらじゅうの海で珊瑚《さんご》が死んでいたのである。怖くならないほうがどうかしている。あのときは、いっそどこかの人口密集地帯に隕石《いんせき》でも落ちないものか、日本以外の、などと黒いことを考えたりもして、フォースの暗黒面に落ちそうになっていたのだった。あの黒いあれが復活しないよう、深く考えないことにする。

5月3日（土）

今日から世間は4連休。

午前中、雨。

車で買い物に出かけ、家具屋でヘリウムガスの入った風船をもらった。車の中に浮かべて走ると、窓からの風でそれがめちゃめちゃに暴れて、子どもたちに大ウケ。もっともっと風船を満載して走れば、さぞ愉快にちがいない。

窓からカラフルな風船を次々と空へ放ちながら、走り去る車。見ているうちに、なんだかヘンな形の風船とか、あり得ないほどでかい風船とか出してきて、沿道から、おおお、なんて声があがる。子どもたちが車を追いかけていくが、そのうち風船の浮力でふわふわ浮き上がり、森を越えて飛んでいってしまう。空に昇っていく風船の列だけが、蒸気機関車の煙のようにいつまでも見えている。……なんて、メルヘンな光景を想像する。

午後になって雨あがる。

雲間に青空がのぞいて、道路脇の木々が、みずみずしく輝いた。光と湿気が、熱帯の島に来たかのよう。温暖化という言葉が頭をよぎったが、そうではなくて、5月はむかしから夏だったのだ。すかさずコンビニでジュースやらスナックやらを買い込み、公園に車を停めて、夏の気配を満喫する。息子がはしゃいで水たまりのなかを駆け抜け、妻に怒られる。きっとこの先、温暖化したって、夏は無条件にうれしいにちがいない。

5月4日（日）

道志川のキャンプ場でバーベキュー。

子どもの幼稚園仲間の家族6組で、大挙して出かける。

キャンプ場は満員で、まるで駐車場のようだった。駐車場でバーベキュー。いっそ今なら都心の駐車場でバーベキューしたほうがのびのびするのではないか。

それでも、上を見上げれば新緑の山が目にまぶしく、常に仰向いていればなごむことを発見した。今度またゴールデンウィークじゃないときに、来てみたい。

自分では、バーベキューなど、準備も後片付けもすべてが面倒なのでまずやらないが、今回はそういうことが好きなお父さんがひとりいて、キャンプ場の選定から場所取りからほとんどおまかせで助かった。燻製《くんせい》たまごなんか作ったりして、頼もしいことこのうえない。子どもたちもおおはしゃぎで、そういうバーベキューなら今後もぜひ行きたいが、行くも行かないもその人次第である。

他力本願もいいところであるが、私は自力でバーベキューなんかしてるひまがあったら、その時間を、川に石を投げてピョンピョン跳ねさせたり、上流から何かを流してそれを石で狙ったり、川原に溝を掘って水を別ルートへ誘導し、おお、ダムが決壊しました、とか言ってみたり、それをまた足で意味なく塞《ふさ》いでみたりして、有意義に使いたい。

しかし今日のところは、他の大人たちが働いているのに自分だけ有意義では申し訳ないので、カメラ係を買って出て、自分の子や他人の子たちを、バシャバシャ撮影した。

バーベキューのお父さんと、B型の話になる。なんでも今、B型に関する本が出ていて、その内容がよく当たっているのだそうだ。そのお父さんと私はB型であった。

そうやって牧歌的な話をだんだんするつもりだったのに、気がつくと、その人の奥さんと私の妻が参入して、B型がいかに人の話を聞いていないか、という話に方向転換させられていた。納得いかない。

妻は、こういうことがあった、ああいうこともあったと、声高に訴えたが、身に覚えのないことばかりである。そんなことあったっけ？　と軽く反論してみたが、ほら、というように覚えてないでしょ、とたたみ込まれた。大失敗。

反論は相手の思う壺、という鉄則を忘れていた。

5月5日（月）

何日も続けて休んでられないので、仕事場へ行ってパソコンを開いたところ、突然何の超自然現象であろうか瞬間移動が起こり、気がつくとロンドンの駅前にいた。

日本人家族の経営するカフェがあって大人気。山水の庭があって、私は、何かネタになるのでは、と思って調べていた。小さな池にいろいろな生き物の骨格が沈んでいる。

経営者の奥さんが、うちの子がいつもお世話になっていますと言うので、いえいえお世話になっているのはこちらのほうです、と反射的に答えた。しかしどうやらそれはそばに腰掛けた年配女性に言ったらしいと気づき、うっかり返事なんかして恥ずかしく思う。

それから日本人の青年が話しかけてきて、自分はやりたいこともなく、こんな場所をうろうろしているのだが、それをある人に軽蔑されていると言うので、人生そんな時期もあるよ、となぐさめる。若者は、気安くなって、実は一目惚れした女の子がいるのだと言い、その子も日本人旅行者で同僚とロンドンに来ているのだと耳打ちした。同僚と旅行中なら、すぐ日本に帰るだろう、しかもロンドンにいるということは、今日明日に帰ってもおかしくないと言ってやると若者は固まってしまった。

ところがそれは時間かせぎで、しばらくするとその店が日本人の集会場になり、若者が壇上にあがった。リーダーだったらしい。同僚と旅行中という女の子（緑色の服）も集会に参加していて、どうやらだまされたと思う。すぐに立ち去ってもよかったのだけれど、立ち上がるのが面倒くさい。食事が出たが、借りを作らないよう食べなかった。

参加者が適当に指名されて何か話をする。話の内容から集会の目的を探ろうとするものの、みなとりとめのない四方山話《よもやまばなし》。

年配のおっさんが指名された。サソリ駆除の専門家だという。サソリを殺すにはこれを使う、と平たいソリのようなプラスチック容器を取り出した。ふたがふたつあって、こっちのふたにAの気体、こっちのふたにはBの気体を入れ、それが混じるとサソリを殺す。原理はそうだが、このBに残った気体がいい仕事をするのだ、と語った。何か教訓くさい話をするのだろうか、B気体はいったいどんないい仕事をするのだろうと、続きを待っていたが、別の人が指名されて、その話は終わってしまった。

私はいつの間にか色鉛筆をたくさん手に持っていて、その芯がバキバキ折れている。もうすぐ自分も当たるのかな、もし当たったら、リーダーがそちらの緑色の服の女性に一目惚れしたというので、すっかり信じてしまいました、と笑いでもとろうか、と考えている。

そこで目が覚め、日本は夕方だったので、うろたえる。時差の関係か。

わざわざ子どもの日に仕事場へ出かけて1行も原稿書いていないとは言えないので、いかにも丸一日仕事していたかのような、なにくわぬ顔をして家に戻った。

そういえば帰宅途中の本屋で、昨日話題になったJamais Jamais『B型 自分の説明書』(文芸社)を見つけて立ち読みした。すると、

□行事とかイベントで、なんかいつもカメラ係。

と書いてあり、驚いた。ほかにも、
□なんかものぐさ。(使い切ったトイレ紙の芯は床にポイ)
も当たっている。トイレットペーパーの芯問題は、まさにいつも妻に注意されていることだ。
□店内にいるとき、悪いことしてないのに挙動不審。
おお、まさにそれは私のことではないか。さらに、
□絶叫マシン好き。
とまで書いてあり、買うことにする。
□欠点を指摘されて一応悩んでみるけど、直す気はさらさらナイ。
その通り。
□自分では大爆笑のネタが人にはウケない。
頭抱える。

5月6日(火)

早く目が覚め、朝8時に家を出る。

打ち合わせを兼ねた昼食会に行こうとして、上半身裸であったことに気づき、急いで会社へ戻るが会社が見つからない。という夢を見たが、昨日も夢のことを書いたので、詳しくは割愛する。

朝8時に家を出たのは現実。

外は快晴だった。

仕事場へは、自宅から片側2車線の広い通り沿いをまっすぐに15分歩いていくのだが、今日はどういうわけか見慣れた道が、いつもと違って見えた。どこかの南国の離島に来たような気分。

天気がいいから、建物の壁が白く弾けて、それが南島っぽく見えるのかと思ったが、どうやらそれだけではないらしい。車が走っていないのだ。ガソリンスタンドから流れる音楽が、心地よく聴こえる。いまだゴールデンウィークであること、朝早くて街が目覚めきっていないこと、そしてガソリンの暫定税率が復活したばかりで、ガソリンスタンドに車がいないことに加えて、雲ひとつない青空の作用が、風景を離島に変えたのである。おかげでなんとなく心騒いで、紀行エッセイを書きたい気持ちが盛り上がった。

半日かけて書評連載の原稿UP。

5月7日（水）

連載原稿をふたつ出版社にメールした。これが通れば、今日からしばらく締め切りがない。

一日じゅう、紀行エッセイの企画について考える。

5月8日（木）

去年の夏あたりから、体に妙な症状がある。

夜になると、足が異様に熱くなるのだ。

わけがわからないので、病院で調べてもらったのだが、ＭＲＩだの、心電図だの、血液検査だのいろいろやって、何の異常も発見できなかった。別の医者にも行って調べたけれど、やはり異常なし。そのとき、強いて診断するなら、心因性ということになるでしょうか、と言われ、それならと今回心療内科へ行ってみた。初めての心療内科は緊張するかと思いきや、一度覗《のぞ》いてみたかった気持ちもあり、逆に楽しみであった。

心療内科の先生は、症状についてだけでなく、私の家族構成から子ども時代の経歴まで根掘り葉掘り聞いてくるので、つい雑誌のインタビューを受けているような気分になり、何か面白いエピソードを披露してサービスしたくなった。そういえば、幼稚園時代に幼馴染《おさななじみ》だった女の子の弟に、この間偶然仕事で会ったんです。当時その子は1歳半ぐらいですから、もう40年ぶりですよ。それがまさか、一緒に仕事することになるなんてねえ、驚きましたよ、ワッハッハ。

「何か変な声が聴こえたりすることはありますか」

「ありません」

「ひとつのことにこだわって、いつまでもそればかりやってしまったりとか、そういうことはありますか」

「いえ、とくに」

「家の鍵をかけたかどうか気になって、何度も家に戻るとか」

「いえ、ありません」

「何か最近ショックだったことは？」

「べつにありません」

「眠れてますか」

「はい」

「何か不安を感じることはありますか」

「飛行機が怖いです」

「電車に乗るのも怖いですか」

「いいえ、飛行機だけです。飛行機おそるべし」

というような会話のあとに、なんかわかんないけどとりあえず様子見でいいんじゃないの、と軽くあしらわれ、そんなこと言わずに飛行機をなんとかしてほしい一心で、薬を無理やり少しだけ処分してもらった。

これで心置きなく飛行機に乗れると思うとうれしいが、そういえば飛行機じゃなくて、足の問題で行ったのではなかったか。そっちのほうは、あんまり話題にのぼらなかった。なんでや。

5月9日（金）

夏の宮古島旅行をインターネットで予約する。

旅行会社のパックツアーも考えたが、妻がホテルなんかに絶対泊まりたくない、民宿がいいというので、全部個人で予約することにした。

妻は最近、マンションやホテルのような箱型の建物に強い敵意を抱いており、つまりはマンションに長く住んで苛立っているわけなのだが、私もどちらかというと、バックパッカーの血が騒ぐのか、気のおけない民宿があればそのほうがいいと思っているので、ネットで口コミ情報を調べまくって、宿を選んだ。

おかげで宿泊費は安くあがったが、飛行機代が家族4人となると恐ろしい額になり、画面の予約ボタンをクリックするのに、意味もなく長い時間を要した。検討すべきは検討したと思ってからも、パソコンの前でさらに眉間《みけん》にしわを寄せて熟考した。

というのも、去年苦い経験をしているからだ。

去年は旅行会社でパックツアーを申し込んだのだが、出発2週間前になって、息子が幼稚園で転び、腕の骨にヒビが入って、結局キャンセルするはめになったのである。今回も、キャンセルすると、飛行機代の半分を取られる。しかも旅割だから予約即50%のキャンセルチャージ。あまりに痛すぎる額ではないか。

妻は、

「宮古島は不吉だから、今年は別の島にしようか」

などと弱気なことを言ったりもしたが、

「いいや。ここで逃げたら、敵がつけあがる。今年まただめでも、行けるまでひたすら宮古島に挑戦するのだ。何が何でも行ってやる、お前なんか絶対行ってやる、そういう気迫が大切なのだ。そうしないと不幸のワッペンが、われわれ家族に固着してしまうのだ」

　不幸のワッペンは夜になると人知れず赤外線発光し、それを目印に天から次々と不幸が投下されるのである。すでにこの1年間で、ワッペンはかなり馴染んできているはず。今年のうちに剝《は》がしておかなければ、来年にはもっと剝がれにくくなるだろう。

　そうして長い熟考の末、最後は、のちに「勇者のクリック」と呼ばれる人差し指の一撃が、マウスの左側を、荘厳なポッチという音をたててポッチ。

5月10日（土）

雨。

　息子を連れて図書館へ絵本を借りに行く。

　子どもができてから、もう100冊以上、いやもっと200冊以上は絵本を借りたが、これまでに借りたなかでもっとも印象に残っているのは、大島妙子『たなかさんちのだいぼうけん』（あかね書房）だ。

　たなかさんというおばあさんの家が洪水に見舞われる。すると、どういうわけか家から足が生えて、ばしゃばしゃ泳ぎ出すという話。

その設定だけですでにアホだが、絵本だから、まあそのぐらいでは驚かない。問題はそのあとで、この得体の知れん足が凄いパワーを見せて、たなかさん家をふしぎな国へ連れて行くとか、手や頭まで生えてきてしゃべりだすとか、そういう展開になるのかな、と思ったら、海へ出てバシャバシャ泳いでいるうちに、突然つるのだった。

つるか、足！

なんという腰砕けな展開。

アホだ。アホすぎる。そこだけリアリティ出してどうするか。素晴らしいくだらなさに意表を突かれ、嫉妬《しっと》を覚えた。物書きたるもの、このぐらいアホでなければならぬ。読者の予測を超えてくだらなくなければならぬ。自分なんかまだまだだと思った一冊である。

5月11日（日）

早起きして新幹線で関西へ出張。

朝日新聞の関西版夕刊に連載している「勝手に関西世界遺産」の取材。

この連載はもう3年半も続いていて、毎回紙面の改変時に、もう終わるだろう、もう終わるだろうと思いながら、まだ終わらない。そのうちネタがなくなりそうでいつも心配しているが、どういうわけか毎回面白いネタが見つかる。

今回は、丹波にある本州一低い分水界を見に行った。標高にしてたったの100メートル内外の盆地が、日本海と瀬戸内海の分水界になっている。盆地だから、分水嶺とは呼ばず、分水界なのである。

集合場所の資料館を訪ねると、地元の郷土史家など大勢の方が待っておられて、歓迎された。

温暖化で水位が100メートル上昇すると、ここで本州がふたつに分かれるのですと言われ、その地図を頭に思い描いて、妙にわくわくした気分になった。私はどういうわけか、何でも地図にすると、わくわくする。こういう奇妙な場所の取材は大好きだ。

帰りの電車で、朝日新聞の担当記者挿翅虎《そうしこ》さんと「西遊記」の話になる。むかし夏目雅子、堺正章らがやっていたテレビ番組。

挿翅虎さんは、DVDを買ったそうだ。そうか、DVDが出ているのか。私も欲しくなった。あの番組は本当に面白かった。最高にくだらなくて、ほどよくエキゾチックで、ゴダイゴの音楽もパーフェクトだった。ハマったテレビ番組歴代ベスト5には間違いなく入る。挿翅虎さんと、西田敏行の怪演が光っていたとうなずきあった。

5月12日（月）

昨夜は関西の実家に泊まり、今日東京へ戻る。

毎回関西取材のときは、ついでにどこか観光して帰るのだが、寝坊したので、京都駅に近い三十三間堂を見ただけで帰った。もう何回行ったかわからないが、三十三間堂はまったく素晴らしい。昨今は仏像ブームになって、なんでぃ、なんて思うけれど、ひとたび堂内に入れば毎回、問答無用の感動がある。

あのなごむ感じはいったい何だろうか。たとえば海なんかへ行ってなごむのとは、また違う味わいである。

帰りの新幹線でゲオルク・シュールハンマー『イエズス会宣教師が見た日本の神々』（青土社）を読む。

私は、外国人が初めて見た日本に興味がある。西洋人が三十三間堂なんか最初に見たときは、それはそれはびっくりしただろう。仏像は手や顔がいっぱいあったりして、どうしたって悪魔に見えたにちがいない。その、仏像が悪魔にしか見えない感じ、を自分も味わってみたいのだが、すでに仏像のことを知っているために、なかなかうまく実感できないのだ。

ちなみに、本当は今日は、御前崎にでも寄ろうかと考えていたのだった。寝坊して、知ってる場所に行ってしまったのが悔やまれる。

前回の出張時は名古屋港水族館へ行った。その前は津島天王社だった。名古屋城も徳川美術館ももちろん行ったし、鳥羽からフェリーで渥美半島へ渡って帰ったこともある。英虞《あご》湾めぐりもした。私は東海地方に住んだことがないので、そうやって少しずつ東海地方を攻略しているのである。

5月13日（火）

仕事場に、ニック・ステファノスさん来る。

ゲラをもらい、本を預ける。

雑談でB型の本の話になり、B型はトイレの中にトイレットペーパーの芯を転がしっぱなしにするんです、と話すと、前々から、いったいどこのどいつがこういうことをするんだろうと、腹が立っていたんですよ、と言われた。

私です。

「ゴミ箱にちょっと捨てるだけなのに、なぜそれができないんですか？」

ニックさんと別れたあと、ひとりでその理由をつらつら考察した。しばらく考えて、汚れているのと、ちらかっているのは違うという点に思い至る。

そうなのだ。トイレットペーパーの芯は、もともと清潔なものであって、それが床に落ちていても汚れた感じはしない。これがたとえば鼻をかんだティッシュとなれば話は別で、汚いような気がするからちゃんとゴミ箱に捨てるのである。それに比べると、トイレットペーパーの芯は、床に落ちていても、ただ少しちらかった感じがあるだけで、どうしても取り除かなければならないという切迫感がない。だいたい、あの芯を見て、もう用が済んだものという感じがするだろうか。むしろ、生まれたての生命のような、純真ピュアな形ではないだろうか。突然起き上がって、ピポピピポ（はじめまして）とか言いそうだ。

もちろん私だっていずれは、ゴミ箱に行くつもりでいるんですよピポピピ。でもね、できればたくさん集めてもらって、子どもの工作なんかに使ってもらえたら、なんて思うこともあるんですピポピピピピポポ。せめてもう少しの間、ゴミ箱行きは待ってもらえないでしょうか。ほんの少しでいいんです、ずっとぐるぐるに巻きつかれてて、やっと娑婆《しゃば》に出られたんです。だからあと少しだけ、日の光を。お願いですお願いしますピポピピポピピポピポプー。

なんて哀れなんだ、トイレットペーパーの芯！

私はこれからもずっと、床に転がしてあげようと思う。

以上の話とは全然関係ないが、ニックさんは動物園ではフクロウに釘付けだそうである。それを言うなら私は水族館のエイです、という味わい深い雑談もしたのだが長くなるので割愛。

5月14日（水）

数日前から咳《せき》が出ていて、昨夜は夜中に咳で目覚めた。

妻は熱を出し、娘は下痢。息子だけ元気に幼稚園へ行った。バラバラやがな。

漢方を飲んで仕事場へ向かう。

雨がしっかりと降っていたが、歩いているうちに空が明るくなり、雨は降り続いているのに日が射してきた。おお、南国のスコールっぽくていいじゃないか。

関西取材の原稿UP。


中国の四川省で大地震が起こり、まだ多くの人が生き埋めになったままだとニュースでくりかえし報じている。建物の手抜き工事が原因と言われているようだが、阪神・淡路の30倍のエネルギーが放出されたそうだから、場所によっては手抜きじゃなくてもひとたまりもなかったんじゃなかろうか。遠く離れた北京でも、みんなビルから飛び出したというから、スケールが違う。阪神・淡路がこれと同じ規模だったら、日本は北海道から沖縄まで全部揺れたことになる。

なんか最近、自然のやることがどんどんデカくなってきていないか。

5月15日（木）

昨夜はますます咳がひどくなり、一睡もできなかったので、ベッドで本を読んだ。読んだのはロバート・ローラー『アボリジニの世界　ドリームタイムと始まりの日の声』（青土社）で、これがかなり面白い。

アボリジニの社会では、〈性行為そのものは、子どもに内緒にされることはけっしてない〉のだそうで、〈子どもの成長とともに、性交中の大人を観察するという行為は、彼らが一番熱中する娯楽になってゆく〉のらしい。凄い。われわれのとは何かが根本的に違っている社会。そういう社会について知るのは愉快だ。

朝を待って病院へ。

医者が、あーんしてくださいと言って、口の中に棒を突っ込んだ途端、えっ！　という顔をしたので、こっちが驚いた。喉《のど》ではなくほっぺたの裏側を棒でつついて、痛いですか？　と聞くから、全然、と答えたのだが、そのままとくにコメントはなく、いったい何があるんだあ！　と気になってその後の話を聞いていなかった。抗生物質と咳止めをもらう。
仕事場に戻って鏡で覗いてみたが、とくに異常な感じのほっぺの裏ではないように思われる。しかし、なんとなく、ほんとにこれで合ってるのかな、というような形状ではあった。なんとなく。

紀行エッセイのためし書き。
何かをまだつかんでいない。

5月16日（金）

去年の秋、子どもたちが隣の公園で拾ってきた植物の種を、ベランダの植木鉢に無造作に放り込んでおいたら、春になって芽が出てきた。青々とした丸い葉を手のひらのように広げて、次から次へと芽吹く。

と言うと美しいが、ごっそり拾ってきたので、ごっそり密集して生えて、ぐちゃぐちゃである。何の花だか草だかもわからない。子どもたちは喜んでドボドボ水を注ぎ、植木鉢がしょっちゅう水田みたいになっているが、親は育てる気などさらさらない。

シュノーケル仲間からメールで、夏の伊豆行に、家族でどうですかと誘ってくれた。しかし、日程が、息子の幼稚園のお泊まり旅行とかぶっていて、行けそうにない。子どもができてからシュノーケル旅行に行く回数は激減しており、本当はひとりででも参加したいが、息子の送り迎えもしなければいけないので、泣く泣く不参加ということにした。残念。メンバーのなかには、私の知らない新しい人も増えていて、どんどん取り残されていくような寂しさを覚える。

そういえば絶叫マシン仲間のほうでも、毎年夏にアメリカ絶叫ツアーを敢行していて、去年はなんとか参加できたものの、これも今年は断念。絶叫ツアーは金もかかるし、旅行期間も長く、毎夏そんなに家を空けられないのだ。

今年のツアーは木製コースター中心の渋いツアーだったから、本心では行きたくてたまらなかった。去年のツアーとこのツアーで、十分一冊の本にできそうだから、仕事にしてしまえばいいのだけれど、出版社にプレゼンテーションしても、決まって「ジェットコースターはちょっと……」と引かれてしまう。私に紀行エッセイを書かそうとしているQ社のテナーさんにも「それ以外のネタで」とかわされたし、「何かすぐに一冊書けるネタはありませんか」と尋ねてきたA社のテムジンさんも、「うーん、遊園地全般ということなら、まだいいんですけどねえ」と渋っていた。ジェットコースターはそんなに鬼門のネタだろうか。

今日も紀行エッセイのためし書き。

どうしてもピンとこず、妻に読んでもらうが全ボツ。

私はいつもこうして、書き始めるまでに時間がかかる。

5月17日（土）

木下大サーカスが来ているので、子どもたちに見せてやろうと、立川まで出かけた。開演までの間、公園で遊ばせる。

娘は、どこでもすぐに裸足《はだし》になりたがる癖があり、今日も公園のシロツメクサの上を走り回っていた。それが、突然足の指をハチに刺されて、号泣。

全然泣き止まないので、妻が、犬に顔嚙《か》まれるのとどっちがいいの、と意味不明のなぐさめを言うも効果なし。そりゃそうだろ。

娘は今すぐうちに帰ると言って聞かず、結局サーカス見物は中止となったのだが、帰り道にアイスクリームを買ってやると再起動し、またどかどか走り出した。しかし親のほうに戻る気力がなく、サーカスはそのまま忘却の彼方に。

5月18日（日）

雲梯《うんてい》ができるようになったから見て、と息子が言うので近所の公園へ出かけた。見て見て、と言って得意げに往復する息子。凄いなあ、と調子を合わせてやると、何度も何度も往復。

やがて、お父さんできる？ と挑発するので、なもん楽勝やがなと、ぶらさがったところ、何らかの超自然的な作用により、腕が雲梯に張りついて動かなくなった。体面上そのままというわけにはいかず、なんとか最後まで平然と渡りきったけれど、平気なのは顔だけだったのである。

おかしい。

雲梯ってこんな重労働だったか？

私はべつに太っているわけでもないのに、こんなに重いのは変だ。近所に墓地があるので、悪霊の仕業かもしれない。

それにしても、医者でもらった薬を飲んでいるのに、ちっとも咳が止まらなくて腹が立つ。トローチもだ。ちっとも効かないじゃないか。

思えばこれまで、咳止め効果を謳《うた》っているトローチやのど飴をなめて、少しでも咳が治まったためしがない。ハーブの効能とかいろいろ書いてあるけれど、どれひとつ納得のいく効果がなかった。喉がスースーして気持ちいいものはあるものの、それにしたって、スースーしてほしいのはもっと喉の奥のほうなのに、ずっと手前の、ほぼ口の中といってもいいあたりしか気持ちよくならないのだ。

咳が出るのは気管や肺に異常があるのだから、飴なんかなめても効果ないんじゃないか。咳止めは気体であるべきではないか。酸素ボンベみたいな咳止めがなぜ売っていないのか。

5月19日（月）

今日も一日紀行エッセイのためし書き。

どうもうまく書けない、と頭を抱えていると、妻が突然「やめたら」と言う。やめたらってあなた、仕事でがんす、ととっさに言い返したのだが「今のあなたは、書くことにほとほと疲れているように見える」と指摘された。そして「しばらく書くのやめたほうがいいよ」と大胆なことを言う。

何と答えていいかわからず、黙っていると、

「あなた、過労死するサラリーマンのことを、なんでそこまで働くかな、自分ならさっさと会社辞めて逃げるのに、って言ってたけど、今のあなたもそんなサラリーマンと同じじゃないの」

…………。

どういうことだ？　自分ではそんなに働いているようには思えない。むしろちっとも働かない怠け者のように感じているのだが。

「休んだほうがいいよ。休まないから書けないのよ」

休む？　もともと遅筆なのに、さらに休む？

あり得ない気がする。

とっさにL社のカースン・ネーピアさんの顔が浮かんだ。私はカースン・ネーピアさんに書き下ろしを頼まれたまま、もう何年も待たせており、さらにしばらく休みますとは言えない気がする。カースン・ネーピアさんは、私が今までもずっと休んでいたぐらいに思っているだろう。

「小説だって全然進んでないでしょ。本当は今何も書きたくないのよ」

返す言葉がなかった。

私が過労死するサラリーマンと同じぐらい働いているかといえば、それは断じてNOであって、肉体的に疲れてるってことはないと思うが、心の中で書くことに飽き飽きしているのかどうか、そこまではわからない。どう考《へ》えたものかすぐに判断できない。

それにしても、収入がなくなることを屁とも思っていない妻の態度には、いつも感心させられる。

5月20日（火）

昨夜ひどい雨と風が吹き荒れていたが、だんだん止んで、仕事場へ出勤する頃には傘がいらなくなっていた。かき乱された大気のおかげで、住宅街を貫く幹線道路にも、むっと草の匂いが立ち込めて、山の中か？　と感じるほどだ。そんなとき私は、かつて歩いた東南アジアの熱帯雨林やヒマラヤ山麓の情景を、胸いっぱいに甦《よみがえ》らせて、束の間の解放感に浸る。

ちっとも捗《はかど》らない紀行エッセイはいったん置いて、少し早いが、来月頭締めの連載原稿を書く。

5月21日（水）

娘はこの頃、幼稚園に嫌がらずに通うようになった。そのかわり、毎晩悪夢にうなされている。何か意味のとれないことを口走りながら、のけぞったりするのだ。抱っこすれば収まるかと思いきや、殴られたこともある。どういうことだ。そんなに恐ろしいところなのか幼稚園は。

紀行エッセイについて、中国や台湾、韓国そして日本といった漢字文化圏をめぐる旅を書くつもりで、テナーさんにもそう伝えてあるのだが、自分で言い出しておきながら気持ちが変わってきており、いったん全部リセットして考え直してみた。

今一番行ってみたい場所はどこか。現実的に本当に行きたいところ。即座に四国八十八ヶ所という答えが出た。信仰心とか、せっぱつまった悩みがあるわけではないが、体を動かしたいし、何より八十八ヶ所の朱印を全部集めて、悦に入ってみたい。それに前々から四国の自然が気になっていたし、今の気分にぴったりだ。

咳がやっと引いてきた。

5月22日（木）

A社テムジンさんと、新宿で単行本の打ち合わせ。

初めての紀行でないエッセイを出す予定。あちこちで書いたものをまとめたものだが、内容が多岐にわたっており、ひとつにうまくまとまってくれるか心配だ。

新宿に出たついでに紀伊國屋で、四国八十八ヶ所のガイドブックと榎原雅治『中世の東海道をゆく　京から鎌倉へ、旅路の風景』（中公新書）という本を買う。実はちょうどこの前、鎌倉時代の日本の風景ってどんなだったんかなと思い、『東関紀行・海道記』玉井幸助校訂（岩波文庫）を買って読み始めたら、古文だからイメージが湧いてこず、放り出したばかりだったのだ。なんというタイムリーな本。こんな本が出ていたのか。まさに私のために書かれたとしか思えない。

この頃、どうも昔の風景が気になる。世間では昭和ブームなんて言ってるけど、そんな最近のじゃなくて、写真などなかった時代の風景。今見ることができたら、どんなにエキゾチックだろうかと思うのだ。映画「紀元前1万年」なんかも実は気になっており、どう考えても映画的にはつまんなそうなんだけど、1万年前の風景を見るためだけに観ようかと思ったりする。

今回の本といい、「紀元前1万年」といい、ひょっとして、今、昔の風景ブームがきてるんじゃないだろうか。

「紀元前1万年」は関係ないか。

5月23日（金）

ハワイの記事を書かないかとの打診があり、J社へ行って打ち合わせ。

いつも出版社と打ち合わせるときは、とくに服装など考えずに普段着で出かけるが、この日はアメリカで買ったジェットコースターの絵柄のTシャツを着ていた。出版業界では編集者でさえスーツなんか着ていない場合も多いので、何でもありなのである。ところが、考えてみるとJ社は出版社ではなかったのだった。

ガラス張りの洗練された社屋の受付で、周囲がみなぴっちりとしたスーツ姿ばかりだったときには、せめて襟《えり》のついたシャツを着てくるべきだったと頭を抱えた。おまけにリュック背負って運動靴という、この年でそれが普段着というのもどうかと言われそうな格好だった私は、不審者と思われないようさりげない態度で受付を済ませ、さらに警備員に阻止されないよう胸の真ん中に堂々と入館証をちらつかせつつ、エレベーターへ突入した。

そうして、そうだったそうだった、会社っつうのはそういうものだった、と後悔とともに昔を思い出しながら、事情を知らん人にいったい私は何者と思われているだろうかと考えた。

一流企業のオフィスに突如Tシャツで現れる男。宅配業者はそんなところまで入らないだろうし、掃除や工事の人は作業服着てるだろう。もちろん商談相手は論外。とすると残るは……親戚？

いやあ、たまたま近くまで来たんで顔でも見ようと思ってね、どう、元気？　お母さんの調子はもういいの？　って東南アジアのタクシーか。

5月24日（土）

娘に水ぼうそうらしき水疱《すいほう》が出た。

夏の宮古島を阻止してやろうという敵の陰謀と思われるが、時期尚早《しょうそう》だったようだ。今頃水ぼうそうに罹《かか》っても、夏までに治ってしまうだろう。ぶはは。平気平気。

5月25日（日）

妻と息子がプラネタリウムへまた行きたいというので、府中郷土の森博物館（3度目）へ。満席だったためしがないから、そんなに流行《はや》っていないのかもしれないが、リピーターは多いらしく、もう何回来たかしら、なんて言ってる人もいる。

こないだ観たばかりなのに、またも娘は、

「ねえ、これ、ほんとにどっか行ってるの？　またおうちに帰れるの？」

と不安げ。

おうち？　そんなもん、帰れないほうが面白いじゃないか。

恩田陸『酩酊混乱紀行『恐怖の報酬』日記』（講談社文庫）を本屋でちらりとめくった瞬間に即購入。飛行機が怖い話が延々書いてあったからだ。恩田陸はどのように飛行機の恐怖を克服しているのか、それを参考にしたい一心だった。

しかし飛行機部分を熟読するも、具体的な方策は書かれていなかった。ひたすらパニックと戦っているだけのようだ。なので残念ながら参考にはならなかったが、乗る前から〈あの中で発狂したらどうしよう〉とビビっているあたり、涙なくして読めない。まったくもってかわいそうであり、かつ、これが自分じゃなくてよかったと思う。私も、アジアならともかく、ヨーロッパまで平常心で飛ぶ自信はない。

それにしても、この取材旅行が生まれて2度目の飛行機だというから、恩田陸の飛行機嫌いは私の比ではないのだろう。私は怖い怖いと言いながら、おそらくもう100回以上は乗っている。それだけ乗っておいて怖いも何もないだろ、と言われるかもしれないけれど、それは私の飛行機恐怖症がたいしたことないわけではなく、海外旅行へ行きたい度が、その恐怖をはるかに凌駕《りょうが》しているからである。

それでも南米ぐらいになると、その長い飛行時間中にそれこそ発狂は確実なので、いまだ行けないでいる。

先日心療内科へ行った際、

「これはパニック障害なんでしょうか」

と聞いてみたが、

「実際に乗れなかったことはないんでしょう？」

と言われ、たしかに直前で降りてしまったとか、乗っていて気を失ったとか、そういうことは一度もなかったので、やっぱり自分程度の飛行機嫌いは、まだまだ甘いのかもしれない。

恩田陸は、作家には飛行機嫌いが多いと書いていて、向田邦子は有名だが、スティーヴン・キング、アーサー・C・クラーク、レイ・ブラッドベリなどの名を挙げていた。たしか高橋克彦も自分で書いていたはずだ。高橋克彦はさらに水が怖くて顔も洗えないそうだから、相当な怖がりであるが、SF作家に飛行機嫌いが多いのは、なぜだろう。

ひょっとすると飛行機が嫌いなのは、人間関係における苦悩が少ないからではあるまいか。人間関係の苦悩が少ないと、書く小説も私小説と対極のものになり、なおかつ日常に悩みがないから飛行機ごときが怖くなるという仮説。少なくとも、私自身は人間関係で悩むことがあまりない。虐められたり悪口言われても、馬耳東風である。自分の言葉が人を傷つけたんじゃないか、なんて場合も、言ってしまったもんはしょうがないって感じで、いつまでも悩まないし、それで嫌われたとしても、ま、友だち減っても全然オッケーと思うタイプだ。SF作家がみなそうだとは言わないが、そういう人が飛行機嫌いになる傾向がありはしないか。恩田陸に、友だちが減っても気にしないかどうか聞いてみたいものだ。

5月26日（月）

朝、家にスズメバチが入ってきて、あまりのデカさにたじろいだ。さすがスットコランドのスズメバチだ。なんとか無難にお引き取り願いたかったのだが、ガラスにガンガンぶつかるばかりでらちがあかない。

部屋に入ってきた虫が、外に出たいのにちっとも出られない光景を見るにつけ、虫にだけわかる「出口はあちら」のサインを擦り込んだガラスが開発されないものかと思う。

結局外へ誘導できず、殺虫剤で撃破。

締め切りはまだだが、早めに書評エッセイを書いて、寝かせておく。うまくすると醗酵《はっこう》する場合があるからだ。

四国遍路のガイドブックをアマゾンでいろいろ取り寄せて、空いた時間に、計画を練っている。一周通しで歩いて40〜50日かかるらしい。歩くとすれば一度では行けないから、区切り打ちということになるだろう。でも、歩きにこだわってるとそればっかりになりそうだ。もっと自由に寄り道とか観光がしたい。歩きだと寄り道する体力的余裕はさすがにないだろう。ただでさえ寄り道すると日数はさらに増え、金がかかる。どうしたものか。

さらにハワイのガイドブックも本屋で購入し、こっちもあれこれ検討。今まで行ったことがなかったけれど、なんだか楽しそうである。ギネスに載ったパイナップルの迷路がある。

エイに餌付《えづ》けできるプールもある。なぜかはわからぬが平等院まであった。平等院？　しかし、もはや書き尽くされた感のあるハワイについて、いったい私が何を書くのか、それが問題だ。ダイヤモンドヘッドに巨大な仏像でも立っていればいいのだが。

5月27日（火）

快晴。

仕事場への道は、横断歩道やガードレールがギラギラと照り返してまぶしいぐらいであった。

暑くても風景が明るいのはいい。それだけで、生きてるなあ、という気分になる。

結局私はいい風景を眺めるために生まれてきたのではないか、とさえ思うことがときどきある。そうして時間も空間も自我さえもない退屈な死後の世界で、それをプリントアウトしてみんなに配るのだ。

連載エッセイ8枚をUP。これが今度の単行本に収録される最後のエッセイになる予定。

今週末は久々に晴れそうなので（ここ1ヶ月週末は必ず雨だった）、キャンプに行きたいと妻が言う。それでインターネットでキャンプ場を探して、あれこれ計画した。妻は海の近くがいいと言うが、私は群馬県に行きたい。縁もゆかりも親戚も友だちもないが、なぜか昔から群馬県が気になる。地形がメリハリに富んで、凄い風景に出会えそうだからだ。ビバ、群馬県！

それと同時にハワイの企画を考え、四国についても思いをめぐらせ、さらに宮古島の件で敵と戦ったりして、なんだか頭の中が旅行で埋め尽くされている。結構な身分としか言いようがない私だ。

5月28日（水）

胸やけがして朝早く目覚めた。

なぜ胸やけするのか身に覚えがないが、目が覚めた瞬間に思ったのは、四国遍路邪魔くさい、ということだった。

昨日まで盛り上がっていたのに、なぜまた急にそんなことを思うのか。

以前潜りに行って感動した柏島の海や、うまかったさぬきうどんのこと、そしていつかカヌーで下りたい四万十川のことなど、四国のいい面ばかりを思って浮かれていたが、それと一周歩くのは別の話だということに今になって気づいたのである。あんな大きな島を一周歩くなんて、このものぐさな私が途中でイヤにならないはずがない。

参ったな。

しかも面白くなくてやめるのならともかく、面白そうなのに、しんどいからやめるなんてことは自分のプライドが許さない。

浮かれてるけど、覚悟が足りないいんじゃないの?

胸やけは、たぶんそれを私に伝えたかったのだ。

意味もなく胸やけするときは、いつも新しい発見がある。

毎月通っている病院へ定期検査に行ったついでに、江東区の東京都現代美術館に寄る。「大岩オスカール　夢みる世界」と「屋上庭園」というふたつの企画展が観たかった。「屋上庭園」は庭園という言葉に惹かれていたのだが、植物の絵が多いだけで、庭園と題するのは、こじつけくさかった。大岩オスカールは、絵がたどたどしくて、もうちょっとがんばってほしい気がしたものの、そのたどたどしさに人の良さを感じた。

電車の中で先日買った榎原雅治『中世の東海道をゆく　京から鎌倉へ、旅路の風景』を読む。浜名湖が昔はあんな露骨には海とつながっていなかったことを知る。そうじゃないかと思っていた。

5月29日（木）

とある基金の加入者向けの会報で、はめ絵コーナーを担当している。毎回お題を出し、子どもたちから届いたはめ絵にコメントをつけたり、模範解答を描いたりする。今日は一日それをやっていた。ときどき、予想を超えたわけのわからん絵が届くので子どもは面白い。どう見ても犬か鳥のようなものをはめたくなるであろう形に、畑をはめてきたりする。

なにぃ、畑？

思わず誌面に採用してコメントで絶賛する。

妻に言われたからではないが、このところずっと悩んでいた日常エッセイの連載をやめる決心がつく。逡巡《しゅんじゅん》の末、その旨、担当編集者のテムジンさんにメールした。

週末は、やっぱり雨になりそうで、キャンプ計画潰《つい》える。群馬県はまたの機会か。

5月30日（金）

産経新聞の見本紙が届く。毎週4人持ち回りで、サブカルに関する連載を持っていたのだが、4月以降そのうちふたりの連載がなくなって企画ものに変わっている。ふたりは連載をやめたのだろうか。知らなかった。

おかげで自分も無性に仕事がしたくなくなり、仕事場へ行って、一日ぼーっとして過ごした。サラリーマン時代は、仕事中多少ぼーっとしていてもお金が入ってきたが、今はぼーっとしているとお金が入ってこない。入ってこないどころか家賃が出ていく。

その浪費しているなあという実感が、今日は素敵だ。正確に言うと、浪費をものともせずぼーっとしていることに、みずみずしい充実感がある。このぼーっは単なるぼーっではない、これこそは未来の大変革を促すための戦略的ぼーっなのだ、と都合よく解釈し、ますますぼーっとした。

だが、ぼーっの蓄積が将来何かを生み出すなどと考えているうちは実はまだまだで、何も生み出すもんか知らん知らんプー、ぐらいの境地にならなければだめだ。何ひとつ生産的な要素のない無意味なぼーっ。妻が仕事休めと言っていたのも、この延長だろう。

テムジンさんから休載了承のメール届く。

ずっとお世話になっていたので、申し訳ない気分。収入も大幅に減って、生活が苦しくなるが仕方がない。

5月31日（土）

キャンプは雨でなくなり、子どもを1000円カットに連れて行く。妻は近所のお母さん友だちと飲みに行った。

深夜に帰ってきた妻によると、近所では、宮田家は家賃補助もないのに家のほかに仕事場を借りているし、宮古島に旅行に行くというし、結構金持ちなんじゃないかと思われているという。

全然違います。

貯金を削り、この身を削って生きているのです。

2008年6月

6月1日（日）

子どもと近所のキャンプ場へ行って、オタマジャクシを捕まえてきた。

これでわが家のベランダには、カブトムシの幼虫（子どもが友だちにもらってきた）と、オタマジャクシと、正体不明の雑草が、同居することになった。カブトムシにはまるで興味が湧かないが、オタマジャクシは動きや形に無垢な味わいがあり、つい観察したくなる。

妻に「オタマジャクシの餌は何？」と聞かれたので、「オタマジャクシに餌なんかいるかいな。あの丸い部分に栄養がたっぷり入っとる」と答えた。が、あとでネットで調べると、餌いるらしい。意表だ。むかし餌なんかやらなくてもばんばんカエルになった記憶があるのだが、単に記憶が抜け落ちていただけか。そうするとあの丸い部分は普通に胴体だったということだ。

アマゾンで頼んでいた『四国遍路と世界の巡礼』四国遍路と世界の巡礼研究会編（法藏館）他もろもろ届く。

6月2日（月）

Q社の文庫編集者イスタさんに会う。具体的な仕事の話ではなく、なんとなく顔合わせ。初対面だったが、案の定イメージと全然違うと言われる。今後ともよろしく。

会って早々、読者に宮田さんがどんな人かわかるような本が必要、旅の本だけじゃなくて、もっと多くの人に読んでもらえる内容の本を書いたほうがいい、とのアドバイスをいただくが、それはこれまでに何度か試みて失敗してきたことだ。私の経歴なんて平凡だし、何より自分の過去を書くことに興味がない。かくなるうえは、このまま正体不明の謎の旅人として、やっていく所存。

夜のニュースでW杯アジア予選、日本がオマーンに快勝したことを知り、観ればよかったと後悔する。なぜ観なかったかといえば、ドイツW杯でオーストラリアに負けたトラウマが、いまだ癒されないからだ。あれからちっともサッカーを観なくなった。日本代表の試合は、観ているだけで激しく体力を消耗するので、このまま遠ざかるのが仕事のためだと思っていたが、そうか大久保が入れたか、俊輔も入れたのか、あああ。

6月3日（火）

雨。そして寝坊。

どうやら梅雨に入ったらしい。

春眠暁を覚えず、なんて言うけれど、夏眠も暁を覚えない。秋も覚えないし、冬も覚えない。いわんや梅雨においてをや（漢文ふう）。

昼前に起き、オタマジャクシの入ったプラスチックの虫かごを、なんとなく雨にかざして水分補給。

先日から寝かせていた書評エッセイを取り出して、フィニッシュした。醱酵してるかと期待したが、数日間放置していただけでは、とくに醱酵していなかった。残念。

帰宅すると、住民税の通知書が届いていた。

そうだった。この時期は警戒を怠ってはいけなかったのだ。

封を開いて思わず、え、と声が出た。

ウソだろ？　1ケタ間違えているのでは？

自宅と仕事場の家賃を足した額の倍以上ある。おかしいだろ、この金額。

ここ数年赤字が続いていたのが、去年ようやく収入が支出を上回って、ほっと胸をなでおろしたのも束の間、思わぬどんでん返しが待っていた。すっかり忘れていたが、去年大増税したのだった。

しかも今月は仕事場の契約更改で更新料がかかるため、そうでなくても凹んでいたところである。宮古島とか予約してる場合ではなかった。

おお、そういえば、そんなこととは露知らず、昨日アマゾンで「西遊記」のDVDを買ってしまったぞ。挿翅虎さんの話を聞いてうらやましくなり、ついに根負けしてクリックしてしまったのだ。

なんてこった。あわてて計算すると、四国遍路の予算が捻出《ねんしゅつ》できそうにない。おおおお、南無大師遍照《へんじょう》金剛　南無大師遍照金剛。

仕事断ってる場合なのか、私は。

6月4日（水）

また寝坊。

というか、生活が夜型になりつつある。昨夜は午前6時まで起きて、この日記を書いたり、本を読んだり、税金のふしぎについて考えたりしていた。

起きたら、もうすぐ子どもたちが幼稚園から帰ってくる時間だったので、そのまま仕事場へ行くのをやめて、彼らを連れてまた近所のキャンプ場へ行った。オタマジャクシを追加補給するためだ。ところが、3日前はウジャウジャいたのに、今日はどこへ行ったか姿があまり見えなかった。かろうじて3匹だけ確保したものの、季節というのは、みるみるうちに進んでいくことを実感する結果になった。

それからスポーツ用品店へ行って、四国遍路で使うかもしれないポンチョを購入。予算面での不安が大きくのしかかるが、そこは正視しないようにして、可能な範囲で準備を進める。

夜、何を思ったか、妻が家計簿をつける計画を練っていた。

現在、家計の管理はどちらかというと私の担当になっていて、妻は日々の生活にいくら金がかかっているのかほとんど把握していない。

そもそもわが家の収入は、いつどのぐらい入ってくるのか予測できないうえに、資料費や取材費でばんばん出ていくから、妻が金の出入りを管理するのは難しいのだ。

それでも家計簿をつけるとすれば、まず私が収入から事業経費を差し引いた残りを、今月はこれでなんとかやってくれ、と妻に渡して、それからということになろうが、私は突然どかどか本を買ってみたり、不意に旅立ったりするから、収入の多い月でも家計に回る金は微々たるものだったりする。普通に考えて、とても生活費すべてをまかなえる金額ではないはずで、その理不尽さにいよいよ妻が勘付いたのかもしれない。だいたい貯金がみるみる目減りしていても、まるで動じなかった今までが普通じゃなかったのである。

もし、生活費がマイナスだから今月は本買うのを少し控えてほしい、みたいな正しいことを言うような妻になったら、第二形態に成長する前にエメリウム光線で倒したい。

6月5日（木）

生活を朝型に戻すべく、夜9時にベッドに入った。

スムーズに眠れて、目が覚めた瞬間、よっしゃうまくいったと喜んだが、時計を見るとまだ深夜1時半だった。ここで起きて本なんか読んでしまったら、昼間に再び睡魔に襲われるのは確実だから、なんとか踏ん張って、もう一度寝ようとした。だが、すでに睡眠は十分足りていて、起きているようなそうじゃないような頭で、とぎれとぎれに朝まで過ごす。なんでも昔のモーニング娘。のひとりが橋を渡って中国へ行き、残留孤児になったようだ。橋のたもとで幼い兄弟がそれを見送っていた。やがてその兄弟がさらに幼かった頃の話に変わって、同じ子役を使っていたので、ああ、この夢はだいぶ前から撮ってあったんだと感心した。まだ若い頃のモーニング娘。がこれから橋を渡る追憶の場面になり、彼女の将来の運命を知っている私は、胸が詰まる思いで、ゆっくり眠ってなどいられなかった。

6月6日（金）

「西遊記」のDVD届く。

なんとなく妻に見つかってはいけないような気がし、机の資料の山の中にすばやく紛れ込ませる。

6月7日（土）

スットコ幼稚園の父親参観日。

教室で娘の紙粘土細工を手伝う。他の子たちが、アンパンマンやキティちゃんやゾウや車を作るなか、娘は隕石を作った。っていうか、それただの粘土の塊だろ。仕方ないので、無理やり私が、花のような形にこじつける。

教室の後ろに、全員が描いた父親の似顔絵が貼ってあり、ひとつだけ被災地の思い出みたいな絵があると思ったら、私の顔だった。

普通は顔の輪郭をぐるぐる描いて、その中に目や鼻や口を描き、それに変なメガネがかかっていたり、髭《ひげ》ぼうぼうだったり、髪がなかったりして、見るものを微笑《ほほえ》ませるのが子どもの絵かと思うが、娘の絵は、人類が絶滅した1万年後の世界のようだった。暗黒の巨大な底なし沼が、倒壊した貿易センタービルみたいなものに被《かぶ》さっている。

「これ何？　この沼みたいなのは」

「目」

「瓦礫《がれき》みたいなのは？」

「歯」

そう言われてみると、なんとなく死んだ父親に似ている気もした。

いったん家に戻り、取材のため関西へ。

新幹線で京都まで行き、そこから特急を3本乗り継いで、兵庫県の浜坂へ向かう。山陰本線は、車両が古く、車内放送のメロディも昔なつかしい鉄道唱歌だった。この曲を聴くと、遠いところへ来たなあ、という気持ちになる。きっと家族旅行でどこかへ行った記憶がそうさせるのだろう。でも、どこへ行ったのかは思い出せない。とにかくどこか遠くへ行き、そのときのワクワクするような感覚だけが今も残っているのだ。いまだこの曲を流しているなんて、泣かせるじゃないか山陰本線。

自宅から7時間かかって浜坂に着き、そこからさらにタクシーで湯村温泉に入った。

6月8日（日）

第9回全日本かくれんぼ大会に参加する。

この大会は、鬼500人、隠れ人200人で温泉町全域を使ってかくれんぼするという壮大なもので、私は隠れ人のほうにエントリーしていた。

範囲が広いため、隠れ場所を決めるのもひと苦労。案外いい場所はないもので、私有地や川への立ち入りは禁止されているから、そうなると公共の建物か道路脇のブッシュ、公園あたりしか隠れる場所がなかった。しかしなかには報道陣のような格好をしてカメラを抱えて歩き回る隠れ人もいて、なるほどそういう手があったか、と感心する。

思案の末、電話ボックスと灌木《かんぼく》の隙間《すきま》に隠れた。町内放送で、「もういいかい」「もういいよ」の掛け声が流れ、それを合図に鬼がスタート。スタート地点から1キロぐらい離れていたので、15分は来ないだろうと安心していたら、ものの5分とたたないうちに、「見つけた！」と指差されて驚く。

ゲ、めちゃ早いがな。

なんでも鬼は、隠れ人を見つけないと、賞品の海外旅行が当たる権利が得られないので、スタートとともに猛ダッシュするのらしい。知らなかった。のんびり構えてて大失敗である。

それにしても町内には、そこここに仮装をした参加者が歩き回っていて、それも仮面ライダーとか、ガチャピンとか、ガンダムとか、グリコの看板とか、くいだおれ人形とか、かくれんぼと全然関係ないというか、そもそも鬼が仮装する意味がわからんというか、隠れる側も、仮装のせいでかえって目立っているのであって、みんなアホで素晴らしい。

後に主催者にも話を聞いたが、アホな企画に全力投球しているところに好感が持て、取材は大成功であった。

でも、せめて30分ぐらいは見つかりたくなかったな。

帰りは、朝日新聞の担当記者挿翅虎さんの車で、宝塚の実家まで送ってもらう。今回は挿翅虎さんの奥さんも同行されていて、粘菌好きということでウマが合い、話が盛り上がった。

6月9日（月）

新幹線で帰る。今回は、帰ってからいろいろとやることがあるので、寄り道はパス。新幹線の中で、ナンシー・Y・デーヴィス『ズニ族の謎』（ちくま学芸文庫）を読む。

かくれんぼしながら考えたのだが、私はもう四国遍路に行ったほうがいいのではないか。なんとなく梅雨明け以降の出発をイメージしていたが、あれこれ考えていないでさっさと行ってしまえ、という声が頭の中でする。

6月10日（火）

仕事場の契約更新のため不動産屋へ行き、更新料を払う。月末には、住民税が引き落とされるし、とても痛い。

朝日新聞のかくれんぼ大会の原稿を書いて、挿翅虎さんにメールで送る。

6月11日（水）

天気予報では今日明日の徳島の降水確率は70％と言っているが、四国遍路に行くことにする。

梅雨だし、金はないし、荷造りは面倒だし、よっぽど先延ばしにしようかと思ったが、どんな紀行エッセイを書くのかさっぱり見当がつかないのは、四国遍路がどんなものか知らないからであり、それなら行ってみて考えるほかないだろうというわけで、ザックを担いで出発した。

旅立つときはいつもそうだが、もう全面的に面倒くさい。

毎回、もっと気力充実してから出発したいと思うけれども、そうやって待っていても気力はとくに充実しないのであって、まだそのときじゃないのかな、と思ったときが実は潮時である。条件が整い、気力が高まってから行動しようと思っていたら、いつまでたっても人生何も起こらないのだ。それよりとにかく何でもいいから出発してしまって、それから決心を固めていくほうが早い。

そんなわけで、荷物重いなあ、雨はイヤだなあ、と思いつつ東京港フェリーターミナルに到着。徳島までフェリーに乗っていくつもりだ。「るるぶ四国八十八カ所」というガイドブックの、最後のページのマークを持っていけば、16%のお遍路割引を受けられるので、買って切り取って持ってきた。

ターミナルに着くと、徒歩の乗客は私以外にひとりしかいなかった。

フランス人であった。

いや確証はないが、なんとなくフランス人ふうであった。

思わず「ボンジュウフ、ジュマペーなんとかかんとか」とか言ってみたくてウズウズしていたところ、「こんにちは」と先に話しかけられた。「日本語しゃべるがな」「ええ、少し」「ウェアーユーカンフロン」「フランスです」って、やっぱりフランス人である。20歳の男子学生でこれから四国の農家へホームステイに行くのだという。

何の本能か、性別国籍問わず、日本を旅行中の外国人を見ると——とりわけ個人旅行者を見ると、ついいい人を装いたくなってしまう私は、今までの後ろ向きな気持ちが一転、心身ともに活性化して、さっそく荷物を一部持ってやり、船室まで案内してやり、貴重品ロッカーの使い方を解説してやったり、それ以上は話しかけずにのびのびした気分にさせてやったりした。

以前、九州を旅行中に台湾人の若い女性旅行者に会ったときも、その場でレンタカー屋に電話して、清廉潔白な気持ちでドライブに誘い、気がつけば途中で韓国人男子学生2人も拾って、4人で阿蘇山の火口を見に行ったことがある。そうやって一日運転手としてあちこち連れて行ったあげく、住所も名前も聞かずに、シーユーって別れて大満足だったのである。なんだろうな、このヘンな趣味は。

そうして〈瞬間最大いい人〉の強い風に見舞われた私は、おかげさまで四国遍路に出発してよかったという気持ちになって、夜はぐっすり眠れたのである。

6月12日（木）

昼過ぎ、フェリーは徳島港に到着。

天気は上々。降水確率70％はどうなったのか。さすが晴れ男の私だ。

フランス人を徳島駅まで案内してやり、そこでロッテリアのアップルパイ100円を奢《おご》って別れた。外国人に食べ物を奢るときのコツは、あとでひとりのときに食べられるものをあげることである。今食べないと悪いという気持ちにさせてはいけない。相手は睡眠薬強盗などを疑っている可能性があるからだ。って、なんでこんなことに一家言持っているのであるか私は。

さてそれで、四国遍路である。

一番札所の霊山寺《りょうぜんじ》までは電車で行き、そこでお遍路用品をいくつか買う。なるべく最小限に買ったつもりでも、1万円ちょっとしてたじろいだ。あとで聞いたのだが、みんな一番札所で買うので、ここだけ割高なのらしい。やられた！　二番以降で探せばよかった。

ともあれ、そうして出発の感慨も何もないままに、歩き出す。

遍路道というからどんな道かと思えば、自動車も通る普通の道路である。なんだそりゃ、と少々不満に思いつつ、前進。

午後3時半頃からの出発だったので、4キロ程度歩いただけで、三番札所手前で今日は終了した。その程度では歩いた実感が全然ない。

それでも、宿にチェックインする頃には、来てよかったという気持ちが高まっていた。旅行なんて、そんなものだ。

6月13日（金）

遍路2日目。快晴。

歩きながら、この紀行の目的というか、企画を考えようと思っていたが、歩き出すと何も考えられない。ただもう黙々と歩いてしまう。

九番札所まで20キロ以上歩いて、さっそく足の裏にマメができた。それは予想通りでたいした問題ではないが、いったい何の因果であろう、いきなりトレッキングシューズが壊れてしまった。ゲ、早すぎるだろ。

妻にその件をメールすると、妻も今日たまたまジョギングしていて、靴が壊れたとのこと。なんという偶然。何かのメッセージだろうか。

敢えてここに意味を読み取るとすれば、

「今は動くな。前に進むときではない」

であろうか。あるいは、

「貧乏でも、靴は買え」

かな。思えば、もう10年以上この同じ靴を履いていた。

6月14日（土）

遍路3日目。快晴。

ところでこれを書きながら困っているのは、この四国遍路の旅は別のところで紀行エッセイとして書く可能性が高く、詳しい旅の話はそちらに譲るとするならば、ここではいったい何を書けばいいかということだ。

だぶるのもイヤなので、遍路中は簡潔に書くことにする。

四国遍路には何ヶ所か遍路転がしと呼ばれる難所があって、そのなかでも最大の難所がいきなり序盤も序盤、出発して40キロも行かないうちに現れる。十一番札所から十二番札所への登山道だ。

そういう難所は、なるべく朝一番で取り付きたいため、今日はその手前まで歩き、明日に備えることにした。ところがそうなると今日の歩行距離は13キロぐらいしかなくて、午後いっぱい時間を持て余した。

同時に、ここまでアスファルト道ばかり歩かされたことに、うんざりする。山道とかあぜ道とか、そういう道をもっと歩きたい。

昨夜の宿のオーナーに聞いたのだが、遍路道の9割以上は、舗装道路だそうである。トレツキングシューズではなく、舗装道路向きの普通の運動靴で歩いたほうがいいという話は、ガイドブックでも読んでいたが、それでも半分ぐらいは土の道だと思っていた。1割もないとは予想以上だ。

大幻滅。急速にやる気が萎《しぼ》んでいくのを感じる。

6月15日（日）

遍路4日目。曇りのち雨。

四国遍路最大の難所、焼山寺の遍路転がしを登る。途中で雨になった。

登山だからしんどいことはしんどかったが、四国遍路最大の難所と聞いて警戒していたほどではなかった。むしろ、想像に比べてはるかに楽だったと言っていい。一日じゅう、土の道を歩けたのがよかった。私にはアスファルトの車道を延々歩くほうがつらい。

ところで、山道を歩きながら、こう考えた。

一時は断ろうかとさえ思っていた紀行エッセイなのに、気がつけばこうしてまんまと歩かされている。家にいるときはそれなりに後ろ向きな気持ちもあったはずなのに、そんなことはすっかり忘れて楽しんでいる。そうやって結局また紀行エッセイを書いてしまいそうな自分の進歩のなさには、呆《あき》れるばかりだ。紀行エッセイは好きだけれども、そればかりではいかんだろ。

6月16日（月）

遍路5日目。晴れ。

長い山下り。といっても舗装道路だから、つらかった。昨日を除き、舗装道路ばっかりで辟易《へきえき》する。鮎喰《あくい》川の清流が美しく、それを見て心和ませた。

やがて徳島市街に入り、車がバンバン走る国道を歩く。本当は、市内に1泊して、明日進めるだけ進んで明日の夜に帰るつもりだったのだが、国道歩きで坂道を転がるようにやる気を失い、気がつけば徳島駅から高速バスに乗っていた。私にとっての遍路転がしは、山より市街地のほうだった。

関西の実家に泊まる。

6月17日（火）

関西から東京へ帰る。

いつもは東海地方などで観光して帰るのだが、マメが痛くて、寄り道する気は起こらず。ひたすら歩いていたときは、マメなんか痛みごと踏み潰《つぶ》すぐらいの気持ちだったのに、お遍路じゃなくなると、ちょっと体重を載せただけで痛みに耐えられず、そのへんの人をつかまえて、肩にもたれたくなる。昨日は30キロも歩いたくせに、今日は最寄り駅から自宅までの800メートルがつらかった。痛すぎ。お遍路中は、神経も何も一時的にアホになっていたのだろう。

帰って靴下を脱ぐと、サラリーマン時代並みの猛烈な異臭がした。おまけに爪《つめ》もひとつ黒ずんで剝がれそうになっていた。ずっと通しで遍路する場合、このまま1ヶ月以上歩くわけだから、最終的に得体の知れない足になってしまうのではないか。

6月18日（水）

お遍路中に、本の雑誌社から高野秀行さんの新刊『辺境の旅はゾウにかぎる』が届いていたので、それを読みつつ、自分の単行本の初校をチェック。思えば、高野さんの本も、あちこちの雑誌に書いたものをまとめたもので、私のこれから出す本も同じタイプの本だ。ただ、高野さんの本には一本筋が通っている。私の本は、内容がバラバラである。高野さんには辺境作家という確固たるスタンスがあるが、私にはいったい何があるかと思うと、暗澹《あんたん》たる気持ちになる。

マヌ景かな。

マヌケな風景作家――それじゃ、なんだかわからんだろ。〝マヌケ〟が〝作家〟にかかってるみたいなところも気になる。

今月末の家賃と、今月末引き落としの住民税と、来月頭に引き落としのクレジットカード代が、どう計算しても家計から払えそうにない。わかっていたことなのに四国遍路で金を使い、「西遊記」のDVDも買ってしまって、いったい私はどうするつもりであろうか。

といっても、答えは決まっていて、わずかながら、緊急用に手をつけずに取ってある虎の子貯金に手をつけるしかないのである。そうなることもわかっていたのに、四国遍路に行ってしまった私はなんという阿呆《あほう》であろう。

そもそも四国へ行く3日前には兵庫県でかくれんぼ大会を取材していたわけで、それならそのまま四国へ向かえば交通費が節約できたはずなのである。それなのにいったん東京に戻ったのは、まだ出発の踏ん切りがついていなかったせいもあるが、四国へ行くなら東京から船で上陸したいと前々からこだわっていたためであり、その程度のこだわりのために平気で無駄使いをしてしまうのは、私の昔からの悪い癖である。

それはそうと遍路に行っている間に、ロト6が1000円当たっていた。今年に入ってもう3回目だ。大当たりの前兆と思われる。

もし1等何億円とかが当たった場合、この日記に正直に書くかどうか悩むところだ。突然金がないだの何だの言わなくなり、黙々と一戸建てとか建て始めたら、そのときは、これを読んでいる人は、ああ、宮田ロト6当たったんだなと、それとなく察してもらいたい。


みんなが寝静まったあと、ひとりで「西遊記」のDVDを観る。めちゃめちゃ面白い。

6月19日（木）

散髪。

思えば、これまで生きてきて髪形を変えたことがほとんどない。茶髪にしたことが数回と、半年間の旅行中一度も髪を切らなかったことが1回あるだけ。今回は思い切って、スポーツ刈りふうに短く切ってもらった。すると、普段は童顔の私も、年齢相応のおっさん顔になった。そうか、髪が長いほうが若く見えるのだな。だが、もうとっくに中年なのだから、若く見せようとか思わないようにしよう。

髪を切ったあと、ワックスつけますか、と聞かれる。靴じゃないんだから、やめてほしい。「要りません」と断ったのだが、「この短さなら、つけたほうがいいですって」と無理やり、てっぺんの毛をつまんでくりくりに捻《ひね》られた。無造作な感じにしているのだと思うが、無造作なら間に合っている。いつも整髪料もつけなければ、くしさえ入れないのだから。

最後は、各所がささくれだってドラゴンフルーツみたいになって、わざとらしさが際立った。べつにそういう最先端的な髪にしてくれなくても、普通でいいんだがなあ、普通で。

そうして家に帰って、玄関の鏡に映った自分を見ると、なんだか異様だったのである。何かが足りない。もちろん髪のボリュームが減ったのだから、普段に比べてそれだけ足りないのは当然だが、鏡の中の私は、てっぺんがなんだか寸詰まっていた。髪がないというより、頭がない。顔で終わってその上がないのである。

長い間髪形をいじらなかったため、とんと気づかなかったが、私には頭というものがほとんど存在しないらしい。顔面が相当上のほうにあるのだ。

ためしに、その足りない頭に去年アメリカで買ってきたクノーベルズ・アミューズメント・パークのキャップを載せてみると、全体がうまいバランスで落ち着いた。

そういえば髪の短い中年男性はよくキャップを被っている。なるほど、あれはみんな頭が寸詰まっているせいだったのだ。ハゲや白髪を隠しているのかと思ったらそうではなかった。頭そのものをねつ造していたのである。

美容師さんがワックスをつけて無理やり髪を立たせたのも、頭をかさあげしたかったからであろう。プロの美容師さんから見ても、私の頭は寸詰まっているということだ。客である私が断っているのに、クレーム覚悟でかさあげしたくなるほど、寸詰まっているということだ。

6月20日（金）

高野さんの『辺境の旅はゾウにかぎる』の中に、船戸与一との対談が収録されていて、船戸氏が、体調が悪いときのほうが筆が進むと発言している。「体調がいいと、じっと机の前に座っているのが苦痛になってくるんだよ」

これを読んだ瞬間、私は思わず膝を打った。

そうなのだ！　まったくその通りだ。

私が遅筆なのは、結局、体調がいいと仕事なんか放り投げてどこかへ出かけてしまうからなのだ。じっとしているのが苦手な性格なのである。だいたい飛行機や風呂や映画館やコンサートが苦手なのも、そこでじっとしていなければいけないからなのだ。四国遍路では、アスファルトが多すぎるとか文句を垂れていたが、そうはいっても外を歩くのは、仕事場でじっと原稿を書いているより、はるかに楽しいし、これこそ人生ってもんだろうと思う。

ほとんどの大人は、外歩きと仕事は別ものとして、混同することなく生きてるだろうが、私の場合、外を歩いていても、これは取材なのだと思い込むことができるだけに、始末が悪い。仕事を放り投げて外出しても、これは逃避ではない、ネタ探しだ、なんていって罪悪感が全然ないのである。

なんという、お気楽な生活か。

きっと顰蹙《ひんしゅく》を買うことはあっても、同情されることはまずあるまい。

しかし顰蹙を承知でさらに考察するならば、私の筆がサクサク快調に進むためには、じっと机に向かう前に、外出するのが面倒だという気持ちにさせることが必要なのではないか。そのためには、まずはいっぱい外出してうんざりすべきではあるまいか。あるいは、体調崩すぐらい出歩くとか。とにかくいったん外で思う存分遊んでからでないと原稿は書けないのでは……って、うだうだ言ってるうちに、カースン・ネーピアさんに殴られそうな気がしてきたので、このへんにしておく。

つまるところ私は根本的に旅に依存しているのだった。人によって酒やタバコがやめられないように、私は外出がやめられない。晴れた日に家にいると、イライラして何も手につかなくなるのだ。

6月21日（土）

コラムのネタになるのではないかと、不意に思いつき、有明まで東京おもちゃショーを見に行く。何も考えずにふらふらと出かけていったら、会場の東京ビッグサイト前には、ものすごい行列ができていたので驚いた。こんなに人気のショーだったのか。

おかげでバンダイやタカラトミーなど大手メーカーのブースには入ることあたわず。仕方なく他のブースをぶらぶら歩く。超合金合体ロボみたいなのや、ラジコンなど男子永遠のおもちゃは普通なのでスルーし、何か変なものはないか探した。

まず目に留まったのがタクシーウォーカーという歩数計。歩いた距離をタクシー料金に換算してくれるというシンプルなものだが、バカバカしいので四国遍路で使ってみたくなった。

さらにマイクロピースのジグソーパズルは、絵をルーペで見るというわけのわからん代物。そんなんで1000ピースも作った日には、目がぐったり疲れそうで、いったい誰がやるんじゃい、と思ったけど、かくいう自分が惹かれていた。そういうチマチマした無意味な作業にこそ、情熱を燃やしてみたい。

そのほかペン回し専用ペンとか、無限にプチプチできるおもちゃとかアホなものがいろいろあり、せっかく来たので、子どもに何か買って帰ろうと思ったら、財布の中に千円札1枚しか入ってなかった。意表。自分は千円札1枚しか持たずにこんなに遠くまで来たのか。かといって貯金をおろすのはもうイヤだから、まっすぐ帰宅することにする。ところがJRのスイカも残額不足。仕方なく切符を買って帰ったが、帰宅したときには251円しか残っていなかった。

6月22日（日）

子どもを連れて市営の温水プールへ行く。

私はクロールの息継ぎが苦手で、長く泳ぐときはどうしても平泳ぎになってしまうのだが、以前読んだ高橋秀実『はい、泳げません』（新潮文庫）に、前に伸ばした手のひらを返せば自然に息継ぎできる、と書いてあったのを思い出し、実験してみた。すると、まさに軽々と息が吸え、なんだ簡単なことじゃないか、とうれしくなった。

その後、ラーメンを食ってから、図書館で絵本を借りて帰る。
雨が激しく、車のガラスが曇って難儀した。フロントガラスはなんとかデフロスターでクリアになるものの、左右の窓が真っ白なのだ。おかげで子どもたちが指でラクガキし、車内はクリスマスの窓辺みたいになっている。すれ違う車を見ると、どれも窓が曇っておらず、どうして自分の車だけこんなにびっしり曇るのか謎である。なにしろラーメン屋の駐車場に停めて、ラーメン食って帰ってきたら、誰も乗っていないのにすでに真っ白だったのである。中で上昇気流が発生しているようだ。

週末から宮古島だが、台風が接近中で気が気でない。台風はフィリピンでフェリーをひっくり返し、多数の死者が出た模様。

6月23日（月）

数日前の天気予報では、凶悪台風フンシェンは今週中頃には沖縄近海を通過するはずだったが、どういうわけか南シナ海でゆっくりしている。おかげで週末の宮古島にもろに被りそうな気配が漂ってきた。おいおい、ふざけるんじゃないぞ。動きたくないなら、ずっとそこでゆっくりしてろ。

——というようなことを声高に言うと、はあ？　何か言いましたかあ、って寄ってくるので、むしろここは気さくなアメリカ人のような態度で、やあフンシェン、君がこっちに来ても誰も気にしないよ、それどころかファイ・ドンチュー・ジョイナス・マイフレンド、って天気図の予報円に語りかけておく。そうすれば、疑り深い台風は、そのフランクな感じがなんかイヤ、ってんで立ち去ってくれるからである。

堺正章の「西遊記」が面白いので、香取慎吾主演の新しい「西遊記」も借りて観てみたところ、特撮などは進歩していたものの、内容はずっと劣っていた。これはやはり前作を意識しすぎたせいではないか。三蔵法師が女性という出発点で、すでに前作の呪縛から逃れられていないような気がする。おかげで孫悟空のキャラクター設定に負荷がかかりすぎて大仰《おおぎょう》になり、逆に残るふたりはキャラクターそのものがほとんどなくなって、普通の人になっていた。テレビでは少しは違ったのだろうか。

後味が悪いので、口直しに一緒に借りた邦画「転々」を観る。

こっちは三浦友和が、脂っこくてインパクト大。かつては二枚目俳優だったはずなのに、そんな香りは微塵《みじん》も残っていない。こういう微妙なポジションで生き残るアイデアは、どうやって生まれたのだろう。よく知らないが、かなり苦労したのではなかろうか。実際の三浦友和は、いったいどんな人なのかさっぱり想像できない。

東京おもちゃショーのコラム原稿アップ。

仕事場からの帰り道、スットコランド特有の牛糞の匂いが、そこらじゅうに立ち込めていて、とても心安らいだ。夜になっても、匂いは消えず、まるで本物のスコットランドの気分だった。行ったことないけど、まったくもってスコットランドとしか言いようがなかった。

6月24日（火）

近所の本屋に入って立ち読みしていると、不意に妙にでかくて黒いものが視界に入ってきた。なんだろ、と思って顔をあげると、まな板4つ分ぐらいの大きな黒い板だ。板を抱えた男が隣に立っていた。

奇妙なのは、男が全身黒ずくめで、なおかつ黒いヘルメットまで被り、何のつもりかフードまで下ろしていることである。おかげで中の顔をうかがい知ることができない。思わずブルース・リーの「死亡遊戯」を思い出した。

室内なのになんでそんなもん被ってるのか。普通じゃないだろ。

そしてどうやら黒い板は、この男が他人の視線を遮るために常に掲げているのらしかった。

なんだこいつは？

テロリストか？　誰かに追われて身を隠しているのか？　だとすれば、ますます怪しくなって逆効果ではないのか。

やがて男はどこかへ移動し、私も別の棚へ移って、立ち読みに没頭しているうちに忘れてしまったが、ふと、いつの間に寄ってきたのか、自分の後ろに死亡遊戯が立っているのに気づいて、ぞっとした。しかも私が動くと、後をついてくるではないか。

なんだなんだ！

思わず私は振り向いて、男をぎっと睨《にら》みすえた。すると男は、驚いたようにすばやく私から離れ、そのまま遠くからこちらをチラチラうかがっているようすであった。そして突如、機敏にスタスタと本屋を出ていったのである。

なんだったんだ、いったい。

考えるに、男はつまり他人に見られることに強い恐怖を抱いていたのではないか。偶然私と動きが重なってしまい、本当にうろたえたのはむしろむこうのほうだったかもしれない。だとしたら睨んだりして悪かった、と思うものの、黒ずくめでフードまで下ろしたら、誤解されても仕方ないじゃないか。何か良からぬことを企んでそうに見えてしまう。

何を悩んでいるのか知らんが、自分でどうしても解決策が見つからないときは、ジョギングするといいと思うよ。

6月25日（水）

朝、ネットで気象庁の天気予報をチェックすると、わが友フンシェンは、中国大陸に上陸し、熱帯低気圧に変わったようであった。やはりアメリカ人のフランクさは信用できないと思ったのだろう。当然だ。よかったよかった。これで去年のリベンジは確実だ。

と思ったら、娘発熱。

くうう、宮古島を目前に控え、次々と忍び寄る魔の手。すかさず医者へ連れて行くと、溶連菌との診断だった。2、3日で治るとのこと。危ない危ない。

家の和室の畳が古くなって、い草が剝がれ、中の床が見えている。めくれたい草がトゲのようにささくれて危ないので、畳を換えたいと妻が言った。

それなら、畳だけでなく、網戸の網が破れているし、柱は一部欠けているし、押し入れ内の天棚がはずれて斜めに落ちてきてたりもするので、いっそ「大改造!!劇的ビフォーアフター」で、リフォームしてもらってはどうだろうか。そろそろ手狭になってきたこともあるし。

今ちょうど上の階が空いているから天井をぶち抜くといい。階段を新たに取り付け、メゾネットタイプにするのだ。

問題は賃貸マンションという点だが、賃貸住宅の改革者、とか、快適賃貸生活のネゴシエーター、みたいな匠《たくみ》が来てなんとかしてくれそうな気がする。「ビフォーアフター」で解決できない問題はないからだ。

でも、そういえば最近あの番組を見ない。終わったか。

6月26日（木）

娘の熱は、瞬く間に引いた。

いよいよあさってから宮古島だけれど、私の頭の中はすでに珊瑚礁やウミウシでいっぱいである。

実はこの件については、まだ子どもたちに話していない。うっかり話してしまったその後に、去年のような重大事が起こってキャンセルになったら、心のダメージが大きすぎるとの判断なのだ。

もうすぐ旅行だ、と指折り数える楽しみも味わわせてやりたいが、一方で、当日朝に発表して、びっくりさせてみたい欲望もある。あるいは当日朝も発表しないで、黙々と連れ出し、そのまま何も言わずに飛行機に乗せて、いきなりどーんと青い海を見せたりするのも面白かろう。

なんてことをあれこれ考えて、頭の中がぐちゃぐちゃになっている。

書評原稿をアップしたが、例によって旅行の間、寝かせておくつもりである。

中村太一『日本の古代道路を探す　律令国家のアウトバーン』（平凡社新書）読了。アマゾンで頼んでいた原田信男『中世の村のかたちと暮らし』（角川選書）届く。

今日は一日じゅう、雨だった。だが、東京の天気なんかもはやどうでもいい。

6月27日（金）

四国遍路エッセイを書き始めた。

といっても最初の一行から進まない。

新しい連載や書き下ろしの冒頭部分はいつも時間がかかる私だ。

とくに今回のように、まだ全行程を終えていない段階で書き始めると、筆致が定まらなくて苦労する。内容に合った文体で書かないと、最終的に本にするときにまるごと書き直すはめになるから、慎重になるのだ。

思えばジェットコースターを書いたときも、巨大仏を書いたときも、ホンノンボを書いたときも、当初は連載だったが、どれひとつとして連載をそのまま本にできたためしがない。結局どれも書き直しになった。

取材していくうちに本のコンセプトが変わってしまった場合もあるが、多くの場合、コンセプトは変わらなくても、トーンが変わってしまうのである。

それはたとえばアホ全開で書き始めたのに、取材するうちに人生についてとか深く考え出したりすると、アホでいるのがつらくなるというのと、逆に最近気分が陰気だからってんで、低めのトーンでいこうとしたら、そのうちにハイになって、低空飛行に我慢できなくなったりする場合の両方である。本来なら常に一貫した気分であればいいのだが、人間だからそうもいかない。

と同時にまた、ネタに合った文体というものがあるんじゃないかと、そんなことも考えていなくもないのだ。仏師が、木の中にすでにある仏像を彫り出している、という逸話と同様、文体を決めるのは自分ではなく、ネタではないかと、まあ、かっこよくいえば、そんなことも思っているのである。

なので、まだネタが出揃《でそろ》っていないはじめの段階では、トーンというか文体が、見えない。だからいつも私は、仮の文体で書き始めることになる。できれば二度手間にならずに済ませたいから、先を予測しつつ、文体を仮定する。そしてそんな答えの見えない作業ゆえに、無闇に手間取ってしまうのだ。

6月28日（土）

宮古島へ出発。

結局昨日のうちに、明日海行くぞ、と発表したので、朝にびっくりさせる計画はなくなった。

羽田↓那覇↓宮古島と乗り継いで、午後3時には紺碧《こんぺき》の海と対面する。

素晴らしい眺めに親はしきりに感動するも、子どもは海の色や透明度なんか眼中になく、即座に海に突進して、波と戦っていた。

「この海の青さに気づかんか」と妻。

多少うねっているようだったが、波打ち際にしか用のない子どもたちには、大きな波はかえって面白いようすで、ちょうどいい按配《あんばい》と言える。一瞬スコールも降ったが、海に浸かっていれば、ほとんど関係なかった。

短時間で海を切り上げ、民宿にチェックインすると、部屋に白いゴキブリがいて、妻が固まった。さらに風呂場には巨大なクモがいて、娘凍る。

みんな何をビビっておるか。民宿に、虫はつきものではないか。

夜になると、ルービックキューブ大のヤドカリが出てきて、息子喜ぶ。

6月29日（日）

宮古島2日目。

民宿で教えてもらった池間島のビーチへ出かけてみる。トイレもシャワーもないが、こぢんまりしたきれいなビーチで、水中には珊瑚も生きており、とても気に入った。

息子は波がなくて少々不満げだったものの、箱メガネを持たせて珊瑚の上に浮かべてやると、熱帯魚に夢中になっていた。ヒトデを持たせると喜び、ナマコに触ると喜ぶので、これは無脊椎動物方面に脈ありと思い、そういうことなら是非ともウミウシを見せてやろうと、探してみる。

しばらくして体長約1センチ程度のウミウシを3体発見し、息子よ、これがウミウシだ、と見せてやったところ、あっそう、という感じであっさりスルーされ、拍子抜けした。「よく見ろ、きれいだろ。ふしぎだろ」と盛り上げても、どうでもいいような顔であった。おかしい。収まらないので、そのへんの見知らぬ子どもにも披露してみたが、子どもという子どもはおしなべてスルー。個人的には初めて見たタイプで、あまりの美しさに惚れ惚れと見入ったのだが、これがなぜ子ども心に響かないのか。

悔しいので、ひとりで鑑賞した。

ウミウシは全身薄いエメラルドグリーンで、無数の赤い斑点があり、貝殻を背負っていた。その貝殻も同じ文様の体表で覆われ、そこに白い文字のようなものが浮き上がっている。色合いといい、柄といい、以前、八丈島で見たコンシボリガイにも匹敵する美しさ。いいものを見た。さすが宮古島。そして、またしてもウミウシ探しの旅に出たくなったのである。

6月30日（月）

宮古島3日目。

波を求めて、与那覇前浜へ。

というと、まるでサーファーみたいだが、求めているのは子どもが喜びそうな小波である。

平日のせいか浜には誰もおらず、パウダーサンドの美しいビーチを独占。波間に浮かんで揺られていると、それだけで十分幸せな気分になる。しかし子どもは、思ったほど波もなく、見るべき珊瑚もないために、あっという間に飽きて砂をいじりだし、いかにも退屈といった風情であった。

午後はドライブでもしようかと思ったけど、あまりに暑くて中止。宮古島に来てから毎日晴れて暑い。

東京で予報を見たときは、天候曇り降水確率40%とのことで、晴れ男たる私は、そんな予想をくつがえすべく、前線や低気圧の懐柔に努めてきたのだが、実際宮古島に来てみると、晴れすぎて暑いっちゅうねん。晴れ男なんて言っていい気になっていた自分は愚かだった。

今さらですが、予定通り天候曇り降水確率40%でお願いします。

夏

2008年7月〜9月

2008年7月

7月1日（火）

宮古島4日目。

娘が朝から不機嫌なので、どうしたのかと思えば、「明日帰りたくない。東京つまんない」とのこと。賛成。異議なし。

一昨日の池間島が気に入ったので、今日も行く。4日も続けて海水浴をすると、さすがに子どもたちも手持ち無沙汰になってきたようであった。

午後からイムギャーマリンガーデンへ行って、ひとりシュノーケリングしてみたが、汽水で水中が靄《もや》って楽しめず。

ついでに吉野海岸にも行くつもりだったが、にわかに面倒くさくなり、かわりに東平安名《ひがしへんな》岬《ざき》へ立ち寄るも、駐車場から灯台まで日射しのなかを歩くのが拷問《ごうもん》のようであった。しかも、ところどころ断崖の縁に設けられた柵が壊れており、熱射にやられてふらふら歩いているうちに崖下へ落っこちそうだった。

民宿の兄ちゃんに、初めて内地に行ったとき、電車の乗り方がわからなかったという話を聞く。上りと下りの区別がつかなかったそうだ。たしかになあ、水平移動するのに上も下もないよなあ。

7月2日（水）

宮古島から帰る。

一日がかりで、東京に戻ると、梅雨の肌寒さが心地よかった。

いつかは沖縄に移住するのもいいかな、なんてかつて夢見たこともあったけれど、今回の旅で、暮らすには暑すぎると思いあらためた。あの暑さのなかで、子どもは昼間いったいどこで遊ぶのだろう。

池間島で見たウミウシを、小野篤司『ウミウシガイドブック　沖縄・慶良間諸島の海から』（TBSブリタニカ）で調べると、いきなり冒頭にキムバルムという名で載っていた。また同じものが殿塚孝昌『ウミウシガイドブック③　バリとインドネシアの海から』（阪急コミュニケーションズ）にはミガキブドウガイとして載っていた。写真で見ても惚れ惚れする美しさだ。そんな本を見たおかげで、ますますもってウミウシ探しの旅に出かけたくなった。

7月3日（木）

宮古島とウミウシのことで頭がいっぱいで、仕事手につかず。偶然、家にあったノンフィクション、坂野徳隆《なるたか》『サムライ、バリに殉ず』（講談社）を手に取ると、宮古島が出てきたので、そのまま読んでしまった。

旧日本軍の脱走兵が、インドネシアに居残り、独立戦争に参加する話。内容も濃いが、その人が２００４年まで生きていたということに、なんだか圧倒された。

夜、久々にカースン・ネーピアさんから電話があり、「日記読んでますよ」と言われたあと、電波の状態が悪くなって、その後何を言っているのか聞き取れなかった。いったい何の電話だったのか。「首を洗って待ってろよ」とかそんな内容だったのではないか。

それにしてもカースン・ネーピアさんからの電話は、いつも電波が途切れがちだ。私が聴こえないふりをしていると思われていないか心配である。

7月4日（金）

晴れて無闇に暑い。梅雨はどこへ行ったか。

宮古島の夏はとても暮らせないと思ったが、東京の夏も暮らせない気がしてきた。

思わず途中の店でペットボトルを4リットル分ぐらい買って、重たい思いをしながら仕事場にたどり着くと、玄関前で自宅に鍵を忘れてきたことに気がついて、ぐあああ、何の罰ゲームか。おかげで、炎天下、4リットル担いで往復30分歩くはめに。カースン・ネーピアさんの黒魔術ではないか。

午後からジェットコ仲間の市川さんが、調子の悪いパソコンを、修理のため、仕事場まで引き取りに来てくれる。パソコン関連の知識に疎《うと》い私は、いつも市川さんにお世話になりっぱなしである。

去年、われわれを含む数人の仲間でアメリカジェットコースター乗り倒しツアーに出かけたのだが、市川さんは今年も行く予定で、たぶん来年も行くし再来年も行くだろう。大変うらやましい。逐一同行したいが、私は私で、四国遍路だのウミウシを見に行ったりだの、いろいろとするべき旅行があり、そうそう毎年ジェットコースターに乗りに行っているひまと金がない。

小さいこと言ってないで、行きたい旅行は全部行ったれ、という道楽者の声が頭の中ですることもあるが、その一瞬の判断を踏みとどまらせる理由のひとつは、アメリカまでの飛行時間だったりする。長い飛行機が怖く、道楽者になれない私なのだった。

今年のジェットコツアーは、イタリア人のマニア青年も参加予定で、ますます珍道中化に拍車がかかって面白そうである。宮古島に行ったばかりで、来週はハワイに行くし、その後また四国遍路もあるけれど、間隙《かんげき》を縫ってジェットコツアーも行きたいなあ。でも、そうなると、原稿はいつ書くんだろうなあ。まだ四国遍路も書いていないし、んんん、老後にまとめて書くのはどうか。

7月5日（土）

息子がどうしても映画「スピード・レーサー」が観たいというので、モノレールに乗って多摩センターへ。

5歳でもわかる映画を作りたかったと監督のウォシャウスキー兄弟が語っているだけあって、ストーリーはベタベタだし、主役にはまるでオーラがないし、ほとんど大人心に響くものはなかったのだけれど、唯一あのコースレイアウトにはグッときた。ミレニアムフォースのファーストドロップのような下り坂だの、コークスクリューふうのループコースだの、まるでジェットコースターのようなのだ。途中ジャンプで越えるコースまであったりして、荒唐無稽も甚だしく、ゲームではこんなのはもはや当たり前であっても、映画で観られたのは幸せであった。ウォシャウスキー兄弟には、次は「プロゴルファー猿」を映画化してもらいたい。

ところで、この映画、本当は家族4人で観るはずだったのだが、多摩センターへ向かう途中に、多摩動物公園という駅があり、動物公園と聞いた途端、娘が突如降りると言って、そのまま妻と降りてしまった。おかげで急遽息子とふたりで観ることになったのである。

娘はいつも決断が速い。お菓子を買うときなど、5秒も悩まない。最低でも5分は悩む息子とは大違いだ。今回も、動物公園→降りる、というコンピュータのような演算速度であった。

7月6日（日）

子どもと図書館へ行き、また20冊借りてくる。

辺境作家の高野さんからメールがきて、作家というのは、たいてい出不精だったり、インドア派だったりする人が多く、宮田さんのような出たがりは珍しいと言われ、外出作家と命名された。

外出作家——。

つまり、基本、いないのである。外出中。

それって本当に作家なのか。単に仕事サボって逃げてるだけじゃないのか、と思わなくもないが、自分の生活実態を考えてみるに、まさにその通りである。体調が良くて天気もいいと、なかなか仕事場でじっとしていられない。

高野さんの辺境作家という肩書きは、辺境について書いているという意味と、出版界の辺境にいるという意味の両方を込めているのだそうだが、その伝でいくと、私の外出作家は、外出（旅や散歩など）について書いているというのと、出版界にいない、ってことになるのか。んんん、言い得て妙というか、ますます自分は外出作家であるような気がしてきた。

7月7日（月）

南青山のデザイン事務所で、ハワイ取材の打ち合わせ。

今回写真を担当される岸本剛さんと初めて会って挨拶をする。スポーツ写真に実績のある人で、体格も立派で、話しぶりも情熱的。ストリートサッカーの写真をライフワークにして撮っているとのことで、熱い人に会うと、いつも気圧《けお》され気味の私は、早くも引っ込み思案になりそうだった。おまけに、さだまさしが好きと言われてますます面食らった。サッカーとさだまさし？　「さ」で始まる以外全然共通点が感じられないぞ。でもなんとなくそれは、岸本さん流の気遣いであったのかもしれない。

帰りは先日開通した地下鉄副都心線に乗って新宿へ出てみた。新しい線は、意味もなく乗ってみたいものだ。

ジュンク堂でどっさり本を買って、自宅へ配送してもらう。買ったのは岸本佐知子『変愛小説集』（講談社）など。

帰宅してみると、いつも「お父さんのおちんちん、このぐらい。○○ちゃんのおちんちんはこのぐらい。ぐわはははは」とか言ってる娘が、「ささのは、さ〜らさら」なんてしおらしく歌っていたので、思わずビデオを引っ張り出して撮影しようとした。しかし、敵もさるもの。鋭く気配を察知すると、突如白目をむいて「ほげほげえ〜」とか言い出して、ささのはさ〜らさらは撮影できなかった。残念。こうして、娘のビデオもアルバムも結局いつも、ほげほげえ～、ばっかりになってしまうのであった。

7月8日（火）

仕事場に行くと、冷房がつけっぱなしになっていた。

先週金曜に消し忘れて、そのままずっとついていたということか。あ～あ、余計なCO_2を排出してしまった、というか電気代もったいない。

ところでそういえば、電気代もついに値上がりするらしい。昨今は原油価格が高騰して、何でもかんでも値上がりの傾向があるが、そんな圧力でもかからなければ、石油エネルギー依存体質は改善されないだろうから、根っこの部分はむしろいい話なのかもしれない。日本には石油資源がほとんどないのだから、世界的に石油経済が立ち行かなくなるのは、相対的にはかえって好都合じゃないかと考えられなくもない。

いずれにしても、この機会に、自動車も石油燃料の呪いから解き放たれて、一気に様変わりすれば面白い。世の中の中心的な部分はだんだん変わらない。一気に変わるのだ。それまで石油が高値で、なおかつ不足しない程度にもってくれれば、うまいこと世界は変わるのではないか。

次世代の車は、バイオだ水素だ燃料電池だといろいろ言っているが、そんなものより燃料補給の必要がないソーラーカーが一番いいに決まっている。「ザ！鉄腕！DASH!!」でソーラーカーで日本一周をやっていて、あれを見ると曇ったらあんまり動かないとかスピードあんまり出ないとか、何かとヘッポコなんだけど、そのヘッポコさにしびれる。私もああいう、かっこ悪くて、ちっともスピードが出なくて、不便なソーラーカーが欲しい。そうしてかっこいい車にばんばん追い抜かれて、ほくそ笑んでみたい。堂々とかっこ悪いのが、一番かっこいいのだ。

四国遍路を書く。

7月9日（水）

実話をもとにした「ロト6で3億2千万円当てた男」というテレビドラマが先週から始まったらしい。タイトルを見たとき、私はそれってうちの近所ではないか、と気になった。近所のスーパーの宝くじ売り場に、この店からロト6で3億2千万円出ました、という看板があるからだ。しかし元ネタになったのは愛知県の人のようだった。

その人のブログを検索して読んでみると、タイやフィリピンの女性と遊び回ったり、信用取引だかなんだかで一気に1億円以上失ってたり、挙句の果てにうつになったりして、あんまり楽しそうに見えない。まだ3年しかたっていないのに、すでに残金は1億円を切っているみたいで、何やってんだろ、この人は。

そんなことになるのも、当たってからあわてて何に使うか考えて右往左往しているからで、私などは常日頃から当たった場合に備えてシミュレーションしているので、いざというとき正気を失わず、的確に対処する自信がある。何事も備えあれば憂いなしである。

ちなみに私の場合何に使うかといえば、それはもう迷路のような家を建てる以外に考えられない。家にいながらにしてどこにいるかわからないという、夢のような家だ。

問題はそれを建てる場所で、今住んでいて仕事にも便利な関東圏か、私の実家に近い関西か、妻の実家のある福岡か、それともまったく縁のない土地か。結局シミュレーションでいつも引っかかるのは、そこだ。それについて考え出すと、思考がぐるぐると回転して止まらなくなり、今日もなかなか眠れなかった。〝ロト6当たったときどこに家建てるか〟は、まったく悩ましい問題だ。

四国遍路を書く。

7月10日（木）

明後日からのハワイ取材の荷造りをざっとしてみて、足りないものを確認。

とくに足りないものはなかったが、海外旅行に行くたびに、ああ、iPodがあったらなあ、と思う。パソコンやネットに疎い私は、携帯音楽環境はMDプレーヤーで止まっている。カセットテープ→CD→MDまでは時代についていったのだが、そのへんで力尽きた。

思えばバックパッカーを始めた頃は、どのカセットテープを持っていくかずいぶん悩んだものだった。荷物の重量を考えるとテープ5本が限度だな、なんて、そういう時代だったのだ。それがいまや100グラムもないような箱ひとつに1万曲とか入るらしい。

ぜひ欲しいiPodだけれども、MDプレーヤーもまだ使えるし、お金もないし、音楽をダウンロードするの難しそうだし、なんて言ってるうちに取り残されてしまった。MDの時代は本当に驚くほど短かった。

そういえば、宮古島へ車内で聴こうとCDを何枚か持って行ったところ、レンタカーにCDプレーヤーがついていなかった。なんだボロいな、と思ったら、iPodを直接つないで聴けるという最新仕様であった。離島のレンタカーでさえ、そういう時代なのだ。

うちの車にもCDプレーヤーはないが、それは、もう廃止したのではなく、新石器時代の車だからである。CDラジカセを買って持ち込んでいるけれど、CDを聴くと車の揺れで音が飛びまくるため、いったんカセットテープに録音して聴いている。今どき車にラジカセ積んでテープ聴いてる家も珍しいだろう。エンジンを切っても、電池ある限りいつまでも聴いていられるので、大変便利だ。音楽を聴くためにアイドリングしなくていいわけで、地球にも優しい。どうだ、まいったか。

シートの上に、CDラジカセど〜んと置きっぱなしで丸見えなのに、長時間路駐してても車上荒らしに遭ったこともない。

四国遍路を書く。

7月11日（金）

午前中、病院の定期健診へ行き、そのまま新宿へ出て、ヨドバシカメラに入ってiPodを眺める。もし自分が買うならこのタイプかな、なんて考えたりしてしばらく堪能した。もちろん買う金はない。

その後、夕方から神保町の三省堂でトークショーがあるので、本屋めぐりをして時間を潰した。そのうち本屋めぐりに飽きても、まだ時間が余ったので、パチンコでもするか、と財布を見たら金がなく、クレジットカードでキャッシングしようとしたら、残高不足ですと拒否されて凹む。しかしどうせパチンコでするぐらいなら、iPodを買ったほうが有意義なので、拒否されてよかったのである。

トークショーは、高野さんの新刊『辺境の旅はゾウにかぎる』の出版記念で、対談相手に私が選ばれた。事前にドトールで少し打ち合わせただけだったが、司会の東えりかさんが、話の流れをあらかじめ考えてくれていたおかげで、話はスムーズに進んだ。

しっかし、高野さんの初体験話には驚いたのである。あまりに凄いというか珍妙というか、あり得ない内容だったので、他に何の話をしたか思い出せないぐらいだ。詳細は本人の了解をとっていないのでここでは省くが、ひょっとしたら今頃、コンゴのジャングルで高野さんの息子が族長になっているかもしれない。

7月12日（土）

突然息子が高尾山のリフトに乗りたいというので、高尾山まで出かけ、リフトで上までそそくさと往復して帰宅した後、大きなスーツケースを押して成田空港へ向かった。

ハワイまで7時間。宮古島程度であれば、なんとか乗り切れたフライトも、それだけ長いとなると、緊張せずにはいられない。

そういえば、昨夜のトークショー後の飲み会で、飛行機にデッキがついていればいいのに、という話をした。疲れたらデッキに出て、外の空気を吸って一服するのである。今は苦痛なだけの空の旅が、ずいぶんと楽になるんじゃないかと思う。

あと、飛行機は座席の間隔が狭いので、前の座席の背をパチンコ台にすれば、時間も潰せて、ちょうどいいことを思いついた。前の座席との距離感は、どうみてもパチンコ台ではないか。なぜ今まで誰も気づかなかったのか。座席を選ぶ際も、窓側、通路側、パチンコの3つから選べることにし、旅慣れた人は事前に台を調べておいて、必殺仕事人でお願いします、とか、海物語で、とか言うのだ。玉はマイルで精算でき、確変に入ったりすれば、じゃんじゃんマイルが増えるというわけである。いいアイデアではないだろうか。

さて、長く恐ろしい旅路の果てに、オアフ島にたどり着いた。

私にとって初めてのハワイ。嫌っていたわけではないが、車社会なのでバックパッカー向きでないし、リゾートにしては物価が高いので、敬遠していた。他人の金で来れてうれしい。

まずは、ワイキキのホテルのプールサイドで、関係者と打ち合わせしつつランチ。私の席から青いビーチがどーんと見えて、早くも仕事なんかどうでもいい気持ちになった。
しばらく休んだ後、ハナウマベイへ向かう。シュノーケリングで、タスキモンガラという
ハワイ固有種の熱帯魚を探すのが、今回のテーマのひとつだ。ビーチ近くにはいなかったが、
やや深いところで、簡単に見つかった。写真家の岸本さんが撮影する隣で、海にプカプカ浮
かんでいると、ますます仕事なんかどうでもよくなった。
果たして、これは本当に仕事なのだろうか。

7月13日（日）

西側のワイアナエまで行き、ドルフィンツアーに参加。イルカが見たかったわけではなく、
ツアーボートの船長を取材するためだ。
イルカは昼間寝ているらしく、シュノーケリングで睡眠中のイルカを見物した。秘密のポ
イントへ行くと、海底の砂地にふかふかの枕がたくさん並んでいて、数十頭のイルカが、腹
をみせてグーグー寝ていた。潜って近寄っていくと、見張りのイルカがやってきて、静かに、
と書いたボードのようなものをこちらに見せた。板には他に、イルカの子どもの鼻からZZ
ZZZと文字が出ている絵が描かれてあった。なんて素敵なイルカ。頭もいいし、絵もう

まい。

ところで、船長は、堂々たる体軀《たいく》の、族長のような人だった。かつては漁師だったそうで、海とともに生きた時間が、体や表情に刻み込まれている。そういう人を見ると、もの書きや写真家や編集者など、まるでちっぽけな存在に感じられ、クリエイターだのアーチストだの言ったところで、所詮《しょせん》はひ弱な人間の逃げ口上に過ぎない気がしてくる。私は日本では、やや痩《や》せ気味ぐらいの普通の体格だと思うが、ここでは貧弱なガリガリ君になった気分だった。

船のメンバーがハワイのダンスを踊ってみせてくれ、お前もやってみろというので、見よう見まねで踊っていると、カメラの岸本さんに「宮田さん、阿波踊りになってます」と指摘され、ますます凹んだ。

7月14日（月）

ビショップ博物館へ行き、ハワイの神話に詳しい研究者にインタビューした後、フラの先生にも話を聞く。

そうやって取材は粛々と進み、すべて順調だったのであるが、一方でこの国の食事のまずさには閉口した。やはりアメリカは食事がまずい。ホテルの朝食はバイキングになっているが、パンやチーズやオムレツばかりで工夫もないし、口の中がベトベトするし、朝っぱらから気が重い。昨夜入ったファミレスで、オックステールスープを食べたら、とても人に出す食べ物とは思えない味だった。もともと食事に興味のない私も、こうまずくては苦痛である。

だいたい弁当にポテトチップがついているのは、どういう了見か。食後のおやつかと思えばさにあらず、あれは、食事として、メニューの一部としてついてるくさい。野菜と塩でできてるんだから立派な食事だとでも言いたいのか。そんなことだから、中東諸国に嫌われるのだ（推測）。アメリカは一度素直になって、どうすれば油を使わずに野菜をおいしく食べられるか、国家予算で研究したらどうか。

と、文句ばかり言っていると、取材のコーディネーターさんに、食べ物に興味ないと言うわりに、一番味にうるさいですね、と突っ込まれる。自分でも知らなかったが、本当はグルメだったのかもしれない。あるいは、ガタガタケチつけてんじゃねーよ、の微妙なサインだったのかもしれない。

7月15日（火）

午前中はオアフの自然を案内してもらう。ビーチで花を観察し、ペレの椅子と呼ばれる岩を見に行ったり、コオラウ山脈の展望台へ行ったりする。午後はタンタラスの丘をジャングルウォーク。

ハワイのいいところは、山があることだ。宮古島には山がなかった。この差は大きい。海についていえば、サーフィンよりもシュノーケル派の私には、珊瑚の豊富な沖縄のほうが楽しめるが、一方で沖縄には高い山がないのが物足りない。山がないと私はリラックスできない。ハワイの山はもともと火山だったこともあって、地形がダイナミックで、私好みだ。浸蝕《しんしょく》されてギザギザになった山肌に、ふとチベットを思い出したりした。

夜は、ホテルの近くのファストフードで、ピザを食べる。これは去年一緒にアメリカに行ったジェットコ仲間のケンに教えてもらった生活の知恵で、食事のまずいアメリカでもピザは日本と同じ味、というフレミングの法則を応用したものである。スパゲティやハンバーガーも似たようなもんだと思ったら大間違いで、それらは断然まずい。その点、ピザは悪くない。

7月16日（水）

朝早起きして、撮影に出かける。岩場で、変なウニを発見した。波の荒いハワイでは、鋭いトゲはすぐに折れてしまうのか、平べったいヘラのようなものに進化していた。こんなウニは初めて見たと思い、観察した。見れば見るほど、いいウニだった。

昼間は寝て、夕方からまた出かける。目指すは、夜の虹。ハワイでは、月の光で夜に虹がかかることがある。理屈上は雨が降る土地ならどこでも見られるはずだが、月の光を得るには晴れている必要があり、同時に雨も降らないといけないので、熱帯性のスコールが降るような土地が適している。そんなわけで虹を探して、夜のハワイをドライブしたものの、結局見つからず、仕方ないのでノースショアのビーチで満天の星を眺めた。

月と空いっぱいの星。

ますます帰りたくなくなる。

毎日こうして大自然のなかで生きている、ネイチャーガイドがうらやましい。気質的に、ふしぎなものや珍妙なものを人に紹介して喜んでもらうのが好きなので、もの書きよりもネイチャーガイドが自分の道ではないかという気がだんだんしてきた。今のところ自然について何の知識もないから、どこも案内できないが、どこかの里山と磯をフィールドにして自然を勉強し、ネイチャーガイドになろうかな。

自然を相手にしていない仕事は全部ニセモノだろ。なんだかそんな気がしてしょうがなかった。

7月17日（木）

取材を終え、日本に帰る。

ホテルをチェックアウトし、車寄せで担当編集のマドンナさんをタクシーに乗せて、「お疲れさまでしたあ」と見送ろうとしたら、「宮田さんも帰るんですよ！」と厳しく睨まれた。冗談ですがな。

ハワイでの日々を思い返すに、今回の記事は、昨日発見した変なウニがポイントではないか、あのウニについて書きたいと思う。しかし事前に決めていたテーマは〈神話〉なのだった。

帰りは8時間のフライト。前に機内にデッキとパチンコがあればいいと書いたが、磯もあるともっといいと思いついた。トイレの帰りや、ひまなときにふらっと立ち寄って、ウニやヒトデを観察したり触ったりできるのである。岩場なので、機体が揺れたときは、怪我に気をつけないといけないが、飛行機にはそういう自然とふれあう憩いのスペースが必要だろう。

そういうわけで、飛行機に導入してほしいもののベスト3は、次の通り。

（1）デッキ

（2）パチンコ
（3）磯

7月18日（金）

日も沈まないのに、成田に着くと18日だった。17日の夜はどこへいったか。
今回のフライトで映画「紀元前1万年」を観ることができた。予想通り、かなり面白くなかった。映画館で観なくて正解だ。それより期待せずに観た「アフタースクール」が面白かった。堺雅人のプラスチックで固めたようなあの笑顔が、あれじゃだめなような、実はあれがいいような、得体の知れない感じで印象深い。あれは、もともとがそういう顔なんだら？(何語や)
飛行機疲れで、風呂にも入らず寝た。

7月19日（土）

さっそくハワイの記事を書いてしまおうと仕事場に向かったが、そういえばこの日記を書いておかねば忘れてしまうのでは、と思い出し、あわてて予定を変更し、今書いている。今日から月末まで締め切り目白押しである。なのに、頭の中ではネイチャーガイドになった自分の人生を想像してみたり、顔のほうでは堺雅人のモノマネやってみたりで、何も捗らない。

7月20日（日）

仕事場へ行って、ハワイの記事の構成について考える。こういうものは最初が肝心で、最初が書ければ一気に書ける。最初が書けないと全然書けない。そんなわけで今日は最初が書けず、つまり全然書けなかった。参考図書として読んでいる後藤明『南島の神話』（中公文庫）が面白く、つい読み込んでしまったせいもある。

7月21日（月）

一日じゅう、ハワイの原稿を書いていた。最初が書けたので、一気に最後まで書いてしまった。といっても、まだたたき台で、ところどころチグハグなままだ。これからさらに直していくつもり。

今回ハワイへ行って現地でいろいろ打ち合わせながら思ったのだが、私は打ち合わせというやつが好きだ。自分で言うのもなんだが、普段はちゃらんぽらんなことを言っていても、打ち合わせになると結構いいこと言ったりする。こないだの高野さんとの往復書簡でも、打ち合わせで私はいいことを言った（ような気がする）。何を言ったかはもはや記憶にないが、打ち合わせになると、俄然《がぜん》張り切っていいことを言い、その後原稿を書く段になると、途端に面倒くさくなって、しょぼしょぼになり、あのときの勢いはどうした、というのが最近の私だ。つまり、ただの〈言うだけ番長〉ということである。

7月22日（火）

ハワイの原稿をますますブラッシュアップする。なんとしても、あのウニをネタに入れたいと思い、ラストにくっつけたが、やっぱりそこだけ浮いている気がする。

突如カースン・ネーピアさんから電話。

「あれですか、宮田さん。あの日記のカースン・ネーピアというのは、あれは私のことですかね」

「え、あ、まあ、そういうことになるのかもしれません……」

「あれを読むと、なんかヤクザの元締めみたいな、恐ろしい人扱いになってますね」

「いえ……いえいえ、そんなことないです。いつも気にかけていただいて、ありがたいという意味で……」

「なんか黒魔術がどうとか」

「な……、あれは、その……気にしないでください。ギャグで書いただけですから……」

「今度会いましょう。近いうちに……」

「はい、会います会います」

「首を洗って待ってろよ」

「え？」

「冗談です。では」

ガチャ。プープープー。

7月23日（水）

西馬込のデザイン事務所で、今度A社から出る単行本の表紙デザインの打ち合わせ。テムジンさんが、目標3万部とかあり得ないことを言っていた。

その後、池袋へ行き、本屋めぐり。なんとなくいつもと違う新しい本を仕入れたいなあ、というときは池袋に行くのが恒例になっている。新宿はいつも行っていて気分が変わらないし、渋谷は大型書店があるようなないような感じだし、神保町は本屋が多すぎて、疲れてしまう。

今日はハリー・ポッター最終巻の発売日だったらしく、そこらじゅうで売り子が立って宣伝していた。心ひそかに打倒ハリー・ポッターの闘志を燃やす。

本屋では、先日ニック・ステファノスさんに薦められた坂東眞砂子『傀儡《くぐつ》』（集英社）をまず手に取り、さらに倉橋由美子『酔郷譚』（河出書房新社）、平岩弓枝『西遊記（上）』（毎日新聞社）、川上健一『ビトウィン　ノーマネーａｎｄ能天気』（集英社文庫）、さらにティルベリのゲルウァシウス『西洋中世奇譚集成　皇帝の閑暇』（講談社学術文庫）などを買った。

『ビトウィン　ノーマネーａｎｄ能天気』は高野さんが解説を書いている。ストレスで肝臓を壊して、山梨の村に引っ越し、10年間まともな収入もないまま貧乏暮らしをした作家のエッセイ。家賃が高いので、どこか田舎へ引っ越そうかと考えている自分の参考になるかと思い、帰りの電車の中で読んだ。

この人は小説が書けなくなって収入がほとんどなくなり、テニスのコーチをしながら、ときどきは釣ったイワナを食ったりしつつ、暮らしていたようだ。それにひきくらべると、私は人に教えられることなど何もないし、釣りもしないので、田舎へ引っ越しても食っていけない気がした。そういう潰しが利かないというか、生活力に欠けるところも自分のだめなところで、ハワイで自然を相手に生きている人たちに感じた劣等感が、あらためて意識された。もの書きなど所詮は虚業ではないのかと。

そんなわけで、打倒ハリポタの闘志に燃えて帰途についたはずが、だんだん自然とともに生きなければウソだ、という気持ちに侵され始め、仕事場に帰り着いた頃には、さらに変化して、どこか自然のあるところへ旅行したい気分になっていた。

ああ、すべてを投げうって旅行したい。

7月24日（木）

今日はハワイの原稿を直す。たかだか12枚程度の原稿に、こうして3日も4日もかかってしまう自分が情けない。夕方にはできあがった原稿を担当のJ社マドンナさんにメールし、夜中にほぼオッケーの電話。

長嶋有『ジャージの二人』（集英社文庫）を読む。これは、表紙の堺雅人の写真が目に付き、ふらふらと買ってしまったもの。なぜかわからないが、堺雅人のちょっとひきつった笑顔に親近感がある。

日頃あんまり鏡を見ないせいか、自分の顔が学生時代とさほど変わらず、世間に対して少し警戒しているような不安ともおびえともつかぬ曖昧な笑いを今も浮かべているように思っている。堺雅人の表情は、そんな自己イメージに少し似ているのかもしれない（顔は全然違うけど）。

しかし鏡を見ると、実際は、笑顔などちっとも浮かべていない不機嫌な顔のオヤジがそこにおり、いったいこいつは誰なんだ、と手でそいつの顔の表面をつまんでみたりすることもしばしばだ。どう見ても私の顔は、精神年齢の2・5倍ぐらいおっさんである。

堺雅人は中年になっても、あの笑顔を浮かべ続けているだろうか。

7月25日（金）

午前中は病院へ行き、午後は新聞のサブカルコラムで書くネタはないかと、何か面白いもののありそうな吉祥寺に行ってみる。あったのはパチンコ屋だった。金がないときに限って、いけないいけないと思いながらやる海物語は、禁断の味。

どどって負けて、こんなことに金使ってる場合かと自己嫌悪になったあと、どどって入って、4000円負けでなんとか食い止めた。そんなわけでサブカルネタはいっこうに見つからない。

ところで、前に自分は外出作家だとかなんとか書いた覚えがあるが、さすがにこう暑くては、外出も楽しくない。高校生とかが学校のまわりをランニングしてたりするのを見るだけで、熱中症で死ぬんじゃないかと心配になる。

仕事場に戻って、高野さんとの対談のゲラチェック。

7月26日（土）

取材と帰省を兼ねて、関西へ。

夏真っ盛りの今、新幹線の窓から見る日本の風景は美しかった。都市を通り過ぎると、たちまち青々とした水田が広がって輝き、遠くの山も近くの森も、元気な緑がモコモコと背を丸めて、なでなでしたくなるいとおしさだ。蛇行する川は青く照り返し、たぶん実際はそうじゃないと思うが、どれも清流のように見える。とりわけ関ヶ原から伊吹山の脇を抜けて近江へ入っていくあたり、東海道新幹線のクライマックスと言っていい。水田の中に嶋のような山々が浮かぶ、箱庭的風景が展開する。

そしてそんな景色を、クーラーの効いた車内から眺めるわけだから、自分はちっとも暑くなく、最高に心安らいだ。

このところ移動が多くて慌《あわただ》しいが、それでまいっているかというとまったく逆で、大変気力が充実している。常にここではないどこかへ逃げているせいで、精神の健全さが増しているように思う。

で、今回の取材は、大阪市立科学館で今年復元された日本初のロボット。

研究員の方から話を聞いたなかで、もっとも印象に残ったのは、昨今のロボット工学では、ロボットにどんどん人間や動物のような動きをさせているが、そうやって人間や動物に近づけていくと、ある程度進んだ時点で、ロボットが急に不気味なものに見えてくる瞬間があるという話。それを乗り越えて初めて、ようやく人間と動物に似た動きや表情が再現できるのだそうだ。これを研究者は「不気味の谷」と呼んでいるらしい。「不気味の谷」を渡らないと、ロボットは人間や動物に近づけないのである。

なんだかわかる気がするし、生命の神秘を覗くようでちょっと怖い。だいたい「不気味の谷」ってネーミングがもう怖い。

7月27日（日）

実家にて、昨日の取材の原稿を書く。環境が変わるとなかなか集中できない私だが、今回はすぐに書けた。

外出や旅行が好きなら、こうやっていつも仕事場以外でもパソコンを持ち歩いて、どこでも書けばいいのだが、それが私にはなかなか難しい。騒々しいと途端に書けなくなるし、暑くても寒くてもやる気が減退し、椅子の座り心地が悪いなども論外。根性のないこと甚だしい。

蔵前仁一『シベリア鉄道9300キロ』（旅行人）を読む。

いつかは乗りたいシベリア鉄道だが、本文中に出てくるロシア人の偽警官には、読んでいるだけでうんざりした。昔からロシアにはそういう輩《やから》がたくさんいるとは聞いていたが、いまだなくなっていないらしい。いつかは行きたいロシアだけれど今じゃないという気がする。だが、シベリアにはきっと行きたい。とりわけカムチャツカ半島には絶対行きたい。もう名前だけでぞっこんだ。カムチャツカカムチャツカ。私の、行ってみたい地名ベストワンである。

あと、バイカル湖とモスクワの間に何があるのか、昔からさっぱり知らんと思い、この本で何があるのか確かめようと思ったが、やっぱり何もなさそうだった。謎だ。

7月28日（月）

昨日一日遅れで帰省した妻子と、母とともに、父の墓参り。

父の墓は、現在の実家から車で2時間近く離れている。もともとは父の故郷だったわけだが、すでに親戚もおらず、そこに住んだこともない私には何の思い入れもない。何の思い入れもない父の故郷の山々を眺めながら、自分が死んだらこの同じ墓に入るのかと考えると、なんのこっちゃという気がする。

帰路、ものすごい豪雨に遭遇。

ワイパーをフルスピードで動かしても、ほとんど前が見えない。午後3時ぐらいだったのに、あたりは夕暮れのように真っ暗だった。昼間なのに真っ暗なのは、なんだか物語の世界に紛れ込んだようで、わくわくする。物語のなかは、たとえ晴れていても厚い雲に覆われている気配があるではないか。

だが、わくわくすると同時に、水があふれて境が見えなくなっている溝に脱輪しないかびくびくした。かろうじて前を走る車のテールランプだけが見えて、それについていく。こんなとき、集団の先頭はいったい何を目印に走っているのだろうかと思えば、なんと、先頭を走っていたのはバイクだった。この雨のなかでバイクだなんて！　雨でよく見えないが、バイクを運転しているのは、どうも大きなウサギのようだった。

7月29日（火）

子どもたちを連れて大阪が誇る巨大水族館、海遊館へ。

夏休みとあって混雑していたが、鯉のぼりみたいなピラルクや、蛸がガラスにべっとり張りついているのや、エイがガラス越しに裏側を見せつけるように泳ぐところなどを見られて、親子ともども満足。

娘がどうしてもソフトクリームを食べたいというので、たまたまフェアで売っていたうまそうなソフトクリームを買ってやったら、なんと、いつも牛糞の匂いを嗅《か》いでいるスットコランド牧場製造のソフトクリームだった。わざわざ大阪まで来て、近所も近所、徒歩30分ぐらいで行けるスットコランド牧場のソフトクリームを買うとは、可笑《おか》しいのを通り越して、ビンゴ！　と叫びたいぐらいであった。

ところで、関西に帰省していて感じるのは、やはり東京と比べて、京阪神も地方都市のひとつに過ぎないということで、それがなかなか心地いい。テレビニュースを見ても、なんとなく泥臭く、時代の最先端をいっていない気易さがある。うまく言えないが、地球温暖化問題にしても、ここにいれば、自分が心配しなくても誰かが、つまり東京のほうでなんとかしてくれるだろうというような、他力本願で、全地球や全世界、そして日本全国に対する当事者意識がうっすらと欠けてしまうような感覚になるのは自分だけだろうか。地球の滅亡が恐ろしい私は、おかげで、ますます地方へ引っ越したくなった。東京に住んでいるというだけで、余計な緊張を強いられているのではあるまいか。

7月30日（水）

坂東眞砂子『傀儡』を読んでいる。

中世を舞台にした時代小説は珍しいので、どんなものか非常に期待しながら読んでいる。私は昔から歴史オンチだけれど、最近、歴史に関する本を読むようになって、中世の面白さに開眼した。とりわけ源平合戦あたりから、鎌倉、南北朝を経て、室町幕府の足利義満あたりまでが、興味深い。そのなかでももっとも興味があるのが元寇である。

日本全土が、かつて経験したことのない得体の知れぬ敵と戦う未曾有《みぞう》の事態。当時の人々にとっては宇宙戦争的な瞬間ではなかったか。

べつに『傀儡』に元寇は出てこないのだが、中世に比べると、戦国時代から江戸時代にかけての歴史は、わかりやすすぎてつまらない。わかりやすいというのは、登場人物の行動原理が、現代とあまり変わらないという意味だ。中世は社会全体に底知れぬ闇のようなものがあり、人の心の根幹が現代とまるで違うので、異次元の世界という印象があって興味が湧く。そういう意味で、時代が下れば下るほど、人間が合理的になってくるので私には退屈なのだ。こと幕末に至っては、行動原理がまるで政治一辺倒でまったく面白みがない。幕末という時代には加齢臭さえ漂っている気がする。さらに下って日露戦争『坂の上の雲』あたりになるともう加齢臭ぷんぷんだ。って、本は読んだことないんだけど。

去年、中国の歴史に詳しい年配の方と知り合い、中世が面白いという話をしたところ、いや中世なんぞまだまだ、本当に面白いのは古代、と言われた。古代になってくると今度は、土臭いというか、埃《ほこり》っぽい気がして、私は興味が失せるのだが、加齢臭よりはましだろう。

なんて加齢臭をバカにしているけれども、私自身、加齢臭がしてもおかしくない年齢になってしまった。いつ臭《にお》い始めるのか、それとももう臭っているのか、大変心配である。

子どもたちを連れて弟のやっている焼肉店へ行く。

私はよく弟とそっくりだと言われるので、店員に顔を見られて「あ、お兄さんが」なんて、騒がれたくない思いで、つい店に入るときは俯《うつむ》きがちになって、挙動不審である。

7月31日（木）

実家の近所の児童公園に子どもを連れて行く。ブランコと滑り台と砂場と鉄棒があるだけの公園で、いつもほとんど人がいない。

家賃に喘《あえ》ぐ今、引っ越し先を考えるなら、まず実家で親と同居するのが一番手っ取り早いわけだけど、この児童公園に子どもがいないことが何より引っかかっている。つまり、近所に子どもたちと同じ年頃の子どもがいないようなのである。あるいはどこか別の場所にいるのかもしれないが、どういうわけか子どもの姿をあんまり見かけない。戸建ての住宅地なので、若い夫婦には住めない土地柄でもあるだろうし、住むなら親と同居しなければならないだろうから、それで子どもの数が限られているのではなかろうか。

私も妻も、子どもはなるべくたくさんの子どものなかで育てたいので、その意味で実家での同居は考えにくい。だが、そんな贅沢《ぜいたく》言ってる場合なのか、という意見もある。

で、児童公園にはうるさいぐらいセミが鳴いていた。

セミの鳴き声がめいっぱい聴こえる場所にいると、それ以外何も聴こえないぐらい圧倒的であればあるほど、正しい夏だという感じがし、だんだんそれが人の声のように聴こえ始めたりして、シーシーシーシーシーシーシーシー、そういう場所で人生を過ごしたいという穏やかな気持ちになる。

思えば私の実家も妻の実家も、結局は都会にあるので、子どもたちに田舎の大自然をいながらにして体験させることはできない。実家が農村とか山村とか離島にあったりする人は、帰省もずいぶん面白かろうと思うが、考えてみると現在住んでいる東京の家は山のすぐ近くにあって、むしろ一番自然に近いのが、わがスットコランドなのであった。

2008年8月

8月1日（金）

新幹線で福岡の妻の実家へ。

山陽新幹線はトンネルが多くて、景色をじっくり眺めにくい。子どもたちはシールに夢中で、景色どころではないようす。子どもは本当にシールが好きだ。よく本屋へ行くとレジの横に小さなシールブックを置いているところがあり、いったい誰がこんなもの買うんだろうと思っていたが、こういうことだったか。

福岡は何度来ても住みやすそうな街である。国際空港と、新幹線の駅と、都心とが地下鉄一本でつながっているのが便利だし、海もあるし、山も近いし、外国も近い。引っ越してもいいぐらいだけど、妻は、社会人になるまでずっと住んで、もう住み飽きたというのだった。

8月2日（土）

アジアのお化けの絵の展覧会があるというので、福岡アジア美術館へ出かけていった。美術館にはお化けの絵とは別に絵本が多く展示されており、どれも手に取って、そのへんに座り込んで読めるようになっていたので、意図したわけではないが、子どもを連れて行くのにちょうどよかった。

万華鏡を作るワークショップがあって、それに子どもを参加させてみる。というか、そこで作る万華鏡に私自身が惹かれたのである。それはよくある筒状のものではなく、立方体の万華鏡で、中が六面とも鏡であるために、覗くと無限に像が浮かんで、とても幻想的なのだ。筒状のものはすぐに飽きてしまうが、これは中に宇宙が、あるいは深海が、もしくは香港の夜景が封じ込められているかのようだった。

この年齢になって万華鏡に心ときめくとは意外である。

8月3日(日)

福岡の郊外にある海水浴場へ行く。

海の家がある海水浴場に子どもを連れて行くのは初めてで、海の家ってなあに？　と聞くので、夏になるとな、海水浴場に食事をとったり休憩したりシャワー浴びたりできる家が、海の中からざばあんと現れるんや、大きな海老の背中に乗ってな。それが海の家や。うっかりそこで休んだりすると、そのまま家ごと海の中へ連れ去られて帰ってこられなくなる、それはそれは恐ろしい家なんや。と語り聞かす。

つまるところ、私は海の家が嫌いなのだった。今日の海水浴場でも、ひとり1500円とか言い出す始末で、しかもシャワーは別でコインシャワーだという。シャワー代込みの値段じゃないのか。腹が立ったので、海の家は生涯利用すまいとあらためて胸に誓う。海の家なんぞ、みんな大ダコにさらわれてしまえばいい。

ビーチはさすがに日曜とあって多くの人出があり、水が濁っていた。しかもしばらくすると雨が降り出したので、さっさと引き上げることにする。それでも波にゆらゆら揺られて、子どもたちは満足そうだった。

8月4日（月）

ひとり新幹線で東京へ戻る。もちろんこの程度の距離で飛行機は使わない。

途中山口県のどこかで、車窓から、大きな谷間の奥に岩肌のむき出した荒々しい山がそびえているのが見え、おお、こういう場所に住みたいぞ、と色めきたったが、あっという間に通り過ぎて地名も何もわからなかった。

新幹線で読んだのは宮崎賢太郎『カクレキリシタンの信仰世界』（東京大学出版会）。

9日ぶりのスットコランドに帰り、これからしばらくひとり暮らしである。さっそく届いていた新聞連載のゲラを確認。米を炊いて、買ってきた惣菜《そうざい》とともに食べた。

8月5日（火）

昨夜炊いた米でおにぎりを作り、それを持って仕事場へ。半日かけてサブカルコラムの連載原稿を書く。

外は雷雨。おかげで仕事が捗ったけれど、この雨が半端じゃない雨だったのであって、夜のニュースによれば23区内では冠水している建物もあったようだ。川が氾濫するなんて非日常的な事態のように思うが、最近の東京では珍しいことではなくなった。ヒートアイランドとか、集中豪雨とか、東京は日に日に過酷な気象条件の地に様変わりしていく。このままいくと、10年20年後にはとても人が住めない金星みたいな土地になってるんじゃないか。そうして郊外のコロニーから、灼熱《しゃくねつ》と洪水の大地に、サラリーマンが宇宙服を着て、決死の覚悟で通勤していくのだ。

夜BSで四国遍路の番組をやっていたので見た。見ていると、自分も早く続きを歩きたくなったけれども、そんなことより雷で映像がびわびわになって、3分の1ぐらい何がなんだかわからなかった。

その後今度は宮崎駿のドキュメンタリーを見る。これは非常に面白かった。人を喜ばせていないと、自分に生きている価値がないような気がするという抑圧が、宮崎駿の心の中にはあるらしい。その抑圧こそが仕事へのドライブになっているのだ。

　ならば私の中にどんな抑圧が潜んでいるかと考えてみた。抑圧ならたくさんある。飛行機怖い、食事が面倒くさい、ひとつの場所にじっとしていられない……ってなんか違う気がするな、そういうストレスみたいな話ではないのだ。もっと生きる意味とか、そういう方面で何かないのか、劣等感とかトラウマとか、そういうのをバネにして作家はものを作るんじゃないのか、んんん……劣等感？　そうだなあ、〇〇ポコが小さいとか？　全然だめだ、小説になりそうにない。それに、歳とって、もうあんまり気にしてないぞ。

8月6日（水）

　書評原稿を書くつもりで仕事場へ行くが、どうにも書き始められない。取り上げる本も、書く内容もとっくに決めてあるのに、しかも締め切りは明日だというのに、どういうわけか気が乗らない。

　どうしてなのか自分の胸のうちを分析するに、どうやらそれは、今度友人たちと行こうと企画している川下りのことばかり考えているせいであることがわかった。というか最初からわかっていた。

だって、私が幹事なのだ。まだ予約が取れていないこととか、集合場所のこととかいろいろ気になって仕方がない。それに、みんなで川下りしている楽しげな映像が頭の中にちらついて、どうにも落ち着かないのだ。

それで昨日の抑圧の件について思ったのだが、私の胸の中には、子どもの頃思う存分野山で遊べなかったという意識がある。夏休みで、しかもいい天気なのに、家にこもって宿題をやっていたり、出かけてもすぐ近所の公園でしかなかったりで、あああ、もったいないもったいない、夏が過ぎていく！　と子どもの私はいつも唇を噛んでいた。なんだか膨大な量のミネラルウォーターが、工場廃水で汚れたドブ川にどぼどぼ流れ込むのを、指をくわえて眺めているような、そんな虚しさを常に感じていたのである。その思いが、こうして今の私のドライブになっているというか、仕事の邪魔になっているというか、これをなんとか仕事に役立てることができればと思うのだが、どうすればいいのだろうか。やはりまずは思う存分野山に遊び、そのトラウマを癒すことが大事なのでは？

そうそう、書けない理由がもうひとつあった。現在アメリカツアー中のジェットコ仲間の日記が、ＷＥＢにアップされていて、見たくないのについ見てしまうのだ。くっそう、腹が立って腹が立って腹が立つ。なぜ私がそこにいないのか。今からでも行って合流したいぞ。

なんかもう長いことジェットコースターに乗ってないような気がする。数えてみると、もう5ヶ月ぐらい乗っていない。ちまたではジェットコースター評論家とさえ呼ばれることのある私が、そんなことでいいのだろうか。

働け。

不意に、カースン・ネーピアさんの声が、エアコンの吹出口から聴こえた。

8月7日（木）

昨日の日記の続きではないが、この日記を連載している関係上、「本の雑誌」のＷＥＢをよく見るようになり、大変困惑している。というのも、「帰ってきた炎の営業日誌」で紹介される本が、いちいち読みたくなるのである。どの本も絶賛しすぎではないか。私は本なんか読むより、原稿を書かねばと思っているのに、日に日に読みたい本が増えていく。

明日から北京オリンピックが始まるけれども、うっかり見てしまわないよう、新聞も止めて情報をシャットアウトしているぐらいの私なのだ。それなのに、紹介されていた佐藤多佳子『夏から夏へ』（集英社）をついアマゾンで注文してしまい、本日無事届いたではないか。

この本は、陸上日本の４×１００メートルリレー男子チームのノンフィクションだそうで、かつて高校、大学と、まさしくその4×100メートルリレーの選手だった私は、買わずにおれなかったのである。知らなければスルーしていたのに、まったく大迷惑にもほどがある。読むぞ。読まいでか。そして読んだらきっと、オリンピックも見たくなる。陸上はいつからだ。100、200と、この4継、そして女子マラソンだけは見ていいことに今決めた。

立秋だからというわけでもないだろうが、夜になって涼しくなった。

家じゅうの窓を開け放ち、室内の灯りを全部消して素っ裸になって涼んでいると、ほのかに牛糞の匂いが香り、不意に、学生時代に旅した東北地方のことを思い出した。牧場にあるユースホステルに数日間滞在し、羊の世話をしたのである。あのときは、羊って、鳴き声がまるで人間なんだな、と感心したのだった。

将来自分はどんな仕事につき、どんな人と結婚するのだろうか、どんな人生になるんだろうか、子どもはいるんだろうか。

そんなことを漠然と思っていたあの頃の、何もしなくてもすべてが自動的に前に転がっていくような日常を、なつかしく思い出す。

突然、そうだ、ドライブしよう、とひらめいた。夜のドライブなんて、久しぶりではないか。どこかもっともっと涼しい場所まで走って行こう。

さっそく車に乗り込んだら、ガソリンがなかったので、まずはガソリンを入れに行った。

夜に車を走らせていると、学生時代の気分が甦るようだった。今なら何時まで外出していても、妻にイヤな顔されることもない。オレは自由だ。ああ、オレにはまだまだ未来がある。これからどんなことだってできるぞぉ！

ところで、ガソリンはリッター183円もした。

やっぱり夜のドライブは、ほどほどにしておくことにした。

8月8日（金）

しばらく放ったらかしになっていた四国遍路を書く。だいぶ前からかかっているのに、途中さまざまな仕事が入って中断し、時間がかかっている。

すでに冒頭の20枚ぐらいは書いてあるのだが、どうも自分で納得がいかない。何度書き直しても納得がいかない。とくに冒頭の10枚は、もう5、6回はゼロから書き直している。それでも納得いかない。困った困った。

佐藤多佳子『夏から夏へ』を読む。

4継日本代表メンバーのノンフィクション。選手たちの苦悩や、走るときの感触など、経験者である私には、いちいち実感としてわかってしまい、読んでいるうちに、自分も明日からでも陸上を再開したいぐらいの気持ちになった。体調が悪いときにいい記録が出たり、その逆もあったり、というところなど、そうだったそうだったとうなずいた。まあ、もちろん彼らと私ではレベルが全然違うわけだけれども、やっぱりスポーツっていいよなとあらためて思う。

そしてそんな今日は、まさにオリンピックの開会式だったりして、まずいときに読んでしまった、まずいまずいと頭を抱えた。

私はこの夏に四国遍路を離陸させ、できれば小説も再開したいと思っているのだ。開会式など見てしまったら、気分が高揚して、なし崩し的にテレビべったりの生活になってしまう。そこで心を鬼にして、レンタルビデオを借りに行った。

開会式の時間帯に当てて「パンズ・ラビリンス」を観る。悲しい。悲しすぎる映画であった。

8月9日（土）

家族がいないので、週末も仕事場へ。

四国遍路の原稿にいいリズムができてこないので、カーテンを閉め切り、現地で撮ってきた写真をパソコンのディスプレイでスライドショーにして、ずっと音楽を聴いていた。原稿のことはいったん忘れ、歩いていたときの感じを思い起こす。

倉橋由美子『酔郷譚』を読んだ。女の人はエロスが自由に描けていい。男がエロスを描いたものは、どうしても言い訳くさい気がする。

8月10日（日）

どういうわけかほとんど眠れないまま夜が明けたので、そのまま起きることにした。テレビをつけると、「渡辺篤史の建もの探訪」をやっていた。変な家が出てくるのを期待したが、普通におしゃれな家でつまらなかった。外壁も内装も真っ白で、まったく凡庸だ。

私は、いつの日か渡辺篤史が絶対来ないような家を建てたい。もし渡辺篤史が来てしまったら、落とし階段で迎え討つ。それでも這《は》い上がってきたら、吊り天井でとどめだ。そうして、いやー、鳥肌がたちますね、と言わせたい。

黙々と四国遍路。なんだかずっとこの原稿をいじっているような気がする。いつものことだが、新連載の第1回は、全体の流れやトーンを支配するため、考えすぎて、めちゃめちゃ時間がかかる。

8月11日（月）

朝起きたらもう11時過ぎだった。なにげなくテレビをつけたら、偶然男子100メートル平泳ぎ決勝で、北島康介が泳いでいた。思わず応援してしまい、ばっちり目が覚めた。北島は世界新で金メダルだった。素晴らしい。危うくそのまま表彰式まで見そうになったが、心を鬼にしてテレビを消す。この夏は執筆に全力をあげることになっているのだ。

ついまたテレビをつけてしまわないよう、DVDを借りに行く。それじゃ意味ないだろうという意見もあろうが、それとこれとは全然違うのである。DVDは2時間なら2時間観たらそれで終わりだが、オリンピックは一度観始めると、とめどなく観てしまう。とくに観たいとも思っていない野球とかソフトボールとかホッケーとか卓球とか、挙句の果てには日本が出ていない試合まで、なんとなくズルズル観てしまうのが、オリンピックの恐ろしさなのだ。したがってDVDを観るのは、肉を切らせて骨を断つ捨て身の戦法なのである。

というわけで、四国遍路の映画「ロード88出会い路、四国へ」を観た。

主人公が白血病というので、またそれかよ、と思ったが、最後は死なずに治ったのでよかった。映画でも何でも、難病は治らなきゃいかん。

夜のニュースで、女子バドミントンのペアが、第1シードの中国ペアを破ったというニュースを知り、つい見入ってしまった（夜のニュースは見てもよい）。北島や柔道と違って、普段ほとんど注目されないバドミントンだし、聞いたことのない選手たちだったので、かえって気になる。そういう、期待されていなかった選手が予想外に活躍する、という展開に私は弱いのだ。

弱いといえば、とくにオリンピックで弱いのは、NHKのアナウンサーの声が裏返る瞬間だ。ときどき自分は、競技ではなくて、実況に感動しているんじゃないかと思うほどである。アナウンサーの声が裏返るのは、たいてい対戦競技かレース競技なので、夏はやはり水泳と陸上に期待が持てる。ちなみに、これまでで感動した実況ベスト3は以下の通り。

3位「速い！　速い！　これが清水の滑りだ！」

2位「鈴木大地追ってきた！　追ってきた追ってきた！」

1位「高野！　高野！　高野は世界の8位かあ！」

って、書いてるだけで泣きそうである。

それにひきかえ、金メダルを取ったアテネ男子体操の団体で、最終演技者の富田選手（だったかな？）が鉄棒でフィニッシュする際、アナウンサーが「栄光への架け橋だあ！」とかなんとか言っていたのは、興ざめだった。レトリックで言うな。かっこつけてないで、我を忘れて絶叫せんかい。本人も何言ってるのかわかってないような、ちょっと破綻《はたん》したぐらいの実況が、観るものの心を打つのである。

8月12日（火）

ニック・ステファノスさんと久々に会い、書評連載用の本を渡す。オリンピックの話になり、私がこんな時期に佐藤多佳子『夏から夏へ』を読んでしまい大失敗だと話すと、同じ作家の『一瞬の風になれ』（講談社）もいいですから、今度送りますよと意地悪なことを言う。「やめてください、そんな本読んでる場合じゃないのです、だいたい、スポーツはノンフィクションですよ。どんなによくできた小説もノンフィクションにはかなわないでしょう」と切り返すと、「でも、これは4継の話ですよ。しかも、主人公は高校から陸上を始めるんです。宮田さんと同じじゃないですか」と言われ、大迷惑。読んでしまいそうではないか。

8月13日（水）

オリンピックに流されそうな頭を、ゼロクリアすべく、千葉県の佐倉にある国立歴史民俗博物館へ行く。大阪の万博公園にある国立民族学博物館に名前が似ているので、ぜひ一度行ってみたいと思っていた。ずいぶん遠いために、なかなか行けないでいたのである。

はるばる訪れた博物館は、規模もでかく期待できそうだったが、一番見てみたいと思っていた鎌倉時代の展示が少ししかなく、がっかりした。逆に素晴らしかったのは、絵馬が大量に展示してある場所に、エイの描かれた絵馬があったことだ。絵馬にエイ？　しかもとてもマヌケで味わい深く、これは当然ミュージアムショップでポストカードになって売っているだろうと思ったら、売っていなかった。あれをポストカードにしないでどうする。

そんなわけで全体として、民族学博物館に比べて迫力に欠け、質、量ともに、遠く及ばない印象であった。これなら江戸東京博物館のほうが面白い。トイレの蛇口が、自動でなく昔ながらの手でひねるタイプだったのも、古臭い感じがした。

晩飯は外食して帰宅は夜になり、今日は原稿書かず。

8月14日（木）

理由はとくにないが、今日一日の動きを逐一書いてみる。

朝9時半頃起きて、朝食。本当はごはんに味噌汁、浅漬けと煮干ぐらい食べたいが、準備が面倒なので、コーンフレークに牛乳かけて食う。

その後洗濯と掃除をし、テレビをつけたら北島康介の200メートル平泳ぎをやっていたので、それだけ観て消す。この後も日本選手が登場するようだったが、ぐっとこらえて仕事場へ行く。家族がいないので、仕事場に行かずとも自宅で仕事はできるけれども、自宅にはテレビがありインターネットがあって、危険きわまりない。外を見ると、ギラギラとした快晴というか激晴もしくは酷晴とでもいうべき空で、このなかをわざわざ15分も歩いていく必要があるのだろうかと疑問に思う。が、意を決し、帽子を被って出発した。

自宅横の公園の木陰を歩いていると、セミの大合唱に包まれた。夏はこのぐらいのほうがきっぱりしてていいんじゃないか、と寛容な気分になったり、木陰を出た途端、激烈な日射しに、ふざけんな、やっぱり自宅で仕事したほうがよかったと怒ったり、揺れる心で白く輝く街を歩いていった。

暑さで全身型崩れしながら11時半頃仕事場に到着。即座にクーラーをかけて、部屋が十分に冷やされるまで、裸になってたたずむ。冷たい麦茶なんか飲んだりして、ぷはぁー。ここまでで今日の仕事は終わったような心地がした。

久々に小説を再開。

午後になって、空がみるみる暗くなったかと思うと、遠雷が轟《とどろ》き始めた。雷鳴好きの私は、はじめ喜んでいたが、そういえば自宅のベランダに洗濯物をたっぷり干してきたのを思い出した。今さら戻っても間に合うまい。洗濯物はあきらめて、雷雨を楽しむことにする。

窓際の椅子に腰掛け、雲と雷を見物。

次々と下から巻き込むような黒雲を見上げていると、不意に、雲の裂け目に湖が見えた。湖？

やがて降り出したのは、あられで、小石ぐらいのひょうがバチバチ窓ガラスを弾いて、割れるんじゃないかと気が気でなかった。

夜7時頃仕事場を出る。帰りにスーパーで買い出し。先のあられのせいで、道路には木の枝や葉っぱが散乱していた。ずいぶん太い枝も落ちていたから、かなりの嵐だったようだ。帰宅するとベランダの洗濯物は物干し台ごと倒れて、ドボドボになっていた。

今日の夕食は、ごはんと、刺身、トマトまるかじり、もずく、ゆで卵、タマネギ炒め、梨。卵をゆで、タマネギを炒めた以外、まったく調理もしていないが十分に食える夕食だった。タマネギを炒めたのは、妻が、弱火で長く炒めるとタマネギは甘く、かつ、ぐっと量が少なくなってたくさん食えると言っていたので、どのぐらい量が減るのか実験したのだった。1時間炒めたが、驚くほど減ったという感じはしなかった。

ネットで調べると、ロト6でまた1000円当たっていた。今年4度目。これはひょっとすると、パチンコでいえば、大当たり前のリーチ連発みたいな状況なのでは？

夜、J社マドンナさんから、ハワイの原稿を大幅に修正してほしいと電話。金玉とか書いた部分が本社広報で通らなかったようだ。そんなことを書く奴が悪いと言われそうだが、ハワイには金玉の出てくる神話があって、それを書いただけなのである。したがって悪いのは神話そのものであり、私のせいではない。

12時に寝ようと思っていたが、家にあったDVD「天空の城ラピュタ」をつい観てしまう。今日、雲の切れ間に湖を見たせいだ。あれはたしかに湖の青だった。青空の色じゃなかった。チベットで見たヤムドク湖の色だ。雲にたっぷりと含まれた水分が、空に湖をつくったのだろうか。

寝たのは2時。

8月15日（金）

頭の中で鈴木大地が追ってきて、仕事が手につかん。

朝のニュースで昨日のオリンピックを観る。

水泳女子800メートル自由形の柴田亜衣選手が予選落ち。

アテネの金メダリストだったが、今回は予選でも7着という残念な結果。実はアテネでもっとも印象に残った選手だった。金から予選7着は落ち込みすぎではないかと思うけれど、そこに彼女の人間らしさを感じなくもなかった。

誰ひとり（自分でさえも）予想していなかった金メダルを前回取ってしまい、その後モチベーションを保つことが難しかったのではなかろうか。絶対に手が届かないと思っていた目標に、突然到達してしまったら、私ならその時点で選手をやめてしまうだろう。だって、金より上はないのだ。2大会連続なんて、そんなにがんばらんでも1番とったがな、と思うにちがいない。何大会も連続して金メダルを取る選手は凄いと思うが、私なら、そのひまがあるなら、まったく別の世界で、新たな目標にチャレンジしたい。性格的に同じことをいつまでもやりたくないのである。

柴田選手は、責任感なのか惰性なのかわからないけれど、そのまま競技を続けたところが彼女の優しさであり弱さだったような気がする。北京に出たものの、金メダルなんてもう本気で取りたいと思っていなかったんじゃなかろうか。きっと彼女にとって水泳はそのぐらいのものだったのであり、という言い方が失礼なら、世界の頂点に立つ以外の目的のためにあり、そうした気持ちでスポーツをやるということを、私は肯定したい。だったらオリンピックは別の選手出してやれ、という意見もあろうが、日本で一番速いんだからそれはしょうがない。

今日から陸上が始まり、今日は100メートルの1次予選、2次予選があった。塚原選手が準決勝に残る。

日本人はどうしても体が軽いため、スタートはよくても後半にスピードが乗らず、いつもだんだん抜かれてしまうのだが、最近は日本人選手もなかなか体格がいい。そのうち後半も世界とわたりあえる選手が出てくるかもしれない。

というか陸上も水泳みたいに、50メートルをやったらどうなのか。50メートルなら、日本人は強い。金メダルの可能性がかなりある。

8月16日（土）

ハワイの原稿を直す。

夕方になって涼しい風が吹き、ようやく夏も一段落かと思わせた。

今日は夜に男子100メートルの準決勝と決勝。カレーを作って準備万端で見物した。塚原選手は決勝に残れなかったが、日本人らしからぬ力強い走りっぷりが見事だった。

そして決勝のウサイン・ボルト9秒69。たまげたのである。

100メートルといえば、思い出すのはソウル・オリンピックのカール・ルイスとベン・ジョンソンの一騎打ちで、あのときはベン・ジョンソンが9秒79という驚異的なタイムで優勝し、世界の度肝を抜いたのだった。しかし、その後彼はドーピングでメダルを剝奪《はくだつ》されたのである。9秒79など、ドーピングなしにはあり得ないというのが、当時の印象だった。カール・ルイスだってベストは9秒86だったのだ。

それがいつの間にこんな凄いことになっていたか。しかもラストは、両手を広げて流していた。このままいくと西暦3000年頃には、8秒台が当たり前になってたりするのか。西暦10000年頃には5秒台とか。それは人間だろうか。

8月17日（日）

曇って涼しくなった。

散髪に行く。美容院に行ってみたり、1000円カットで済ませたり、何のコンセプトもない私の髪形であるが、今日は美容院。

隣で髪を切ってもらっている若い男性が、美容師の女性に「彼氏できたんですね。おめでとうございます」なんて言っている。「ショックでした。今日来るのやめようかなあ、とか思ったんですけど」

「えっ、そんなこと言わないでくださいよ。一緒にお笑いコンビ組みましょうよ」

「無理ですよ。おれ、〇〇さんほど面白くないですから」

「まったまたあ」

「その面白さは、彼氏がひとりじめなんですよね、うらやましいなあ」

きっと常連客なのだろう。今までに、お互い、〇〇さんておかしいよね、お笑いに向いてますよ、なんて会話したことがあるのかもしれない。他人事だけど、私は、妙に恥ずかしくなった。

ずっとずっと若い頃、女の子を、君面白いね（関西だったので正確には、〇〇やん（女の子のあだな）て、おもろいな）なんて言って、気に入っている素振りを見せるのは、真剣に好きなわけじゃないけど、やりたいときの常套句《じょうとうく》であった。余裕を見せてるようで、本当は、あわよくば、と思っているのである。全力で口説いていないけど、物欲しいのである。そして、そんな中途半端で腰の引けたアプローチは、決して成功しないのだ。という事実を、思い出したからである。

若い男性は、なかなかのイケメンだった。しかし美容師のほうは、そんな男、どうでもいいのであった。

そうやって勝手に聞き耳立てて恥ずかしがっているうちに、髪はめっちゃ短くなっていた。

8月18日（月）

昨日ぱらついた雨のせいで、かなり涼しい。

仕事場にて、3時間かけて小説を6枚書く。

まだまだ書けそうな気がしたが、これ以上仕事すると苦痛になってきそうな気がしたので、そこでやめる。がんばりすぎると明日以降、仕事するのが嫌になってしまうので、毎日続けられる量でやめたのである。たったの6枚であるが、このところあれこれ悩んで前に進んでいなかったので、よしとする。

ところで、オリンピックについては、かなり平常心で対応できるようになってきた。ニュースだけで生きていける強い心が育ってきた。

夜、突然思い立って、万華鏡を作る。

8月19日（火）

昨日、私は気がついたのである。

これまで、毎日朝から晩まで働かなければいけないと過剰に思い込んでいた（本当）から、きつかったのだと。それよりも、一日の仕事は3時間までにして、そのかわり毎日必ずきっちり書くということにすれば、負担感も少なく、かえって筆が捗るのではないか。3時間といえば、かつてのサラリーマン時代の往復通勤時間だ。あの地獄の満員電車に毎日乗っていたことに比べれば、はるかに精神的にも楽である。

というわけで、今日は午後2時から5時まで働けばいいやと思い、午前中寝ていた。

J社マドンナさんから電話。先日メールしておいたハワイの直しが通った。

「今週末頃にゲラ送ります」というので、「今週末は川下りに行くので、確認は来週頭でいいですか」と尋ねると、「めいっぱい遊んでますね、宮田さん」と呆れられたが、身に覚えがなかった。むしろ自分としては、この夏初めての本格的な遊びだと思っていたのだが。

「沖縄行ったりとか帰省したりとかしてたじゃないですか」

「あれは家族サービスで、遊びではありませんよ。日常の一環です。むしろ仕事と言ってもいい」

なんて答えながら、つまり私が求めているのは、でっかい夏なんだ、と思ったのだった。どーんと、でっかい夏。

子どもが幼稚園では、まだまだ子連れででっかい夏は難しい。たとえ子どもにはでっかくても、自分にはでっかくない。ただ宮古島に行ったという程度ではだめで、体を使って未体験の世界へ飛び込むこと。今までの自分の経験を上回る夏。それでこそ、でっかい夏だ。

そろそろ子どもにそれを味わわせてやるべき年齢に達しているにもかかわらず、いまだ胸の奥に、かつてドブに垂れ流した夏を取り返したい、という思いが残っている。子どもの頃ひもじい思いをした人間は、大人になって十分食べられるようになってからも食べ物に執着する、とどこかで聞いたことがあるが、それと同じだ。大人になっても、まだ遊び足りない遊び足りないと、心が執着しているのだ。

8月20日（水）

午前中は、定期的に行っている病院へ。

午後から、新宿へ行き、源信の『往生要集（上・下）』（岩波文庫）が再版になっていたので買う。ここしばらく古書でないと手に入らなかったのだ。ついでに島尾敏雄『「死の棘」日記』（新潮文庫）、丹生谷哲一『検非違使　中世のけがれと権力』（平凡社ライブラリー）も買った。

せっかく新宿に出てきたので、評判のいい映画「ダークナイト」を観に行った。最初から最後まで息をもつかせぬ展開で、少々疲れた。なんでそんなに評判がいいのかと思ったら、原因はチャンバラだった。ヒーローものは、なんだかんだ言ってもハッピーエンドというのがハリウッドだったのに、これは全然違って、チャンバラの美学で作られていた。すなわち主人公がどうにもならない境遇で、悪を背負って、それでも生きていくという。日本映画に学んだのか、あるいは9・11を経験してアメリカも変わったのか。

ところで、途中で座席が揺れ出したので、おお、さすが新しい映画館は違う、画面と連動して動いているぞ、と感心していたら、地震だった。

そして、なんと！　ウサイン・ボルト、男子200メートル決勝、19秒30。

マイケル・ジョンソンの世界記録を更新した。大きなストライドの走りが見ていて気持ちいい。往年のマイケル・ジョンソンのペンギンのような走りと、並んで競走するところが見てみたくなった。

8月21日（木）

C社のデジャー・ソリスさんからインタビューの依頼があり、近所のカフェで受ける。内容は子育て。子育てといっても、私にはたいした理念もないので、とくに話すことはなかったが、子どもが親と遊んでくれるのは中学生になる前までだとすると、息子は6歳だからもう半分が過ぎたということに最近気づき、もっと遊んでおかねば、と少し焦っている。そんなことをしゃべった。

またしてもロト6で1000円当たる。言っておくが毎週1000円分しか買っていないのである。それで2週連続で全額回収した。これは、かなり来ているのではないか。買ってても買わなくても一緒だったという意見もあろうが、この場合は、何らかの前兆現象と考えるほうが理にかなっていると思う。

8月22日（金）

群馬の水上温泉へ、川下りに行く。

ハイドロスピードという、浮き輪のようなビート板のようなものにつかまって激流を下る目新しいアトラクション。いつだったかテレビで見て、ずっとやりたいと思っていた。いつも一緒に海に行くシュノーケル仲間とともに参加したのだが、辺境作家の高野さんも好きなんじゃないかと思い、誘ってみたら、腰痛にいいかもしれんとか言いながら、やってきた。腰痛にいいとはちっとも思えないが、本人がそう言うなら、私の関知するところではないので、合流。

見た目は危険そうだが、実際はウエットスーツとライフジャケット、さらにヘルメットまで被ってやるので安全で、しかもカヌーのようにひっくり返る心配もないので、荷物がなければ一番合理的な川下り方法に思える。

カヌーではとても下りたくないような、ラフティング向きの急流をほとんど体ひとつで流されていった。階段状になった激流に頭から突っ込んだり、高速の流れのなかで上流を向いて波に乗ったりするのは、問答無用の面白さ。全身に、激しい「うりゃうりゃ」が駆け抜けた。このままどこまでも下っていきたいぐらいだ。しかし、流れがゆるいとバタ足しなければならず、そうなるとちょっときついのだった。

さんざん楽しんだあと、温泉に入って、高野さんと温泉談義。

べつに温泉に入ることに異存はないけれども、それはあくまでスポーツとか探検をやった後に風呂として入るものであって、最初から温泉に入るために出かける人間の気が知れないという点で、意見が一致した。さらに高野さんは、ただ飲むためだけの飲み会も不毛だ、と言っておられた。私は飲まないので詳しくはわからないが、その不毛さは容易に想像できる。みんなで何かをやって、その夜に飲む、というのが正しい飲み会であろう。温泉や飲み会が、それ自体目的になっているようでは、時間が薄いよ。

宿のテレビで、男子4×100メートルリレーを観る。

長くオリンピックを我慢する日々が続いていたが、これだけは見逃せない。

アメリカが予選落ちして、ひょっとしたらメダルも狙えるんじゃないかと興奮していた矢先、スタート前の1走塚原選手がカメラにメンチ切っていたので、少ししらけてしまった。おかげで平常心で観戦できた。まあ、ああいう気合いの入れ方なのだろう。

しかし、スタートすると、その塚原選手がかなりいい走りでバトンも見事に渡ったので、見直す。末續《すえつぐ》選手は最後疲れていたけど、高平選手が粘って粘って粘ってカーブを出てきたあたりで、ぐっと何かがこみあげてきた。2位で来てるじゃないかあ！

朝原選手にバトンが渡った時点で、よっしゃあ、もう大丈夫だ、と思ったのは、他チームには9秒台のアンカーもいるのに、理屈が通らないと思うかもしれないが、これは条件反射のようなものだった。いつもそうなのだが、朝原選手はどういうわけか、リレーになると、滅法速いのである。

そして私は、この瞬間、遠くからじっと見ている塚原、末續両選手のことを思った。かつて自分がリレーをやっていたとき、私の定位置は1走で、第2走者にバトンを渡したあと、2、3、4と渡っていくバトンを祈るような気持ちで眺めていた。誰かが落とせば、その瞬間にすべて終わりで、落とさなくても詰まったり届かなかったり、何が起こるかわからない。だから、それが確実にアンカーまで渡った瞬間、まだレースは終わってないのに、よっしゃ、とつい思ってしまう。それほどにバトンは重い。駅伝のたすきとは違うのだ。

朝原選手がのっけからトップスピード。リレーのアンカーは、自分自身の走力だけで走るわけではなく、それまでの全体の勢いがアンカーを押していく。朝原選手の走りには、後ろから3人に押されている感じが、しっかり出ていた。これは絶対いける！　と思った瞬間、トップのジャマイカがあまりに速すぎて、画面から2位以下が消えてしまった。んあああ、見えないじゃないか、ふざけんなぁ！

と思ったら、朝原選手が、風のようにゴールを駆け抜けていった。

「日本は銅ぉ！」

高野さんや他の仲間もいたので、なみだ目にならないよう我慢した。みんな「すごいなあ」なんて言っている。私は、軽々しく「すごいなあ」なんて言ってほしくない、と思った。そんな通りいっぺんの感動話ではないのだ、ソフトボールの金メダルなんかと一緒にすんな、みんなそこになおれ、黙ってオレの話を聞け、とか言って聞き分けのないおっさんになりそうだったが、ぐっと我慢した。

レース後の選手たちのコメントも、素晴らしかった。とりわけ末續選手のコメントは、他の競技のメダリストたちのそれとは次元が違っていた。

やがてテレビはリプレイ映像に変わり、さっきのカメラではなく、朝原選手を正面から撮った映像を観る。朝原選手の、これまでの自分の人生はこの瞬間のためにあったとでもいうような気迫の形相に、みるみる胸が熱くなり、その走りを祈るような気持ちで見ているはずの他の3選手の心のうちを想像して、また涙が出てきた。でもかろうじて涙は目の中にとどまり、流れてはこなかった。

川下りの疲れもあって、早めにベッドに入った。眠いから、明日ゆっくり感動しようと思ったけど、せっかくだから、朝原選手の走る姿と末續選手のコメントを思い出して、ちょっとだけじわじわ泣いてみた。

日本人が短距離でメダルを取るなんて、奇跡じゃないか。よかったなあ。本当によかったなあ、みんな。

って、知り合いのような気分だった。

今回のオリンピックで唯一泣いた競技だった。

8月23日（土）

水上温泉からの帰り道、赤城山麓にある、巨大な風船玉みたいなものに人間が入って、斜面をごろごろ転がるゾーブという珍妙なアトラクションを体験しに行ったのだけれど、もうやっていなかった。残念。

近所に鼻毛石という地名があり、そんな名前の石が実際にあるのかと期待したが、見つけられなかった。にしても鼻毛石って、本気か？

8月24日（日）

雨が降り続き、まだ8月なのに秋の涼しさ。

季節が前倒しになっているのか。しかし雨が降っているのは東日本だけらしい。帰省したりオリンピックを観たりして、すっかりチェックし忘れていたが、気がつくと四国の早明浦《さめうら》ダムが渇水になっている。貯水率10％を切ったようだ。ダムの水位好きの私としては、しばらく早明浦ダムから目が離せなくなった。

山本文緒『アカペラ』（新潮社）を読む。これも「WEB本の雑誌」の「帰ってきた炎の営業日誌」で絶賛されていたもの。ちょうどこの日記を書き始めた頃に山本文緒のうつ病の日記『再婚生活』（角川書店）を読んでおり、そのうつから復帰して最初の作品というので読んでみたくなったのである。「人生がきらきらしないように、明日に期待しすぎないように、生きている彼らのために」という帯のフレーズも魅力的。うつからの復帰作に、地味に生きている市井の人々を描いているのは、かつて作者自身がそうした人々に対して心のどこかで優越感を抱いていてその贖罪《しょくざい》のために書いたのでは、と思わせせなくもない。うがった見方かもしれないが。

全然関係ないけど、ふと、堺雅人の正体は太川陽介ではないか、という疑念が脳裏をよぎった。

8月25日（月）

オリンピックをふり返るニュースがあるたびに、陸上男子400メートルリレーを見ては泣く。レース後の末續選手のコメントを聞いてまた泣く。阿呆のようにくりかえし泣きつつ、掃除。今日は、家族が帰省先から戻ってくる。なぜかはわからんが、お父さんはがんばったぞ、と偉そうな気持ちなのは、たぶん自分が銅メダルを取った気分なのであろう。本当にちょっと阿呆になっている。

オリンピックが終わって、阿呆になっている（尾崎放哉《ほうさい》）↑ウソ

8月26日（火）

アマゾンで8000円も出して購入したバーバラ・M・スタフォード『実体への旅』（産業図書）を読み始めたのだが、研究書だけに文章がまどろっこしくて中途で挫折《ざせつ》。これを次の書評連載のネタにと思っていたので、あてがはずれてしまった。

ところで、先日高野さんに聞いたのだが、ニック・ステファノスさんは、野菜が食べられないそうである。驚いた。そんなのは中田やイチロー、それにうちの娘だけかと思っていた。

しかも、本人に確認したところ、さらに生魚も乳製品も食べられないという。いったい何を食べて生きているのだろうか。本と雑誌かな。

聞くところによれば、人間の体は欠乏にはわりと強いらしい。逆に過剰摂取には弱いのだそうだ。過ぎたるは及ばざるに及ばざる、というわけである。

8月27日（水）

久々に少しだけ晴れ間が覗く。

たっぷりと水を含んだ地面から、もあっとした蒸気がたちのぼり、世界がなんだか重たい。それでも晴れは晴れであって、仕事しつつも、どこかへ行きたくなった。

仕事を終えて自宅へ帰ると、なにやら大きな箱が届いていた。差出人は、ニック・ステファノス。不吉な感じがし、開けてみると、佐藤多佳子『一瞬の風になれ』全3巻が入っていた。やっぱり。おそるべし、ニック・ステファノス。私に仕事をさせないつもりらしい。しかし私は読まないぞ。それより『夏から夏へ』の続編を希望だ。あと4継メンバーのＮＨＫスペシャルも希望だ。

本日0時の早明浦ダムの利水貯水量5・2%。

8月28日（木）

新聞連載のサブカルに関するコラム。万華鏡について書く。

これまで、万華鏡なんて少女趣味で、ちっとも面白くないと思っていたが、先日福岡のワークショップで出会った万華鏡には感動した。その万華鏡は従来のものとは全然違って、鏡の箱なのである。つまり鏡6面を向かい合わせて立方体にした、天井と壁と床が全部鏡でできた部屋みたいなもの。そこに、小さな窓を開けてセロハンなどで色をつけると、その窓の模様が無限に反射されて、それはそれは美しいのだ。簡単に作れるので、子どもの夏休みの工作に最適だが、子どもじゃなくても十分面白い。こないだ妻子が帰省している間に、ひとりで黙々と作ってしまった。もし誰かが見ていたら、ひとり暮らしのおっさんが、夜中に黙々と万華鏡を作る姿は、さぞかし不気味であったろう。

昔からよくこういうことを考える。

光の速度にも限界があるのなら、鏡の部屋の中に一条の光を射し、その部屋をぴったり閉じると、光が閉じ込められるのではないか。光が無限に乱反射している間に、出口を塞いでしまうのだ。もしそうなれば、閉じ込められた光が、いつまでも無限の鏡に反射して、部屋の中を明るく照らすだろう。部屋の中は、光源もないのに、明るいのである。そういうことが起こり得るのか得ないのか。

8月29日（金）

昨日から今朝にかけて、東京は豪雨になり、川が増水して濁流になったりして、それはそれでちょっと面白い。息子が、濁流見に行きたい、と言うので、そういう子どもが氾濫した川に渡されて死んだりするのだ、と諌《いさ》めたけれど、本当は自分も行きたい。

しかし、日本各地でこれだけ雨が降って被害も出ているのに、四国の早明浦ダムは渇水である。

本日0時の早明浦ダムの利水貯水量2・6％。

日毎にみるみる減っている。まるで自分の貯金を見るようだ。

高田衛『完本　八犬伝の世界』（ちくま学芸文庫）を読む。かつて中公新書版を読んでいたが、内容が増えていて、読み応えがあった。

8月30日（土）

雨。

もうなんだか、ここんとこずっと雨だ。

しかし私は、出かける用事さえなければ雨も結構好きで、強い雨が降ると、窓辺へ行って、じっと眺めていたりする。家にウッドデッキみたいなものがあれば（屋根付き）、外に出て、デッキに寝転んで身近に雨を感じていたい。外出好きの私ではあるけれど、雨ならあきらめもつくし、雨にはどこか異国情緒のようなものを感じる。かつて東南アジアをぶらぶらと旅していたとき、よく突然の雨に見舞われ停滞を余儀なくされたが、足止めをくっていまいましく思う反面、開き直ってしまえば、かえって心安らぐときもあって、ゲストハウスのデッキや廊下で、意味もなく雨を眺めたものだった。雨のしぶきや、それに伴う風を浴びていると、ああ、自分はここにいるという実感が強く意識されて、それが充実なのだった。今思うと、東南アジアでの雨やどりは至福の時間だった。ただし小雨はつまらない。雨はザーザー垂直に降るのがいい。

ペーパードライバーの妻が20年ぶりに車を運転したいというので、練習に付き合う。子どもを置いて行くわけにはいかないので、家族みんなで妻の運転する車に乗って、一家心中するような気持ちで車線変更。

本日0時の早明浦ダムの利水貯水量0・6％。

もうないじゃん。

8月31日（日）

妻を家に置いて、子どもたちを温水プールへ連れて行く。

わが家の子どもたちは水が苦手で、ちっとも泳ぎが上達しない。だいたい妻は今でもほとんど泳げないと言ってもいいし、私も今でこそそこそこ泳げるものの、子どもの頃は水泳が苦手だった。小学生のとき、見かねた父に、足のたたないプールの真ん中に放り込まれ無理やり泳がされたが、結局泳げず溺《おぼ》れそうになって、通りがかりのおっさんに助けられたのである。おかげで大変な苦手意識と劣等感を持っていたのだが、後で父もたいして泳げなかったことを知り、ふざけんな、と思ったのだった。自分ができないことを、息子にスパルタするか。

だから自分の子どもたちには恐怖心を煽《あお》らないよう教えてやろうと思っているのだけれど、

結局私の水泳が格段に進歩したのは、学生のときに、海の生き物に出会ってからで、ヘンな生き物が見たいばっかりに、どかどか海を潜り回って、気がつくと苦手意識が消え去っていたのだった。したがって、子どもにはプールでごちゃごちゃ教えるより、自分が泳いでいることを忘れるぐらい、水中の生き物に親しませることではないかと、心のどこかで思っている。プールの底にも、せめて海老・蟹・ヒトデなんかがいると、子どもも上達が速いと思うのだが、そんなプールはないだろうな。

ファミレスで昼めし食って、図書館で絵本を借りて帰る。

夜、川合康『源平合戦の虚像を剝ぐ』（講談社選書メチエ）を読む。

2008年9月

9月1日（月）

子どもたちが幼稚園へ出かけている間に、妻の運転練習に付き合う。このまま親ふたりが死んでしまったら、子どもたちはどうやって生きていくのだろうと不憫になる。

保立道久『義経の登場』、本郷恵子『中世人の経済感覚』（ともにNHKブックス）を読む。『中世人の経済感覚』の中に「徒然草」からの引用があり、第二百十七段「ある大福長者」の語った話として、〈人はなによりもまず、ひたすらに金を儲《もう》けるべきである。貧しくては生きている甲斐がない。富んだ者だけが人としての扱いをうけるのだ。金を儲けようとすれば、とにかく金儲けの心がけを修行しなければいけない〉としたあとに、大福長者がその心がけのひとつに〈人間常住の意識をしっかりもって、仮にも無常感にとらわれてはならない〉という点を挙げているのが、可笑しかった。貧乏の原因は、無常感だったのだ。まったく、無常感にとらわれていたから、今こうして貧乏になってしまったのであることよ。

本日0時の早明浦ダムの利水貯水量0・0％。ない。どうするんだ、早明浦ダム。

9月2日（火）

今日も朝イチで、妻の運転練習。手に汗握る。

それはそれで恐ろしいけれども、3回目で私も少し余裕が出てきた。公園の駐車場で、木漏《こ》れ陽《び》のなか、車庫入れの練習をしていると、これまでの生活に妻の運転という要素はなかったのが、こうして妻がチャレンジすることで、多少でも生活に新しいパターンが付け加わるのは、ささやかだけれども心機一転だと思い、子どもら同様これから2学期が始まるような新しい気分がほんの少しだけした。

心機一転という意味では、いつも子どもと妻が寝ている和室の畳も、新しく張り替えた。少々出費になるが、今までのは、い草が剝げて下地のコルクみたいなものが見えていたうえに、そうでないところもささくれて床全体がトゲトゲの凶器みたいになっていたので、ついに根負けして替えたのである。まだまだ網戸や襖《ふすま》には穴が開いているし、押入れの棚も落ちているし、廊下の戸板は下のほうがめくれていたりで、廃屋風味はぬぐえないものの、これで少しは快適な家になるだろう。新しいい草の香りが高級旅館にでも来たようで、しばし嗅ぐ。

ところでネットで確認すると、早明浦ダムの貯水率が、マイナス0・4%になっている。なんだ、それ。まだあるんじゃないか。つまり、緊急対応策として発電用に取っておいた水を放流しているのらしい。ますますうちの家計に似てきた。他人事とは思えん。

9月3日(水)

今日も妻の運転練習に付き合ってから、仕事場へ。

とある会報誌で季節連載しているはめ絵の講評と、模範解答。

昼間は暑かったが、夜はこの頃だいぶ涼しくなった。

9月4日(木)

妻の運転練習が朝の日課になってきた。

その後、明日また高野さんと川下りへ行くので、車のガソリンを満タンにし、さらに街へ出て、銀行で金をおろしたり、本屋で川の資料を立ち読みしたりする。駅前に高層ビルが建設中で、鉄骨の横を工事関係者を乗せたゴンドラが上下していた。保安上、そのゴンドラが動く際には、メロディが流れるようだ。ヘルメットを被り作業服を着た、がたいのいいおっさんたちが、「大きな栗の木の下で」の伴奏付きで高いところへ登っていく堂々とした後ろ姿が、本日の見どころだったように思う。

仕事場に戻って、書評原稿を書く。

9月5日（金）

高野さんが、カヌーに乗りに行きましょう、と言うので、那珂川《なかがわ》へ行く。

私は20年ぐらい前にカヌー（ファルトボート）を持っていたのだが、乗り方も知らないいま3回ぐらい川下りをして死にそうになり、あまりに危険なので、人にあげてしまった過去がある。昨今はやる人も多くなってスクールなども充実しているけれど、当時はファルトボートなんてものはほとんど誰も知らず、インターネットもないし、きちんと学ぶことができなかったのである。そんなわけで約20年ぶりということになるし、細かいこともさっぱり忘れているが、面白そうなので出かけた。ニック・ステファノスさんがファルトボートを貸してくれた。

20年前は黒羽というところから下ったが、今回は少し下流の下野大橋のたもとをスタート地点にして、ファルトボートを組み立てた。カヌーは2艇しかなく、ニック・ステファノスさんは今回はサポートに徹してくれるという。ゴール地点まで車で移動して、カレーでも作って待っていてくれるそうで大変ありがたい。

まずは私から、かなり流速のある流れに漕《こ》ぎ出すと、すぐさま流れにもっていかれて、カヌーは快調に滑り出した。高野さんもすぐについてくる。

まあ一応は私が那珂川経験者ということで、ルートを選ぶ役目を担って先に行ったわけだが、20年前のルートなど覚えているはずもない。適当に下る。それでも天気もいいし、あたりには誰もいないし、技術的に不安なところもとくになく、大変気持ちよくなって、鼻唄まじりで下っていった。そうして1時間ぐらい下っただろうか、ふり返ると高野さんがいなかった。

いったん岸に上陸し、後方を眺めやると、大きな橋の下の葦《あし》の茂みで何か未確認生物のようなものが動いている。よく見えないが、高野さんに似ていた。高野さんに似た謎の生物は、カヌーを逆さにして中の水を排出していた。まさか早稲田探検部出身で、世界をまたにかける冒険家の高野秀行が、こんな初心者向けの川で沈するわけがないので、あれは高野さんに似てはいても、別の生物だろう。

それでまたしばらく行くと、いつしか高野さんも戻り、大自然のなかをふたりで下っていった。ところが、大きな波が立っているところをガンガン漕いでクリアしてから、なんとなくふり返ると、高野さんがまたいなくなっていた。なぜか逆さまになったカヌーの底だけがプカプカ浮いている。那珂川で転覆する確率は、初心者でも5％程度とニック・ステファノスさんも言っていたので、よもや早稲田探検部出身で、世界をまたにかける冒険家の高野秀行が転覆したはずはない。きっとそれは高野さんのようで高野さんではなく、未確認生物だったのだろう。本物の高野さんはきっと別にいるのだ。

そうして、3時間ほども下ったろうか、後半はどんどん流れもゆるくなってきて、高野さんに似た生物はどこかへ行ってしまい、私はひとり青い空を見上げながら、のんびりと蟬《せみ》の声を聴いていた。

ところで、今度ニック・ステファノスさんは初めての本を出す。それはそれはおめでたい話かと思いきや、そこには、吾はいかにして妻をだしぬき熱愛する浦和レッズの試合観戦に極秘裏に出かけたか、というような内容が赤裸々に書かれているそうで、妻に読まれるのが恐ろしい、と本人は今から震えているのだった。なんでぇそんなこと、と思えば、いやあ、それは恐ろしい、と高野さんも一緒に震えている。わけわからん。

今回こないだのハイドロスピードの写真ができてきたので、高野さんに渡したところ、それが私の友人(女性ふたり)と私と高野さんが和気あいあいと、浮き輪につかまって川に浮かんでいる写真で、高野さんは見るなり背筋が冷たくなったと言う。男女ふたりずつの写真が、まるでお忍びナンパ旅行のように見えるというのだ。これは妻に見せられない、と高野さんは震え出し、私が奥さんに説明しますよ、とフォロー態勢に入ったにもかかわらず、いや、これは黙って捨てたほうがいい、と頭を抱えていた。

まったくふたりとも何をビビっておるのか。そうやってコソコソするから、かえって痛くもない肚《はら》を探られるのだ。堂々といかんかい、堂々と。

しかし一度夫婦関係がそうなってしまったら、たとえば今後このふたりが何かのはずみでノーベル賞を取るようなことがあったとしても、その関係は一生挽回できないであろう。夫婦の関係は、上司と部下、いや、それどころか、株主と社員のようなもので、何があっても永遠に立場は変わらないのだ。

おふたりの今後の冥福を……じゃなかった、幸運を祈りたい。

9月6日（土）

家族で、市営の温水プールへ。

200メートル泳いだだけで、へとへとになった。海でシュノーケリングしているときは、どれだけ泳いでもちっとも疲れないのに、マスクをはずすと途端に疲れるのは、下手くそな息継ぎで体力を消耗しているのにちがいない。一度本格的に誰かに教わりたいが、今回はそんなことより久々に使ってみたゴーグルに難儀した。どういうわけか、ゴーグルに目が収まりきらん。私は比較的目が大きいほうだが、ゴーグルに入りきらないとは思わなかった。目を細めても、ゴーグルの縁が眼球の上下にえぐれ込んできて、その圧力で目玉が飛び出しそうなのである。あんまり痛いので、次は顔の半分が収まる水中メガネで泳ごうと思うが、目立ちそうな気がする。

早明浦ダムの貯水率は、ついに計測不能の＊＊になってしまった。

9月7日（日）

滋賀県の彦根へ行って、勝手に関西世界遺産の取材。

今回のテーマは、なぜか彦根でだけ流行っているボードゲーム、カロム。おはじきとビリヤードをミックスしたようなゲームで、私も初めて挑戦したが、これはハマれば抜けられなくなりそうな面白さ。昭和初期までは日本全国で流行っていたというが、さっぱり知らなかった。

長部日出雄『「古事記」の真実』（文春新書）を読む。帯の裏に「たとえいかなる批判を受けようとも、これは日本人のだれかがやらなければならない仕事であったのだ」とあったので、これは大変なことが書いてあるにちがいないと読んでみたのだが、そういえば、私は古事記について何も知らず、いったいこの本の内容のどこが画期的であったのか、まるで判別できなかった。情けない。

9月8日（月）

朝起きると全身の筋肉が痛かったのは、カヌーもしくはプールのせいか。ずいぶんなタイムラグだ。おそるべきは、寄る年波である。

昨日のうちに日帰りしようと思えばできたが、関西の実家に泊まって、今日は観光して帰る。

昨夜までは義経ゆかりの京都の鞍馬寺に行くつもりでいた。しかし、突然気が変わり、静岡へ行ってみることにした。静岡は伊豆や浜名湖には行ったことがあるけれど、静岡駅で降りたことがない。それでどんな街か見てみたくなったのだ。

静岡駅前はなかなかアカ抜けていた。人通りも多すぎず、少なすぎず、私好みである。一度ぐらい住んでみてもいい街に思えた。

どこか観光しようと思ったものの、何があるのかよく知らないので、観光案内所でパンフレットを漁《あさ》る。検討の結果、久能山東照宮へ行ってみることにした。徳川家康の墓がある。徳川家康にとくに関心はないけれども、ロープウェイがあったりして、鄙《ひな》びた観光地っぽい風情が味わえそうな気がした。

最近私は、ごく普通の観光地を訪ねるのが好きになってきた。この前までは、巨大な仏像とか、ちょっとB級センスの香る場所に惹かれていたが、だんだん興味が移り変わって、B級でないそれなりにちゃんとした由緒のある観光地が今は気になる。現在そういう観光地の多くは、設備や環境が時代遅れになっており、観光バスなんかは来ていても、寂びゆく風情はいかんともしがたい状況にある。よほどの好事家《こうずか》か専門家でなければ、そこで大きく心揺さぶられるような感動や発見に出会うことは、期待できないだろうし、見終わって、まあ、こんなもんか、なんて思えたならばまだいいほうで、え、これでおしまい？　みたいな落胆を味わうこともしばしばだ。そういうもはや観光地としての役割は終わってしまったような場所、もちろん家康の墓はいつまでも厳然と家康の墓として残るわけだが、そのことに観光価値が置かれなくなってしまったような場所に、私はつい引き寄せられる。そこで何かB級センスあふれる物件を探そうという魂胆ももはやなく、その終わった感じを終わったままに味わい、束の間の安寧《あんねい》を得る、というようなじじむさい嗜好が私の中に湧き上がってきているのだった。これはいったいどういう心境の変化なんだろうか。

久能山東照宮は、期待にたがわぬ盛り下がり具合で、今にも廃止されそうな気配漂うロープウェイとか、なあんにも見たいものがなかった博物館とか、いちいち味わい深かった。山本勘助の井戸があったので見に行ったが、気がつけばそんな井戸のことはさっぱり忘れて山門から海を眺めており、満足してロープウェイの駅に戻ったあとに、そういえば山本勘助、と思い出したものの、もう戻るのも面倒くさくてそのまま、みたいななげやりな観光に、どういうわけかしみじみとしたなつかしさと温かみを感じる。そうして何の発見も感動も出会いもないまま、おおいに満足して帰ってきた。

新奇なもの、珍なるもの、イベント、発見、出会い、感動、そういうものにほとほと飽きているのかもしれない。

9月9日（火）

今日も妻の運転練習に付き合ってから仕事場へ。

彦根カロムの原稿を書こうとするも、途中で寝てしまう。

四国遍路の原稿を送ってあるQ社テナーさんから、ちっとも連絡がこないので、このところ、なんとなく気持ちが宙ぶらりんのままである。早く第2弾に出かけたいが、計画も立てられない。だからというわけでもないけれど、なんとなく仕事に集中できないというか、これをさっさと終わらせて次へ行こうという気が起きてこない。ガッツが不足している。
だが、そんなのは言い訳で、きっと四国遍路の連載が決まったとしても、なんだかんだ言ってガッツを不足させている自分の姿が、容易に思い浮かぶ。

ところで、子どもの幼稚園仲間のお父さん（以前バーベキューをダンドリしてくれたB型）が、近所の公園でものすごい泥団子を作ったと話題になっている。それは砲丸のように完璧な球体で、黒光りし、豪雨のなか置き晒《ざら》してあったのに、翌日まったく型崩れしないで残っていたという。私は、やられた！　と思った。いい大人が泥団子なんて、なんてくだらないんだ。くだらなすぎて、うらやましい。くだらないことほど、人に負けたくないではないか。しかし今から泥団子を勉強するのも二番煎《せん》じだし、何かもっともっとくだらないもので、世間をあっと言わせたい。

9月10日（水）

彦根カロム、原稿アップ。

この原稿を渡してしまえば、しばらく締め切りがないので、小説を書くチャンスなんだが、この頃は気候がよくなって、本当に気持ちいいので困る。自分はど〜んとでっかい夏を求めているとこないだ書いたけれど、そういえば昔から、爽《さわ》やかな秋も求めていたような気がする。だからできれば夏と秋は大事に使いたい。大事にというのは、季節感をじっくり味わえる環境にいたいというか、大自然とともに過ごしたいというか、つまり外出したいというか……、きっと冬になればバリバリ働けるだろう。

ふと、カースン・ネーピアさんから電話がかかってきそうな不穏な気配がした。

9月11日（木）

娘、幼稚園さぼる。

9月12日（金）

今日は一日仕事を休んで、妻の運転練習に付き合う。3連休の最後の月曜日とバーターした。

息子のサッカースクールの送迎、幼稚園の送迎、小児科への送迎ルートを、基本として押さえるわけだが、小児科の駐車場の出し入れが、男の私でも少々面倒で、案の定妻はブロック塀に正面から突入し、さっそくバンパー左部分とウィンカーランプを破損していた。んん、まあ、自損でよかった。

その後、息子をサッカースクールへ迎えに行き、その足で図書館へ行って、恒例の絵本20冊借り。いつもいつも借りまくって、もう目新しい絵本はないだろうと思うけれども、じっくり探すと、まだまだ面白そうなものが見つかる。息子は最近、活字にハマりだし、絵本でも何でも片っ端から読みまくっている。早くも活字中毒か。

19日に発売予定の単行本『なみのひとなみのいとなみ』の見本が届く。

初めての紀行以外のエッセイである。はじめは自伝的エッセイを書こうとしたのだが、私の過去などまったく平凡で、とりたててトピックになるような事件もなかったし、仮にあったとしても、「むかしは無茶無茶してましたヤンチャなオレ」みたいな自己陶酔本を書いてしまったら目も当てられないので、いつしか自伝エッセイから大きく逸脱して、現在のだらしない日常を描くエッセイになっていた。だがまあ、少しはサラリーマン時代のことも書いてある。誰かの参考になることはないと思うが、共感してくれる人も少しはいるんじゃないかと思っている。

自分の本ができるというのは、やっぱり気持ちのいいものだ。このところ、あんまり筆が捗っていないなあと思っていたこともあり、ちょっとだけ前向きな気持ちが増進した。

9月13日（土）

横須賀にある叔父の家へ、家族で遊びに行く。

途中、観音崎の海水浴場に寄って、子どもを遊ばせた。

三浦半島は、都心に出るにも遠くないし、私のような稼業の者には、距離的にちょうどいいので、引っ越し先候補として考えることもあるのだが、海が汚いのが残念である。これまでシュノーケリングやシーカヤックで、油壺や城ヶ島などあちこちの海で遊んだものの、伊豆半島などと比べてしまうと、この海ではつらいな、と思う。案外ウミウシは多いのだけど。

しかし子どもたちは、海であれば満足で、喜んでいた。

ところで叔父の話によると、私の祖父は甲子園に出たのだという。そんな話はまったく知らなかった。私の名前の〝珠己〟は、父が野球好きで球と木（バット）から命名したのである。それで球木だったのだが、それでは名前らしくなくてかわいそうだというので、祖母が珠己という字を当てたのである。おかげで私はすっかり野球嫌いになってしまい、珠己という字は、珠のように輝かしいオレ、という意味に勝手に解釈している。祖父はあの世で何と思っているか。

夜、叔父の家で、NHKスペシャルを観る。北京オリンピック、男子400メートルリレーの朝原選手を特集していたのだ。400メートルリレーというだけで泣きそうになったが、番組の内容自体はやや薄かった。誰も、オリンピック前に、彼らを追いかけていなかったのだろう。オリンピック後に収録されたインタビューばかりだったのが、残念。惜しい。

9月14日（日）

従姉妹《いとこ》や叔母さんが、横須賀沖に浮かぶ猿島に連れて行ってくれる。

連休とあって連絡船は超満員。東京湾にこんな島があったとは、まったく知らなかったし、それがこんなに人気だということにも驚く。人が大挙して押しかけるほどの魅力は感じなかったが、島に残る要塞跡の秘密基地的な味わいが面白かった。

ビーチはバーベキュー客でいっぱい。子どもたちが海の中から、明らかにバーベキューの食いかすと思われる貝殻を拾ってきては、こんな貝見つけたぁ、とうれしそうな声をあげるので、力が抜ける。息子よ、それはゴミだ。

しばらく遊んで横須賀に戻る。ファミリーレストランに入り、ここんとこ野菜を食べてないので、昼食に大きなサラダと冷製スープを注文すると、叔母さんに「まあ、おしゃれ」と面白がられ、それが妙にツボにハマって可笑しかった。

ファミリーレストランで、おしゃれなメニューを頼んでいる（尾崎放哉）

精一杯な注文が、人生の妙味を感じさせて深い。

帰りに、かつての上司Mさんの家を戸塚に訪ねる。

Mさんは再発したガンの治療中で、お見舞いに行ったのである。本人は日焼けしていて、まるで健康そうであった。闘病記とかをお見舞いにもらうんだけど、違う病気じゃ参考にならないんだよ、と言っていたのが印象的だった。私がガンになったら、きっと気持ちの支えが欲しくて、どんな闘病記でもむさぼり読んでしまうだろう。それだけに、合理的な思考ができている点で、Mさんは精神的にタフなんじゃないかと思ったのである。

生きている以上はいずれ誰でも、病気や怪我で死と隣り合わせになりながら、それでも生きていく時間というのが訪れるはずで、そのときに、できるだけ平常心で穏やかに生きていたいと思うのだけれど、果たして自分はそんなタフさを持っているかといえば、まったく自信がない。

そんなとき人は、どうやって自分の心をまっすぐ立たせるのか。治ると信じて歯を食いしばって根性で心を奮い立たせるのか、それとも逆に敢えてあきらめることによって平常心を回復させるのか、趣味に没頭してそんなこともすべて忘れ去ったほうがかえっていいのか。私の性格では、きっとこの趣味療法で乗り切ろうとするだろうけれど、心の底には不安が常にどっしりと根を下ろしているはずだから、忘れるなんてことは一瞬たりともできない自分でありそうな気がする。

たとえば医者に、わずかな可能性を信じて副作用の厳しい治療を続けるか、あるいは、緩和治療を施して寿命を待つか、と問われたときに、緩和治療でお願いします、と即答できるような覚悟が欲しい。その覚悟ができれば、人生はなんて輝くことだろう。Mさんはそんな覚悟ぐらいとっくにできているようなことを言っていた。

私は、励まそうとすると何か白々しいことを言ってしまいそうで、かえって無口になり、これじゃちっともお見舞いになってないなと思い、申し訳ない気持ちであった。

9月15日（月）

体はもうへとへとだったが、仕事場へ。

公園を抜けて通勤中、砂場にB型のお父さんがいて、子どもたちと泥団子を作っていた。立ち止まって歓談し、あれが砲丸のように黒光りする男の泥団子か、とさりげなく観察した。

9月16日（火）

仕事場で小説。それにしても、いったいこれはいつ完成するのか。

自分でも、これが完成して本になり、それを手に取って、できたあ！　と喜ぶ自分の姿が、まるでイメージできない。まあ、本なんてものは、たいていそんなもんかと思うが、たとえば私がこれまでに書いた本のなかで、なかなか書きあげられずに苦労したのは、『ウはウミウシのウ』というシュノーケル紀行と、『晴れた日は巨大仏を見に』という風景紀行のふたつなのだが、それらの本も、執筆中は、これはもう書きあがらないんじゃないかという思いにとらわれ、途中で完成イメージなどまったく湧いてこなかった。それでもなんとか本になったんだから、今回の小説もいつか本になるだろう、とは、やっぱり思えない。

というのは、同じように途中でこれはもう書きあがらないんじゃないかと思い、実際に書きあげられなかった本もあるからだ。それは、ひとつはサラリーマン時代の自伝的エッセイであり、もうひとつはユーラシア大陸横断旅行記である。サラリーマン時代のエッセイは、結局一冊の3分の1ぐらい書いたものに、あとは現在の日常のネタや、新聞連載のサブカルネタをくっつけて、このたび『なみのひとなみのいとなみ』という本に、無理やりまとめた。そういう意味では本になったわけだが、当初のサラリーマンネタで一冊書き切るという目標は達成できなかったのである。ユーラシア旅行のほうは、半分ぐらい書いたまま停止している。本来ならとうの昔に書きあげて、カースン・ネーピアさんに渡しているはずだったのだが、挫折した。

したがって、これまでもなんとかなってきたのだから、これからだってなんとかなるさ、とは思えない。これまでも本にならなかったのだから、今回だってどうにもならんさ、と考えることも可能だ。

9月17日（水）

朝は妻の運転練習。

A社テムジンさんから、単発のエッセイの依頼があり、久々に日常エッセイのネタを考える。自分はエッセイを書くのがとても遅いので、その点に劣等感というか苦手意識があるのだけれど、朝日新聞出版が出している「一冊の本」という小冊子の去年の11月号の巻頭随筆で、作家の松浦理英子が「六、七枚のエッセー一本書くのに早くても五日から十日、遅ければもっとかかり……」と書いているのを読んで、少しばかりホッとした。そうだろ、そうだろ、そういうもんだよエッセイは。

早明浦ダムが熱い。なんでも管理が始まって以来の大渇水であるらしい。貯水率は依然＊のままだ。現在、発電用の水を上水道用に緊急放流しているが、それも底をついたらどうするのか見てみたいような、そんなこと言っちゃいけないような気分である。ホームページに、連日、とくに土曜、日曜等の休日には大変多くの方が見学に来られて路上駐車しまくって大迷惑だコラ！　というような意味の注意書きが書いてあった。やはりみんな注目していたのだ。目下台風が接近中で、ここからどのぐらい挽回するかが、今週の見所。

一方で、今週末にキャンプに行こうと画策しており、天気が心配である。台風には、四国で早明浦ダムを満杯にしたあと、また九州のほうへ戻ってほしい。

9月18日（木）

宮田登『ヒメの民俗学』（ちくま学芸文庫）読了。並行してミシェル・レリス『幻のアフリカ』（河出書房新社）を読んでいるのだが、こっちはなかなか終わらない。

引き続きエッセイのネタを考えるが、これまた何も浮かばない。私にとって、日常エッセイは鬼門だ。考えてみれば、この日記が日常エッセイみたいなもので、これ以上とくに日常について書くことなんかないのである。この日記でさえ、今日は普通だった。以上。で終わってしまいたい日が、しょっちゅうある。日記はそれでも成り立たないことはないが、エッセイとなると、それなりにオチもいるし、枚数もあるので、大変である。週刊誌などにエッセイを書くときは、10回に3回面白ければいい、打率3割でいいんだ、という心づもりで書くのがコツだそうだが、毎週書いていたら3割でも難しい気がする。

それにそろそろ来月のサブカルコラムに何を書くかあたりをつけて、取材に行くなら行かなければいけないし、「勝手に関西世界遺産」の次のネタもまだ決まっていない。どれも締め切りは来月ではあるものの、だんだん気持ちがせわしくなってきた。そうやって小説はいつも後回しになっていくという悪循環。

巨大なフィールドアスレチックに挑戦する「ＳＡＳＵＫＥ」というテレビ番組があるが、息子はいつも釘付けである。昨夜の分も録画して、今日見たようだ。難関に挑む選手たちの姿を息を殺して見つめ、最後の選手がゴール直前で落下すると、目にいっぱい涙をためて悔しがったという。それからというもの、彼の身にある種の変化が起こって、廊下の壁に両手足をついて登るようになった。いや、そういうことはこれまでにもあったのだが、妻によると、今日は天井を蜘蛛のように移動していたらしい。そんなわけで今夜、彼はときどき天井にいて、じっと息を潜めていた。

9月19日（金）

台風が接近中だというのに、たいして雨が降らない。早明浦ダムも、いまだ＊＊のままで、水位もほとんど上がっていないようだ。

昨日は一日仕事場にいて何も書けなかった。日常エッセイとなると、途端にそういう日が続いてしまう。今日こそはと思って、昨今の日記とか、記憶とか、今考えていることのなかから、ネタになりそうなものをまさぐるが、何も引っかかってこない。

足が熱いという謎の症状も、ずっとまつわりついていて、熱いというより火傷《やけど》の痛みのようになっている。そしてそれが、書けないときや、何かで不安になったときに、強まるのである。逆に外出していい風に吹かれているときや、原稿がすらすら書けているようなときには、あまり気にならない。心因性と言われれば、そうかもなあ、と思う。なにしろ書けない

書けないといつも自分を責めているから。

そして今日もエッセイのネタを思いつけず、時間をこれ以上無駄にしたくなかったので、午後は今度の書評で取り上げようと思っている『幻のアフリカ』を読む日に切り替えた。

ところで、そういえば今日は『なみのひとなみのいとなみ』の発売日だった。

9月20日（土）

息子と娘を連れて、映画「大決戦!超ウルトラ8兄弟」を観に行った。ところが途中で娘が怖い怖いと泣き出し、息子ひとり館内に残して出ようとしたら、息子も心細くなったのか、一緒に出てきてしまう。あとからやってきた妻に娘を預け、また息子と館内に戻ったが、途中30分ぐらい抜けたので、事態はいきなりクライマックスになっていた。おかげで、去年観た「ウルトラマンメビウス&ウルトラ兄弟」と何が違うのか全然わからなかった。

9月21日（日）

この週末はキャンプに行くつもりだったが、台風で中止。かわりに、前々から行きたいと思っていたクライミング・ジムへ行ってみた。

自然の山で行うロッククライミングと違い、屋内の壁は、最初からザイルは張ってあるし、下にはクッションやマットが敷いてあって、快適このうえなし。これなら何度でも楽しめると張り切っていたら、5回ぐらい登っただけで、腕が利かなくなってしまった。わからん。昼間に食べた牛丼に禁止薬物が入っていたのではないか。

9月22日（月）

私はクロールの息継ぎが苦手で、長く泳ごうと思うと、どうしても平泳ぎになる。それをなんとか克服して、クロールで長距離を泳げるようになりたいので、唐突だが、スポーツクラブに入会した。思い立ったら即行動だ。

で、さっそく着替えて一目散にプールへ向かい、クロールで泳ぎ出した。しかし、100メートルも行かないうちに気がつくと平泳ぎなっていて虚しい。原因はたぶん場の空気が悪かったせいだ。このプールはアウェイだったと思われる。

ところで、スポーツクラブはお金もかかるのに、貧乏な私がなぜクロールしたいというだけの理由で突然入会したかというと、これにはわけがある。単刀直入に言えば、仕事がちっとも捗っていないからだ。

この日記でも、小説が進まないなどと何度も書いているけれど、小説であれ何であれ、本を一冊書き下ろすときというのは、思い立ったときだけチビチビ書いていては決してゴールにたどり着かない。書くときは、寝ても覚めてもその本のことを考え、朝起きたら朝食もそこそこに机に向かいたいぐらい、就寝中も夢のなかで本に向かって意識が地続きになってるぐらいの、そのぐらいの衝動に駆られていなければだめなのである。

そして現在の私がそうなっているかといえば、NOなのだ。ということは、現状のままではいつまでたっても次の書き下ろし本は完成しない。

だったら、ここは心機一転、気持ちを切り替えて全力で執筆に邁進《まいしん》しよう、なんて言うのはたやすいけれど、現実の精神はそう簡単にいかないのであって、心がそういうもやもやとした状態にあるとき、あるいは頭で考えても解決策が見出せないとき、もしくは解決策ははっきりしているにもかかわらずどういうわけかその方向へ踏み出せないとき、そういうときその人に足りないのは、有酸素運動である。それも和気あいあいとみんなでやるような楽しいゲームスポーツではなく、持続的に取り組み、体力をはっきりと増進させてくれるような運動。頭で解決しない問題は、体で解決するべきなのだ。

そういうわけで、突然のスポーツクラブ入会となったわけだが、この理論の問題点は、この私が本当に持続的に通うのか、ということで、そのためには自己嫌悪で胸いっぱいになるぐらい現状にむしゃくしゃくしゃしていたほうがいいのだけれども、幸か不幸か、そこまでむしゃくしゃはしておらず、このところのだらだらした毎日がむしろ結構気に入ってたりするのは、なかなか困難な兆候と言える。まいったまいった。

9月23日（火）

祝日だけれども、エッセイが書けていないので、仕事日にしようと決心。

いまだネタを思いつかず、結局今日も何も書けないのではないか、と頭を抱えながら、仕事場へ向かおうとすると、隣の公園で、妻と子どもと幼稚園仲間数家族のお父さんお母さんたちが遊んでいるところに遭遇し、少しの間立ち話になる。ついでに息子の木登りを後押ししてやったり、危険な枝を取り除けてやったりしているうちに、気がつくと自分も木に登っており、やがてふと我に返るとバット持って幼稚園児らと野球していたときには、どうしてそういうことになったのか理解に苦しんだ。やがてお母さん連中が買ってきたハンバーガーを、幼稚園児と一緒に食っている自分を発見するに及んでは、己の意志の弱さにほとほと呆れ返った。そうして、お父さんお母さんたちと、キャンプやハイドロスピードの話なんかして、愉快な気分で帰ってきたのである。

いいニュース。早明浦ダムは、少しだが貯水率が回復。本日0時時点で、6・3%。

ミシェル・レリス『幻のアフリカ』読了。時間がかかった。

9月24日（水）

本屋で、漫画家のしりあがり寿が『人並みといふこと』（大和書房）というエッセイ集を出しているのを知り、『なみのひとなみのいとなみ』（朝日新聞出版）となんだか似ているので、買ってみた。そうしたら、値段も同じで、表紙の配色も似ているうえ、さっそく10年前に会社を辞めたとか書いてあって、そっくりじゃないかと困惑した。私より、しりあがり寿のほうが何万倍も有名であり、まるで私の本が二番煎じみたいである。納得いかないので、読者は、ぜひうっかり間違えて私の本を買ってほしい。

ちなみに、『なみのひとなみのいとなみ』のタイトルを考えたときには、次のような案もあったのだった。

「なみなみならぬひとなみ」

「中型で並みの強さの平社員」

「明日への不手際」

「どこかにある誰も働かなくていいの国」

この最後のは、願望である。


午後から鎌倉へ。会社勤め時代の後輩に女の子が産まれ、そのお祝いにかつての同僚と連れ立って出かけた。今年38になる彼女は、ずっと前にバツイチになって以降いい人がいないと嘆いていたが、去年ひとりで小笠原旅行に出かけ、旅先で男を見つけて速攻で結婚、もう出産である。いまだ知り合ってから1年たっていないというから、早い。旦那にしてみれば突然の竜巻に襲われたようなものだろう。人生一寸先は……じゃなかった、何が起こるかわからないものだ。お祝いのお礼に、栗をいっぱいもらった。

その後、湘南モノレールに乗って帰る。

懸垂式のモノレールは、駅や車体が見るからにハリボテっぽく、おもちゃのようでもあり、またSFっぽくもあり、交通機関のなかで一番好きかもしれない。女子高生がいっぱい乗っていた。アパートの屋根すれすれを通りながら、自分の真下を車が走っているのを見下ろしたり、路地みたいな狭い路の上をゴトゴト運ばれていく風情は、シュールで素敵。この味わいは、ウルトラセブンの背景にぴったりという気がする。そうして、ゴトゴトゴトゴト古い車体を軋《きし》ませながら、みんなで夕暮れの空をパラレルワールドへ移動していった。

9月25日（木）

昨夜、傑作と名高い飯嶋和一『始祖鳥記』（小学館文庫）を読んで興奮。おかげで頭が冴え、眠れなくなってうんざりしていると、不意に脈絡もなく、サブカルコラムのアイデアを思いつく。ナイス『始祖鳥記』！

眠い頭で朝仕事場へ行き、さっそくサブカルコラムの下書き。

午後、スポーツクラブへ行って泳ぐ。１２００メートル泳いだが、クロールで泳いだのはやっぱり最初の１００メートルだけで、あとはずっと平泳ぎだった。どうしてもそうなる。どうやら私は、クロールで泳いでいると、見える景色が狭く、とても窮屈なところに押し込められているような気がしてきて、ぶはあっ、と顔を出したくなるようだ。その点、平泳ぎは、ぶはあっ、ぶはあって視界良好なのがいい。

9月26日（金）

『幻のアフリカ』をネタに、書評原稿を書く。近年稀《まれ》に見るスピードで書きあげ、自分でも驚く。昨日のサブカルコラムも一緒にフィニッシュ。めざましい一日だった。早くも有酸素運動の効果か。

本日0時の早明浦ダム貯水率、8・7%。

9月27日（土）

浅間山麓のキャンプ場に行く。

前々から群馬県でキャンプしたいと思っていたのだ。

関越を北上し、上信越に入ると、前方に峨々《がが》たる山々が、山水画のような風景が見えてきた。これこれ、これが見たかったのである。日本でホンノンボ的な風景といえば、まず妙義山であろう。ベトナムの盆栽ホンノンボに入れ込んでいる私としては、この山だけは見ておきたかった。いずれ、登りたい。

そうしてさらに、これも一度行きたいと思っていた鬼押し出し園にも行く。さびれまくった観光地で、時代から周回遅れの風情があり、心和んだ。ずっと昔からやっているしょぼい観光地の魅力に、最近ハマっている。貧乏が高じて、つげ義春のような性格になってきたのだろうか。中国人観光客がいっぱい来ていた。

ところで、オートキャンプというと、昔はたいそう毛嫌いしていたものである。車の横でキャンプ？　けっ、それは男のすることなのか？　みたいな気分だった。しかし今ではそういう考えはすっかりあらためた。もはや男のすることであろうとなかろうとどうでもよく、ホテルや民宿に泊まるより断然安いという点で、オートキャンプは買いだ。家族4人で1泊3000円！

夜になり、寒い寒いと思っていたら、隣のキャンパーは、寒さ対策としてテントの下にダンボールを敷いていた。なるほど。ダンボールハウスまであと一歩だ。

9月28日（日）

今日は白根山まで足を延ばして、湯釜を見て帰るつもりだったが、昨夜の寒さでへこたれ、天気もどんよりとしてつまらないので、キャンプ場周辺の牧場とか鉄道村へ行って、子どもを遊ばせ、お茶を濁す。それでも今回は浅間山の雄大な裾野を眺めることができ、のびやかな気持ちになった。

　帰り道、関越に乗る際、鶴ヶ島付近で渋滞20キロと出ていて、腰が砕けそうになるが、しばらく走っているうちに表示は12キロになり、8キロになり、次は3キロと徐々に減っていって、現場に着いた頃には、渋滞など跡形もなかった。渋滞とはこんなにみるみる解消するものなのか。怪しい。なんだか話がうますぎる。夜空を見上げると、どんよりとした雨雲の下を、長さ20キロぐらいありそうな龍のようなものが、目から真っ赤な光を放ってのたくりながらどこかへ飛んでいくのが見えた。

　帰宅してメールチェックすると、Q社テナーさんから、四国遍路連載をいよいよ始めましようとのメールが入っていた。1ヶ月以上も何の音沙汰もなかったので、もうこの話はなくなったんじゃないかと思っていた。

9月29日（月）

　車谷長吉『四国八十八ヶ所感情巡礼』（文藝春秋）を読む。さすがに車谷長吉だけあって、嫌味な本だった。嫌味もここまでくれば芸か。

あらためて四国遍路にかかる取材費を試算してみると、膨大な費用になる。Q社は本当にそんな大金を出してくれるのだろうか。さすがにそこまでは出すまいと思う金額だ。では自腹で行くかと考えると、行きたくても金がない以上そう簡単には行けない。金の余裕があるときだけ出かけて、チビチビ回ることになろう。四国遍路は、実は金持ちの道楽なのだ。車谷長吉は、みんな急いで歩いてバカだ、自分なんかこんなにゆっくり歩いているなんて得意げに書いているが、みんな急いで歩いているのは、時間をかければかけるほどお金がかかるからであって、誰だってそりゃあゆっくり歩きたいのである。

9月30日（火）

ニック・ステファノスさんの企画で、高野さんの著書『ワセダ三畳青春記』（集英社文庫）の舞台となったアパート野々村荘において、高野さんと対談。高野さんは、今またその部屋を借りて、離れのように使おうとしている。

新居祝いに、何を持っていったものか悩んだ。なにしろ3畳だ。大きなガラスケースに入った陶製の博多人形なんかがいいのではないか。いいアイデアだと思ったが、重たいので、あきらめてタイ焼きを持っていった。本を読んだ印象では、どんなボロアパートかと思っていたら、なかなか清潔で居心地が良さそうな部屋だった。私が住んでもいいぐらいだ。

高野さんとニックさんのふたりは、那珂川でカヌーに乗った9月5日の日記に、妻を恐れている話を私が暴露したといって、今日もうっかり何を書かれるかわからないと、口元を引き締めて警戒していた。そこで私はこう言って諭した。

「この日記に高野さんの写真の件を書いたのは、うっかりあの写真が奥さんに見つかって疑われるのを未然に防止するために、私があらかじめ高野さんの無実を証明しておこうという親切心から書いたものなのです。いざ見つかったとき、この宮田の日記を見てくれ、と言って妻に見せればすべての疑いは晴れて夫婦円満めでたしめでたし……と、私はそこまで考えていたのです」

ふたりはそれを聞いて感激し、自分たちの考えは間違っていましたと涙を流した。そうして深く頭を垂れ、「だいたい、自分は妻子が帰省中に女の子と遊びに行って、なんとも思わないんですか」とさらなる教えを乞うたので、「そんなことに変に気を回すから話がこじれるのです。心にやましいものがないのなら、何でも堂々とやればいいのです」と言い聞かせ給《たも》うた。ふたりはますます感激して涙を流し、畳に手をついて、後光の射し始めたお姿を拝みながら「なんか宮田さんて、いじめキャラですよね。自分は何も悪くないみたいな顔して、ずるいっすよ」と感謝の気持ちを語り、この教えを孫の代まで語り伝えていこうと心に誓ったのだった。この日以来、その3畳間では、ひとたび念仏を唱えれば、どんなに雨が降らないときでもこんこんと泉が湧き出るようになったという。あな、めでたや。南無大師遍照金剛。

早明浦ダム貯水量11・0%。じわじわ回復中。

秋

2008年10月〜12月

2008年10月

10月1日（水）

朝、子どもらがちっとも幼稚園へ行かないので、どうしたことかと思っていたら、今日は都民の日で休みだという。都民の日？　東京都だけ休みなのか。そんな休日があるなんて、知らなかった。平日に遊んでばかりいる間に、何が休みで何がそうでないのか、よくわからなくなってしまった。ひょっとして世間は、私の知らないところで休みまくっているのではないか。

もちろん私は仕事場に行った。そして一日うんうん唸《うな》って、結局エッセイは書けなかった。いったいこの5枚のために何日費やしてるんだろう。

10月2日（木）

昨夜考えて、よし、自分は酒が飲めないというテーマのエッセイにしようと決めたにもかかわらず、書いてみると、どうにも書けなかった。時間が指の間からこぼれ落ちていく無駄な日々。

打ちひしがれて仕事場を出ると、夕闇にキンモクセイが香っていた。

ふと、一句詠《よ》もうと思った。

秋の夜の……なんとかかんとか……金木犀《きんもくせい》。

金木犀……なんとかかんとか、なんとかよ……。

以後、何も浮かばず。

10月3日（金）

原稿が書けたら、ど〜んとプールだ！　と思ってここ数日やってきたが、ちっとも書けないので、まず先にど〜んとプールで泳いだ。泳いでいるうちに何かアイデアが浮かぶのを期待したが、プールの底を見ても何も思わない。自分が何メートル泳いだのかも途中でわからなくなった。これは850のターンだったか、それとももう900過ぎたっけ？

仕事場へ移り、もし今日書かなければ、今週の土日は仕事だ。そう自分を急《せ》き立ててゴリゴリ書く。すると、ゴリゴリしたものが書けた。そこで、それをメールで送ったのだが、ゴリゴリしているので、回線をなかなか通らない。ゴリゴリゴリゴリ……。あとは野となれ山となれ。

10月4日（土）

今日は福岡のラジオ番組に電話で生出演することになっていて、仕事場で待機するつもりだったが、いい天気だったので、家族で立川の昭和記念公園へ出かけた。

電話は携帯にかけてもらうことにして、出演15分前にひとり静かな場所へ移動。ところが今日の昭和記念公園はコスモスが満開のため、大勢の人出でにぎわっていて、どこへ行っても人がいる。広場では、でかい音でコンサートしてたり、上空にはヘリが飛んでたりして、肝心なときにえらい場所に来てしまったと後悔した。静寂を求めて林の奥深くへ分け入り、ようやくここならと思える場所を見つけて電話を受ける。

ところが、しゃべってるうちに顔や手がかゆくなってきて、見れば自分は蚊柱の中にいるではないか！　げげ、と思ったけど出演中だから、声だけはしっかり平静を保ちながら、蚊柱から逃げる。機内誌でハワイのことも書かれてましたね、宮田さんも機内誌に書くときは真面目なんですね、みたいなことを言われたので、そうなんです、金玉って書いたらカットされてしまいました、と言いそうになったが、生放送であったと思い直し、瞬時の判断で金玉は思いとどまる。あぶないあぶない。そうして金玉はなんとかクリアしたものの、蚊柱は依然ついてきて、さらに逃げる。あんまり走って、ハァハァ言うのも考えものだから、全力では逃げられない。でも半端な逃げ方ではついてくるので、ときどきフェイントで急に曲がったりして、おのれ、蚊柱！　人の弱みにつけこむたぁ、ええ度胸しとるやんけ！　ってはらわた煮えくり返りつつ、林の中をますます高速で移動。

ラジオを聴いてる人も、まさか私が林を疾走しながら出演しているとは、思いもよらなかっただろう。

10月5日（日）

いい天気だったので、先週使ったテントを隣の公園で干す。風通しを考え、組み立てて置いておいたら、いつの間にか近所の幼稚園児の秘密基地にされていた。

10月6日（月）

朝から仕事場へ。最近は外を歩くと、そこらじゅうでキンモクセイの匂いがして気持ちがいい。ところが、あ、キンモクセイ、と思ってあたりを見回しても、10回に9回はキンモクセイがない。

一度アップしていたつもりのサブカルコラムが、微妙に心に引っかかっていたので、それをやっぱり手直し。さらにジョン・カーターさんに頼まれた別の原稿5枚の下書き。

夜のニュースで、宇都宮駅前のギョーザ像が、運搬中に落っことしたため半分に割れた、と大々的に報じていた。天変地異の前触れではないか。

10月7日（火）

ニュースによると、世界経済は同時株安で、恐慌寸前らしい。ギョーザ像は、きっとそのことを伝えたかったのだ。

飯嶋和一『出星前夜』（小学館）を読む。『始祖鳥記』で見せた圧倒的な取材力と緻密《ちみつ》な考証は、この作品でも健在。しかし『始祖鳥記』と違って、『出星前夜』は内容が島原の乱だけに、ひたすら重い。後半は戦闘場面の丁寧《ていねい》な描写に筆が割《さ》かれ、お話的な要素は格段に減って、黙々と史実を描写している印象。島原の乱が、宗教戦争なのかそれとも重税に耐えかねた農民の一揆だったのかという話は、神田千里『島原の乱』（中公新書）などでも取り上げられているから、新解釈という感じでもない。作者はなぜ今回に限って島原の乱などという有名な史実を取り上げたのだろう。タイトル含め、最後はなんとか前向きに終わりたかったようだが、史実が重すぎて、うまく飛翔しきれなかったように思えた。

気がつけば、早明浦ダムは、台風も来ないのに、貯水率25・6％にまで回復している。ドラマチックではないけれども、コツコツがんばっている。

10月8日（水）

娘、またしても幼稚園さぼる。もう5回目ぐらいか。

昨日書いてジョン・カーターさんに送った原稿が、即座に全ボツで戻ってきたので、あらたに書く。今度は通る。

10月9日（木）

ニック・ステファノスさんが来て、書評用の本を渡し、ゲラをもらう。

ニックさんは、早く小説を書け、年内にあと500枚は書けるだろうという。年内に500枚？　無理。

それより、「本の雑誌」のWEBにある、このスットコランド日記のバナーをもっと目立たないようにしてくれるようお願いする。目立ちすぎでしょう、あれ。自分でもいったい何様だと思うがな。そう言うとニックさんは、作家でそんなこと言う人は珍しいですよ、普通は、どうしてオレの名前がこんなに小さいんだ、とか言うもんです、と呆れていた。

そういうものかな。私は全然目立ちたくなんかない。自分の顔が売れてもべつにうれしくないし、テレビとか出たくないし、講演とかにも呼ばれたくない。本さえ売れてくれれば、あとの露出は地味なほうがいい。そう考えると、漫画家みたいなのが一番いい。ものすごく売れてるのに、顔は誰も知らないみたいな、そういう立ち位置が理想だ。にもかかわらず今の私は、とくに売れてなくて、バナーがでかいのである。とても恥ずかしい。

いいから、そんなことより早く小説書かないとだめですよ。

そうやって私を責めるニックさんは、なんだか楽しそうだ。

10月10日（金）

昨日ニックさんに発破をかけられて、少しやる気になり、黙々と小説。誰かに発破をかけられて、やる気になったときの有効期間は、だいたい3日から1週間ぐらいだから、その間にできるだけ進んでおきたいと思い、予定していたプールを断念する。

ニックさんは言うのだ。その小説を来年出して、さらに途中挫折している横断旅行記も書きあげて、それとこの日記を本にすれば、ほら、一年に3冊も出るじゃないですか。

おお、一年に3冊！　それも文庫化とかそういうのなしの新刊3冊。まさに前人未到の大記録ではないか。前人というか、自分だけなんだけど、自分史上初の快挙だ。なんか想像しただけで胸躍るぞ。

ところで、昨日のロト6で、また1000円当たっていた。ふと、火山性微動という言葉が頭をよぎる。前兆というか前触れというか、今回は1000円だが、ほかにも人体には感じない微小な当たりが、実はいっぱい当たっていて、そのうちどーんと来週ぐらい来るんじゃないかって気がする。んんん、悔しい。今何億も手にすると、せっかくの仕事熱が冷めてしまいそうではないか。こういうタイミングのときに限って、本当に当たりそうで心配だ。

3億2000万とか困るよ。

関西から孫の運動会見物のため、母来る。

10月11日（土）

テナーさんからメールがあり、Q社で四国遍路の経費について、さすがに全額とはいかないまでも、思っていた以上に負担してくれることになった。ありがたい。ちょうど今、小説のほうが書きたい気分という問題はあるが、まあ、ガタガタ贅沢言ってないで両方とも気合い入れて書いたらんかい、という声がきっと便所の換気扇とかから聴こえてくるだろうから、両方ともがんばります。

ネットニュースの小見出しでチラッと〝メラミン星人〟という文字が見えて、なんだろうとよく見たら、〝メラミン混入〟であった。ヒフォヒフォヒフォヒフォ、地球人よ、48時間以内に地球の支配権を引き渡せ、さもなくばすべての食品にメラミンを混入する。ヒフォヒフォヒフォヒフォ、もう一度言う、48時間以内に地球を引き渡さなければ、メラミンを混入する。「隊長！」「すべてのスーパーの乳製品にバリアを張れ、急ぐんだ！」「ラジャー！」

10月12日（日）

幼稚園の運動会。朝の6時に家を出て、場所取りに並ぶ。これまで場所取りなどしたことはなかったのだが、毎年子どもがよく見えないので、今回はがんばってみた。現地に着くともう大勢並んでいて、50番目ぐらいだった。先頭は午前3時とかから並んでいるそうだ。おそるべし。結局開門ダッシュしても、2列目が精一杯であった。

ところで今回、ビデオカメラで子どもらを撮影したのだが、このカメラ、以前から調子が悪く、ときおり修理に出しつつだましだまし使っていた。案の定、今日も撮影中に何度もテープがからまり、急いで取り出して巻き取っては、続きを撮影みたいなことになり、おかげでブチブチ途切れまくった運動会の記録ができあがった。まったく、ふざけてはいけないのである。さらに帰宅後、そんな映像でもそれなりに楽しんで再生していたところ、またテープがからまったので、取り出して巻き取ろうとした瞬間、ブチッと音がして、テープが千切れたのだった。

げげえ！　早起きして並んでまでして撮影したビデオテープが！　ふざけんなぁ！

くっそう、腹が立って腹が立って腹立つけれど、HDやDVDに録画する最新式のビデオカメラなど買う金はない。

そういえば、最近ポットもおかしくて、給湯ボタンを押しても、うんともすんとも言わないことがある。どうやら、3、4年に一度、彗星のようにめぐってくる、家電崩壊期が来たらしい。そう思うと、エアコン、洗濯機あたりの大物が、しばらく壊れていないのが怖い。

10月13日（月）

息子が、最近できるようになったさかあがりを見せたいというので、近所の公園へ行くと、例によって幼稚園仲間の家族が集結してきて、気がつくとそれらの子どもたちと7人で、鬼ごっこをやっていた。最近の子どもは鬼ごっこ経験がほとんどないせいか、もういいかい、もういいよ、とか言ったりして、全然わかっていない。しかも鬼につかまってみたいという衝動が抑えきれないらしく、鬼の私のまわりに集まってきたりするので、ちっとも鬼ごっこにならないのだった。

近所で昭和50年代に建てられた中古の家が売りに出されていて、それが5LDK＋そこそこ広い庭と、倉庫とガレージ3台分もついて3500万円というので、そんな金はないが、どんな家か見に行った。そうしたら崖に建っていて、変な地形だし、庭といっても半分は下から鉄骨で支えて崖に張り出させたテラスだったり、ガレージが2階の高さにあったり、建物が古く、民宿みたいだし、もうすっちゃかめっちゃかな感じで大変気に入った。見晴らしもいい。それで欲しくなったけれども、金はないし、仕事の性格上も年齢的にもたいしたローンは組めないから、見ただけで帰る。ああ、金が欲しい、と思った。私は都心の高級マンションなんかより、こういう癖のある変テコな家に住みたい。そうしてお金をコツコツ貯めて、ますます一筋縄ではいかないふしぎの家にリフォームするのだ。

10月14日（火）

チビチビと小説。
友人からハガキで、引っ越すなら四国の松山がいいと薦められる。

10月15日（水）

娘またしても幼稚園さぼり、運動会見物に上京していた母帰る。

私は黙々と小説。その合間に笹沢佐保『木枯し紋次郎　五　夜泣石は霧に濡れた』（光文社文庫）を読む。かつてハマって何度も読んだ眠狂四郎を継ぐ者は、木枯し紋次郎しかいないと思ったが、眠狂四郎にはあった荒唐無稽さが足りないのが、少々不満。これだけ時代小説があるのだから、自分の好みにぴったりのチャンバラヒーローがどこかにいると思うのだが、なかなか見つからない。私の好みは、大前提として、主人公は組織人でなく、旅をしていてほしい。その意味で、多くのチャンバラ小説は藩との係わりが云々《うんぬん》され、しかも江戸近辺が舞台だったりするので、読む気がしない。遡って戦国時代になると、今度は天下取りとか、忍者ものになったりして、また少し違う。主人公は、きちんと天下に背を向け、世を捨てていなければいけない。世を捨てたふりして、実は密命を帯びてたりするなど、もってのほかである。

そうやって条件をあれこれ考えているうちに気がついた。それって、つまり今の自分のことだ。

10月16日（木）

おととい、昨日と快調に小説を書き進めていたが、今日になって気持ちが負けそうになった。だって雲ひとつない秋晴れなのだ。どうしようどうしようと葛藤しつつ、仕事場のまわりをぐるぐる散歩。このままどこかへ行ってしまおうか、それとも日の射さない仕事場にこもって、金になるかどうかもわからない小説をじめじめと書くのか。ここが思案のしどころだ。

結局、ぐっと心を鬼にして小説にかかる。

10月17日（金）

新宿にて、アンアンのインタビューを受ける。

アンアン？　キムタクと福山には勝てないよ、なんて言うと、妻に鼻で笑われた。

「ジャンル違うんじゃない。お薦め本を教えてほしいって、ファックスきてるけど」

というわけで、『なみのひとなみのいとなみ』の著者インタビューと、笑える旅本というテーマで3冊お薦めしてきた。

インタビューのあと、グッドデザイン賞を受賞したコレジャナイロボというものを見に、表参道のショップへ。表参道に来るのは久しぶりで、街もずいぶん様変わりしていて、ちょっとぶらつくにも、どこに立ち寄っていいのかわからなかった。というと、昔は詳しかったようだが、そんなことは全然なく、古来どこに立ち寄っていいのかわからないのが表参道である。どこかに何か面白いものがありそうなのだが、さっぱり不案内なので、見ようと思っていたものだけ見て、一直線にさっさと帰る。いつか金持ちになったら、また来たい。

ちなみにコレジャナイロボというのは――ええと、なんだっけ、説明が面倒くさいので、そのうちまた。

往復の電車の中で、奥村正二『平賀源内を歩く』（岩波書店）と、杉江由次『「本の雑誌」炎の営業日誌』（無明舎出版）を読む。『炎の営業日誌』は、著者初の作品ということで本人はちっとも自信なさそうだったが、面白い。作家の日記のようにゴチャゴチャ書きすぎない、さっぱりと歯切れのいい文体が、いい感じである。

10月18日（土）

今日は信州へ行く予定だった。日帰りで霧ヶ峰や車山あたりを散歩しようと考えていたのである。

ところが、朝早起きしてガソリンまで入れたところで、息子が目が痛いと言い出し、見れば左目に目ばちこができているのであって、目ばちこぐらいガタガタ言うな、この雲ひとつない空を見よ、と思ったけれども、本人は痛い痛いと泣くので、急遽信州あらため眼科へ行くことになった。目の覚めるような秋晴れの週末に眼科に行けるなんて、うれしい限りだ。ただで帰るのはあまりにも悔しいので、私もついでに診てもらうことにした。

実は私は、視力検査というのがどうにも好きである。学生時代までとても視力に自信があったので、そのときの影響かと思ったりもするけれど、その後20年以上たって、パソコン仕事でめっきり視力が落ちた今でも好きだ。あのCの字を見て、上とか左とか言いたい。いつの頃からか、スプーンで目を隠すのではなく、機械で測定するようになってからは、ますます誤魔化しが利かなくなって好きになった。それで今日も、右とか、上とか、わかりません、なんて言って、おおいに楽しんだ。

そのままいつまでもやっていたかったが、やがて強制的に診察室へ回され、どこが悪いんだと聞かれたので、右目が霞《かす》むんですとか、なんとなくそんな気がすることを言った。すると医者は虫眼鏡で私の目を覗き込んで、きっと左右の目の老化速度の違い（どっちかが遠視が強まっていて、もう一方は近視優勢）によるもので、心配には及ばないという話をして、私も納得した。本当は視力検査が目的だったからどうでもいいのだ。検査に熱中のあまり、結局視力がいくつだったのかも聞き忘れたが、それもまあいい。あの、下、右、わかりません、の充実した時間こそが、私の欲しいものだったからである。

いずれ超大金持ちになったら、あの検査機械を買いたい。そして友だちをわが家に呼んで、視力検査パーティをやるのだ。絶対みんなも好きなはずだ。カースン・ネーピアさんもきっと喜ぶだろう。

それにしても残念なのはこの秋空だ。箱詰めしておいて、陰気になったときにその箱を被って深呼吸したいような素敵な空だった。

10月19日（日）

マンションの2軒隣のご夫婦が、子どもの写真をアルバムに整理したい整理したいと思いながら、もう何年もたってしまい、溜《た》まった膨大な写真を前に途方に暮れているというので、そういうものはもはや自力では如何《いかん》ともしがたいだろう、ここは黒船による外圧が必要だとばかり、突如私はアルバム課長（仮称）に変身し、無理やりパソコンを開かせ、バシバシと尻を叩いて、膨大なデータのなかから写真を選ばせた。「ほらほら、手止まってるで！」。そうして選んだ写真１４００枚を、今度はフォルダにまとめ、そのままインターネット経由でＤＰＥ屋に発注させることに。そうして次の会議までに、焼いた写真とアルバムを買い揃えておくよう指示を出し、がんばりたまえ、と肩を叩いて帰ってきた。

大変な親切をしたようでもあり、大きなお世話のようでもあり、自分でもどっちだったのか不明。アルバム課長というネーミングもそれでよかったのかどうか。思い出部長のほうが味わいがあったのではないか。

10月20日（月）

コレジャナイロボについてコラムを書く。

コレジャナイロボというのは

10月21日（火）

コレジャナイロボは、各自検索してほしい。

このところ、いい日和《ひより》が続いて、我慢できない。我慢できないが、ぐっとこらえて仕事場へ通う。

自宅マンションから仕事場への長い一本道は、ファミレスやコンビニ、スーパー、１００円ショップ、ガソリンスタンド、カーディーラー、レンタルビデオ店、薬局、靴屋などなど日本中どこにでもありそうな郊外型店舗が並んでいるのだが、何年も通っていると、これが案外変化の激しい道であることがわかる。先日は、ガソリンスタンドとうどん屋が潰れてそれぞれ更地になったし、カラオケボックスもいつの間にかなくなった。仕事場を借りてから今までの間に、どれだけ変化したか列挙してみると、

駐車場↓コンビニ
ハンバーガーショップ↓うどん屋
工場↓カーディーラー
家電量販店↓100円ショップ
ガソリンスタンド↓更地
コンビニ↓牛丼屋
うどん屋↓更地
カラオケボックス↓駐車場
靴店↓雑貨屋↓衣料品店↓コンビニ
植木↓更地
おもちゃ屋↓ジーンズショップ
自動車修理↓不動産屋
コンビニ↓別系列のコンビニ
ジーンズショップ↓ドラッグストア
回転寿司↓ゴルフショップ

雑貨屋↓ラーメン屋↓別のラーメン屋
餃子屋↓中華料理屋

このうち更地のひとつにまた動きがあって、先日、赤白の横断幕が張られていた。何ができるのか興味津々である。できればＡＢＣスットコランド店とか、超マニアックな古本屋とかできてほしいが、こんな田舎の交差点にそんな文化的なものは来ないだろう。ゆっくり本が読めるおしゃれなカフェとか、ＡＴＭなんかも希望だが、それもないだろうな。しかし、たまには経済の論理で考えるのでなく、地元の希望で何かつくってみたらどうなんだ。本屋に一票！

10月22日（水）

久々に妻の運転練習に付き合う。このところ妻はひとりで練習していて、車がズタズタになってきているが、もとよりボロい車だけに傷が全然目立たない。さすが18年モノ。

仕事場で四国遍路エッセイのタイトルを考える。タイトルぐらい、傍《はた》から見るとそんなに時間がかからないで決まりそうに見えるかもしれんが、まる一日考えて何も出てこないなんてのはざらで、普通は最低でも1週間以上はかかる。そのうえ、よっしゃ！と納得するようなタイトルが出ることは珍しく、たいていの場合は妥協の産物である。今回も、もうかれこれ数日間、ひまを見つけては考えているが、人を食ったようなバカバカしいものにしたいという天邪鬼《あまのじゃく》な心と、なるべく力みのない自然な感じにしたいという冷静な心とが、互いにせめぎあって着地点を見出せないでいる。

谷川健一『隠された物部王国「日本《ヒノモト》」』（情報センター出版局）を読む。

10月23日（木）

電話のモジュラージャックの前に巨大な棚を置いているわが家では、光ファイバーにしませんかという営業電話がときどきかかってくるのを、今さら棚を動かすなど面倒くさくてあり得ないので断り続けてきたのだが、先日かけてきたセールスマンが、棚は動かさなくてもいいという。なんだよそれを早く言ってくれよ、と思いつつ、そういうことならばと契約した。その後NTTの別の人から電話があって、棚は動かしておいてください、とそれが常識でしょとでも言いたげなニュアンスなので、じゃあ話が違うのでキャンセルします、とゴネると、しばらく誰かと相談して、やっぱり棚はそのままでいいと言い出し、本日無事、棚を動かすことなく光が開通した。

このことから私は、客がゴネれば光も電話線を通ることを知った。自然万物の法則も、客のゴネの前には無力らしい。この事実を敷衍《ふえん》するならば、科学では解明できない世の超自然現象の何パーセントかは、客のゴネによって引き起こされているという仮説が成り立つ。

10月24日（金）

兵庫県の加西市に十字架を背負ったお地蔵さんがあるというので、見に行った。背面十字架地蔵と呼ばれるそれは、隠れキリシタンの手になるものとされている。背中一面に十字架が描かれていて、それはそれで面白かったのだが、さらに加西市には、ガニ股のお地蔵さんとか、ノートとペンを持っている神さまとか、ジャミラみたいな形の石仏とか、いろいろ変な石仏があるのを知って、興奮した。そういうユニークな石仏を見ながら日本を回るのも面白いのではないか。私は、以前インドの路傍にある石の神様を探して歩いたことがあるが、どうも石というものに惹かれる性質があるらしい。海岸で石を拾いながら、無意味に放浪したいと思うことがよくある。山頭火みたいになって、石の旅をしようか。

10月25日（土）

なぜか皇太子の夢を見た。皇太子は、機動隊に向かって火炎瓶を投げておられた。東京へ戻る新幹線で、平田篤胤《あつたね》『仙境異聞・勝五郎再生記聞』（岩波文庫）を読む。あまりの面白さに、座席からずり落ちそうになる。大発見。

10月26日（日）

息子が今度は「さらば仮面ライダー電王」が観たいというので、ふたりで映画館へ。先日はたしかウルトラ兄弟の映画を観たのだった。ウルトラシリーズより、仮面ライダーシリーズのほうが面白い。子どもの頃は「ウルトラセブン」が大好きだったけれども、今はもう巨大ヒーローの時代ではなくなった。巨大ヒーローは軍隊と同じで、侵略者と戦うものであり、戦争状態でこそ活躍できる。だが、テロリストや温暖化相手では戦えない。その意味で、9・11以降、ウルトラマンのリアリティは大幅に減退した。テロや温暖化と戦うということは、自らの内なる敵と戦うことであって、内省的に個別に戦うヒーローのほうが、時代の気分にマッチするのである。

しかしまあ、そんな小難しいことはよくて、仮面ライダー電王である。去年のテレビ放映中は、息子以上に私がハマっていた。史上最弱のライダーという設定が面白かったし、ドリフのようなわかりやすいギャグも好きだった。女好きでウソつきのウラタロスというキャラがいて、それが気に入っている。いい加減で食えない野郎なくせに、いざとなると、文句言いつつもちゃんと働くというキャラに、私はぐっとくるみたいだ。

（普段）ぼんくら、ダメ男↓（いざというとき）強く頼もしいは、わかっていてもまんまと泣かされる構図だ。「必殺仕事人」の中村主水《もんど》のような。

そんなわけで「さらば仮面ライダー電王」、十二分に堪能。

10月27日（月）

J社マドンナさん、カメラマンの岸本さんと、立川の中華料理屋でハワイの打ち上げ。

マドンナさんに香港土産の靴下を2足もらう。靴下なんか全然いらんが、どうしても宮田さんに買って帰らねばと思ったというその靴下には、魅惑的な日本語表記が。

曰く「洗濯機のこ使用は出るたはけて中性洗剤で手洗いが最適こす」。

出た！「最適こす」

一部では世界的に有名な日本語会話辞典『説日語』を思い起こさせる。他にも「繊維上の菌の繁殖をゐちえゐで、防臭効果ガゐりります」「洗濯んしニも効果はほほと変リません」など、いつの時代かわからん表記まで登場。さらにもう一足のほうには「松木さゆりさん」というタイトルがついていた。靴下に、松木さゆりさんて、なんじゃそれ。

こんないらんもんをもらえて大変うれしい限りだが、松木さゆりさんがなんだか気になる。ひょっとしてオーダーメイドの靴下ではないのか。他人のオーダーしたものを横取りしてきたんじゃあるまいか。今どこかで、松木さんが困っていないだろうか？

まあ、そのわりには、フリーサイズと書いてあるが。

10月28日（火）

昨夜、正体不明の足の熱感に襲われ、というか毎晩襲われているのだが、とくに昨夜はそれが極まって朝まで眠れず、私の中で何かがブチッと切れた。

ああ、もうイヤだ、と思って、明け始めた空を見れば、快晴である。すべてを放擲《ほうてき》し、電車に乗って出かけることにした。どこへ行くという当てもなかったが、そういえば日野市で平田篤胤関連の展示会があったのを思い出し、行ってみる。

日野市郷土資料館特別展「ほどくぼ小僧・勝五郎生まれ変わり物語」。

先日読んで椅子からずり落ちるほど愉快だった平田篤胤『仙境異聞・勝五郎再生記聞』の勝五郎である。中野村（現東京都八王子市）に生まれた勝五郎は、8歳のとき、自分は程久保村（現東京都日野市）において6歳で亡くなった藤蔵の生まれ変わりだと言い出し、本人の話すことを確かめると、たしかに程久保村に該当する人物があり、両親のことや近所の風景なども言い当てたという。その話に篤胤がいたく惹かれ、勝五郎にインタビューして記録を残したのが「勝五郎再生記聞」だ。今回の企画展によれば、この中野村と程久保村、直線距離にして5キロしか離れていないらしい。かなり眉唾《まゆつば》くさいぞ。だが、篤胤は大真面目でインタビューして、最後は納得している。納得するかぁ。「仙境異聞」のほうも、天狗《てんぐ》に連れ去られたという少年の話を真に受けて、天狗の実在を信じていた。いいのか篤胤、そんなことで。

そういえば、身近に似たような人がいた気がする。怪獣や野人の発見者に真面目にインタビューして調査してる人が。たしか最近会ったような、カヌーに乗って一緒に那珂川を下ったような……。しかし、彼は篤胤ほどやすやすと真に受けないだろう。事の真偽を確かめるためにも、辺境作家高野秀行を平田篤胤の門人に送り込みたい。

四国遍路のタイトルを「だいたい四国八十八ヶ所」に決める。まあ、だいたいだ。

10月29日（水）

新宿にて「クロワッサン」の著者インタビューを受ける。

『なみのひとなみのいとなみ』は、何の反響もなかろうと思っていたら、あちこちで取り上げてもらえて、予想外。

ちなみに、読んだ友人知人からよく聞かれるのは、脇腹の痛みはその後どうなったんだ、ということで、気にかけていただいて大変恐縮である。そりゃあ、あんなふうに書かれたら気になるわい、と半ばお叱りを受けたりもするので、この場を借りて、その後自然に治ったことをお知らせしておきたい。本を読んでいない人にはわからない話かと思うが、少し詳しく書くと、私の肋膜に癒着が起こっていて、それがときどきひきつれて痛むのらしい。筋肉痛みたいなものだから、ほうっておけば治るわけだけど、謎の病気ではないか、なんて心配しすぎてかえって痛みが長引いたという最終結論であった。そうやってわかってしまえば、何のことはないのであって、そそくさと治ってしまった。

私は昔から自分の健康状態にとても神経質で、飛行機と健康診断が、人生における〝怖いものベスト2〟である。おかげで、何かしら体の調子が悪いと言っては医者にさんざ調べさせたあげく、何の異常もありませんと言われることがよくある。まさに今現在もそういう状況で、足が熱い。これは末梢神経に問題があるにちがいないとかいって、心電図とかMRIとか撮られてやっぱり異常なかった。最近はだんだんわかってきて、それはもう気持ちの問題というか、心因性にちがいないと先読みして、こないだ心療内科にも行ってみたけれども、心療内科にさえ、とくに異常ないと言われたのである。つまるところ〝めっちゃビビり〟というだけなのだった。くあああ。まったくもって情けない。弱っちいにもほどがあるが、そうなると目下依然として足が熱いのは、では、どうすればいいか。

ところで、そうこうしているうちに早明浦ダムの水位が46・1％になっている。一見、危機を脱したようだが、そうではなく、今年はろくに台風が来なかった影響で、冬以降に渇水のおそれがあり、今のうちに黙々と貯めているのらしい。この分だと来年の春あたり、手に汗握る渇水デスマッチが展開されることになるのか。

10月30日（木）

最近、実にしょぼくれた気分だ。

最近というより、ここ数年といったほうがよくて、先日も石仏を見て、しみじみと和んでいた。石を拾いながら放浪したいとか、そういうセリフが口をついて出てくるところなど、まったくしょぼしょぼである。

どうしてこういうことになったのか思いめぐらすに、ずっと昔に読んだ、つげ義春の『貧困旅行記』（新潮文庫）が実にしょぼくて面白かったがために、自分もいつかこういう本を書きたいと心に刻み、その影響が長く尾を引いて、しょぼい方面へしょぼい方面へと地滑りを起こしていると推察される。

『貧困旅行記』は、著者本人はいたって真面目なのだが、内容があまりにしょぼいために、その真面目ささえもが傍目にはかえって笑え、これぞ最強の笑いだといたく感動したのである。このぐらいしょぼくなれば絶対に笑えると思いつつも、自分の中で、そうやって笑いをとろうと思っているうちはまだまだで、真のしょぼさを身に着けてこそ、『貧困旅行記』の高みへ飛翔できるのだと思いつめ、笑わせるのではなくしょぼくなるべし、と半ば禅に取り組むような気持ちで、下へ下へと沈降してきたのだった。

それが昨日、須田郡司『日本石巡礼』（日本経済新聞出版社）という本を買ってきて、夜《よ》更《ふ》けのベッドで石のよさをしみじみ味わっていたとき、突然はっと我に返り、お、いつの間に私はこんな人間になっていたのか、と愕然《がくぜん》とした。生命維持本能が目覚め、あぶないあぶない、そっちへ行くんじゃない！　石はまだ早い、何やってるんだオレは、という心の叫びが、湧き上がってきたのである。うっかり、齢《よわい》70ぐらいの境地に踏み込んでいたのではないか。

ここ数年『貧困旅行記』の魔力にとりつかれ、すっかり我を失っていた。こんなことではだめだ。これからは心を入れ替え、たまには渋谷とか表参道とかへ出かけて、若いエキスを胸いっぱい吸い込み、失われた躍動感を取り戻そう。

しかし、若いエキスとか言ってる時点ですでに死んでる気もするな。

10月31日（金）

しょぼいネタと絶縁する。

妻にそう宣言すると、「ネタじゃなくて、書き方でしょう」と言われる。石が悪いわけではなくて、それをしょぼく書こうとするのが悪い、というわけだ。その通り。

「あなたが書けない書けないと言ってるのは、しょぼく書こうとか、地味な笑いを目指そうとか、そんなこと考えてるからじゃないの？　でも実際はあなたハッピーなんだよ。ハッピーなときは、ハッピーなものを書けばいいのに」

私がハッピー？

解せぬ。

原稿は捗らず、生活は家賃を払うのにきゅうきゅう言ってるうえに、体は謎の症状に冒され、この先どうなるかさっぱり見えないではないか。

「そうかなあ。書きたいもの書いたし、やりたいことやったし、家族もみな健康で、ハッピーじゃん」

「………」

「それなのに、暗いテーマの小説書こうとしたって書けないわよ。もっと、陽の当たるテーブルで書けるようなものを書くべきでしょう」

「それってお笑いエッセイのことか？　無理に明るく書こうとするのは疲れるんだよ」

「それは笑いにこだわるからでしょ。普通にハッピーな感じに書けばいいじゃん」

「んんん、まあ、そうだなあ、でも普通にハッピーって言われてもなあ……」

「あなたのアホさをそのまま書けばいいのよ」

「アホって……。残念ながら、オレはアホじゃないんだよ。アホなふりしてるだけで、真のアホになりきれないんだ」

「そんなことない。ちゃんとアホよ」

「ちがうわ！」

「イラストを見ればわかる」

「イラスト？」

「あなたのイラスト、アホでハッピーだもん。小説もあんなふうに書けばいいのよ」

2008年11月

11月1日（土）

先日、同じマンションの夫婦の家に黒船として出航し、溜まりに溜まっている3年分の子どもの写真をアルバムにすべく、データを写真に焼くよう要求した件。いよいよ1400枚の写真が揃い、アルバム作成作業に入った。大人3人でドカドカ貼っていく。

いやあ、あきらめていたアルバムがどんどんできあがっていくわあ、などと喜ばれながら、実際のところはどうなのか、大きなお世話だったのではないかと思い悩む。しかし、帰り際に、宿題として、台紙を足して60ページに膨らんだアルバム1冊と、1年分の写真をどっさり渡され、杞憂《きゆう》であったことが判明した。

11月2日（日）

息子にせがまれて、温水プールへ。

面倒くさいので、浅いプールで勝手に遊ばせながら、隣のジャグジーにずっと浸かっていた。一時の有酸素運動理論は、いつの間にかどこかへ消え去ってしまい、スポーツクラブにもちっとも行かなくなった。まさに三日坊主とはこのことである。

関係ないが、とても恥ずかしい事実を発見した。私はこんな物書き稼業で生きておりながら、今日の今日まで、居丈高を〝いじょうだか〟だと思っていた。〝いたけだか〟だってウソだろ？　ウソだと言ってくれよ。いたけだかいたけだかいたけだかたけやぶやけた。

サラリーマンの頃、〝なおざり〟と〝おざなり〟がごっちゃになってわけがわからなくなり、〝おなざり〟とか言って笑われたとき以来の恥ずかしさである。

11月3日（月）

祝日だが、仕事場へ。

ハッピーなものを書けと妻に言われた件について、つらつら考える。

私は自分が今ハッピーなどとは、ちっとも思っていなかった。思うように書けないし、貧乏だし、行き詰まりを感じている。そういう冴えない気分のときは、無理に笑いを書こうとすると逆効果になると考え、しばらくは笑いと離れるつもりで、チャンバラのようなファンタジーのような小説を書いていた。

が、冴えない気分といっても、何もやる気が起きないというようなことではなく、冴えないのは仕事方面だけであって、日常方面ではむしろ冴えまくっており、旅行も行きたいし、キャンプも行きたいし、子どもと遊びたいし、勢い余って、よそん家《ち》のアルバムまで貼っている始末だ。つまり私は現状におおいに満足しているのであって（仕事と生活費以外）、こんな日々がずっと続けばなあ、とさえ思っているのだ。

そういうときに敢えて小説だけ深刻に書こうとするのは無理があるし、柄《がら》じゃないのではないか。この日常のお気楽なままに、お気楽なものを書けばいいのではないか。というのが妻の理論である。
アホでハッピーな小説を。
んんん、一から書き直せというのか。
これまでの日々は何だったのだ。

11月4日（火）

頭が混乱して仕事に集中できない。まあ、私の場合混乱していなくてもあまり集中しないが、何を書くにせよ、時間を無駄にしたくない。さしあたり連載原稿を先に進めつつ、今後の方向性を再検討しよう。妻に言われたからというわけではないが、自分でも昨今の仕事への取り組み姿勢に、うすうす違和感を感じていた。きっと周囲はみんな感じていただろう。心の底からこれが書きたいと思うものを書いていれば、もっとドライブがかかっていいはずだ。

とりあえず今日は書評原稿。
休憩時間に、家族の写真（他人の）をアルバム（他人の）に貼る。

11月5日（水）

昨日、ニック・ステファノスさんから、さる読者の方からのメールが転送されてきた。先日日記に書いた、ちぎれた子どもの運動会のビデオテープを修復しましょうか、との申し出で、わざわざメールをくださったのである。世の中にはそんな親切な人がいるのか、と感激した。そして、そもそも親類縁者と関係者以外でこの日記を読んでいる人がいたのか、と、これまたまるで実感がなかったので驚いた。

この日記をつけ始めた頃、他の作家の日記をいくつか読んで、基本的に作家の日記というのは、さして面白いものではないなと感じ、面白い日記があるとすれば、うつなどで気に病んでる作家の深刻げな日記だけだなと思ったのである。それで自分も日記を書く以上、陰陰滅滅しょぼしょぼなほうがいいのだろうし、実際今気分はしょぼしょぼだ、ちょうどいいではないかと、そんなつもりで書いてみたわけだが、どうやら自分はそこまで大々的にしょぼしょぼではなかったらしく、ちょいしょぼ程度のぬるい日記になってしまった。なので、現段階では、もはやどのような日記にしようとか、いちいち作為的に書いていないけれども、その分、スタートして半年もたった今、もはや誰も読んでないだろうと、高をくくっていたのだった。

しかし読んでくれている人がいたらしい。とくに面白いこと書いてなくて、申し訳ない気分だ。

それで、無理やり面白いことを思い起こしてみたが、今個人的に面白がっているのは、うちのポットである。購入してもう6年ぐらいになるだろうか、そろそろおかしくなってきて、給湯ボタンを押してもなかなか反応しない。ウンともスンとも言わない。

それであるとき、買い替えるか、なんて妻に声をかけた瞬間、途端に、ウウウウウンとか言って、お湯を注いだのだった。笑ったのである。それ以降も、ちっとも給湯しないから、そろそろ寿命かなあ、なんて言うと、ウウウウウン。新しいのにしよう、ウウウウウン。

これは、押してから出るまでのタイムラグが、押す側がイライラした頃にちょうど出るタイミングになっているのだと思い、一度長いこと何も言わずに黙っていた。すると、いつまでたってもお湯が出ない。いい加減にしろよ、と痺《しび》れを切らして、もういい、買い替えよう、と思わず口にした途端、ウウウウウウン。って、ドリフのギャグか。なんてベタなギャグなんだと思いつつも、毎回絶妙のタイミングなので、面白がっている。

ただ、こういうネタはありがちだし、文章に書くとウソくさくみえるだろうから、敢えてこれまで書かないでいた。けれど、さしあたり今面白いことがそれだったので、ひとまずメール感激記念に書いてみたのである。

最近では、ポットの奴が、R2－D2に見える。きっと見てないときに、クルクル回っているはずだ。

11月6日（木）

大統領選でオバマ氏が当選し、アメリカに史上初の黒人大統領が就任した歴史的な日であるけれども、100年後に歴史を学ぶ人のために参考までに書いておくと、そういう記念すべき今現在、私のまわりはとくに普通である。

そういえば、夜中に妻が寝室で、「そうか、これがあれか！」と大声で叫んで何か発見したようなのだが、あとで聞いてみても、何を発見したのかさっぱり憶えていないとのことだった。妻がこのように通常会話レベルのボリュームと、クリアな発音で寝言を言うのは毎度のことで、先だっては「なんか凄いものが来たよ！」とうれしそうに叫んでいた。どんな凄いものが来たのか後に確認すると、これまたさっぱり知らないとのことであった。

100年後に歴史を学ぶ人は、黒人大統領だけに目を奪われず、そこには、深夜の真っ暗な寝室から「そうか、これがあれか！」というひらめきの声が聴こえ、「なんだなんだ」と駆けつけると、カーっと半目で寝ている妻を見つけるという、徒労感に満ちた一般的な日常もあったことを、忘れないでほしい。

11月7日（金）

今日は金曜で平日だった（言うまでもない）
そして目の覚めるような秋晴れだった（雲ひとつない）
仕事場へ向かったところ、玄関の前で、なんと鍵がない（鍵がない）
家に忘れてきたみたいだ（ついてない）
それからどのぐらい時間がたったろうか。気がつくと私は、ひとり高尾山のリフトに乗っていた（平日だから客少ない）
紅葉には少々早いということだったが、それでもところどころ赤く染まった木々に、心洗われるようだった（言うことない）
来るたびにいつも思うが、高尾山のリフトは本当に素晴らしい。乗っている時間もたっぷり長い（申し分ない）
※たしかに今日は平日だったけど、これはもうしょうがない

秋晴れだから、しょうがない（しょうがない）
平日だけど、しょうがない
秋晴れだから、しょうがない（しょうがない）

※くりかえし

11月8日（土）

江口寿史《ひさし》『江口寿史の正直日記』（河出書房新社）を読む。

帯に、これはクズの日記だ、とあったので読んでみたのだが、とくにクズとは思えなかった。本人はサボってばかりで全然働いてないのを苦にしているようだが、傍目にはごく普通に働いているように見える。これは私も基本クズ目線だからそう思うのか。どうだろう。普通はこんなもんだと思うが。

自分はこんなにサボっておらず、毎日きちんと真面目に働いていると、胸を張って言える奴は前に出ろ。そういう奴はそのうち過労でおかしくなるから、一度初心にかえって、よくサボるように。

来年小学校入学予定の息子のランドセルを買いに、職人が作る丈夫なランドセルがあるという西新井まで出かける。しかし安いもので3万8000円もし、だったら登山用品の店でいいザックを買ったほうが遊びにも使えていいんじゃないかと思った。あえてランドセルでなければならない理由は何か。ランドセルは重心が後ろにありすぎて長く歩くと疲れる形だと思うがそのへんどうなのか。ランドセルに代わる画期的な新商品が登場するべき時期にきている。ビジネスチャンス到来だ。先入観を打破せよ！　ってオレはやらんが。

今日の要点

なるべくサボりつつ、先入観を打破。

11月9日（日）

私としたことが、日曜なのに仕事場へ行って原稿書き。

というのも、明日からいよいよ四国遍路第2弾へ行こうと思い立ち、その前にやっておくべき原稿を終わらせようと思ったからだ。

しかし朝起きたときから気分がすぐれず、曇天のせいでブルーなのかと思っていたら、いざ仕事をし始めた途端、悪寒がし、さらに頭がボーッとして喉が痛くなってきた。

このことから、休日の仕事は、体に深刻なダメージを与えるということがわかった。

11月10日（月）

朝から喉が痛いうえに、頭が朦朧《もうろう》としている。

それでも熱はないし、咳もないので、午後から四国遍路へ向かうべくパッキングしていると、イラストレーターの森優子さんから、イトヒロこと伊藤博幸さんの訃報が届いた。

一瞬の驚きのあと、そうなのか、という思い。前回お見舞いに行ったときには、重い病気のわりに病室では淡々とのんきにしておられたので、まだまだ長生きされるだろうと思っていた。まさかこんなに早く亡くなるとは。

イトヒロさんとは、雑誌「旅行人」の執筆者同士として知り合い、数年前一緒に多摩川に石を拾いに行ったのだった。多摩川といっても上流ではなく、都市化の進んだ聖蹟桜ヶ丘のあたりで、たいした石もないのに、互いに何か変な味わいのある石を探して競い合った。いい大人がやるようなことではなかったが、私やイトヒロさんがやるようなことであった。そのときは、どう見ても肉の赤身に見える石を見つけた私が勝った形で終わった。さらに、後に森優子さん、田中真知さんら、雑誌「旅行人」の執筆時に知り合った人たちと、今度は青梅に石拾いに行き、次いで写真家の糸崎公朗《きみお》さんに案内してもらって高尾山へ粘菌を探しに行ったりもして、そういうしょぼいネタ方面のよきパートナーとして、徐々にタッグを組みかけていたのだった。だが、イトヒロさんの突然の入院で中断。回復したら、また石拾いにでも行こうと思っていたのに、亡くなられてしまった。残念としか、言いようがない。

パッキング中も朦朧としていた頭がますます重くなってきて、これはイトヒロさんが行くなと言っているのだ、と考えることにして、すぐに通夜やお葬式もあるだろうから、四国遍路はそれまで延期することにした。

11月11日（火）

まだ頭が朦朧としているが、風邪はそれ以上悪化しない。

仕事場で四国遍路のまだ書いていなかった続きを書く。ふと、八十八ヶ所をめぐる約1200キロの行程をグラフにすることを思いつき、一番札所からの距離を横軸に、標高を縦軸にして、アップダウンがわかるようにしてみた。すると6月に歩いた、俗に〝遍路中最大の遍路転がし〟と呼ばれる難所が、実は最大ではなく、後にそれ以上の難所が4ヶ所も5ヶ所もあることがわかった。やっとれんな。

このように有益な発見があるから、グラフはやめられない。

明日通夜、あさって葬儀だそうだ。

11月12日（水）

プリンタ壊れる。ビデオカメラの次は間違いなくポットだと思っていたが、思わぬ伏兵がいた。

イトヒロさんのお通夜へ。

往復の電車でピエール・ロチ『秋の日本』（角川文庫）を読む。著者の思い込み全開のエキゾチックな日本。しかし、イトヒロさんのことが頭にちらついて集中できず、少し読み進んだだけだった。

11月13日（木）

いよいよ四国へ向かうことにした。

イトヒロさんのこともあって、今はまだそのタイミングじゃないんじゃないか、という思いがしつつも、そんなことを言っていても、そのタイミングはきっとこない、今じゃないというタイミングのそのときこそが実はちょうど潮時なのだ、と自分に言い聞かせ、新幹線で西へ。

車窓から見る空が、正月のように晴れて、すがすがしかった。

思っているよりはるか手前から富士山が姿を現す。富士山は、ぼってりと砂糖のかたまりをかけた和菓子のようだった。昔はもっと鋭角的で、見る人を威圧するような山だったはずだ。ギザギザした白マントの裾をひらつかせ、コウモリダコの如く虚空に浮かんで、惑星ザルドスふうに世界を睥睨《へいげい》していたものである。それが今では、風景のなかで穏やかな老人的佇《たたず》まいを見せている。

「オレももう昔のオレじゃなくなったよ」と富士山は言った。「わかるよ」と私は心の中でこたえた。「いろいろあったのさ」と富士山はさらに言った。「日本一とかそういうことは、もうどうでもいいんだ」

時速300キロとは思えぬ、ゆったりとした動きで背後に遠ざかる富士山は、和菓子からだんだんコタツ的な姿に変わって、まだ何かぶつぶつ言っているようだった。私はただただうなずきながら、無言のまま裾野を走り抜けた。

11月14日（金）

昨夜徳島駅近くのビジネスホテルにチェックインし、今日の朝から歩き始める。

6月に一番札所から十七番札所を経て徳島駅まで歩いているので、その続き。この四国遍路の話は、別のWEBサイトで書くことになるので、ここでは詳しくは書かないが、まったく日記を書かないわけにもいくまい。ので、簡潔に記す。

昨夜のテレビニュースで、市内を流れる新町川の河口付近にアカエイの大群が棲《す》みついたと言っていたので、見に行った。だが、エイの居場所はわからず、それより、地図で確認して渡ろうと思っていた橋がずいぶん高いところにかかる橋で、階段で上がるにせよ、坂を登るにせよ、大変しんどそうだし、先の行程を考えると回り道は得策でないと判断して引き返した。

しかしあとになって、もうちょっと無理をしてでもエイの大群を探せばよかったと後悔する。四国遍路でエイ。素敵すぎる組み合わせではなかったか。

余計に歩いたせいか、初日というのに、さっそくマメができてしまった。

11月15日（土）

今日もずんずん歩く。標高500メートル近い山をふたつ越えた。ふたつというのは、まさにふたつで、いったん登ってまた標高20メートルぐらいまで降りてきて、あらためて別のを登るのである。四国遍路など、距離は長いが、制限時間もないのだし、のんびり行けばそのうち着くだろうと気楽に考えていたが、なかなかきつい。

それでも、知らない土地を歩くのは楽しい。たった2日歩いただけで、日常のことはさっぱり忘れた。

11月16日（日）

雨のなかを歩く。しかし午前中だけで、午後からやんだ。

四国遍路で初めて海沿いに出た。それだけのことで気持ちが晴れやかになる。朝6時に起き、7時には宿を出てひたすら歩き、夕方3時4時には宿に着いて、風呂に入って洗濯して食事して、8時には寝てしまう。シンプルな日々。

前回は、宿で空いた時間に読もうと思い、文庫本を何冊か持ってきたが、夜はどうせ倒れ込むように寝るだけなので、今回は往復の新幹線用に1冊持ってきただけである。つまり毎日本さえも読まない。その本を読まないということが、時間を充実させていると感じる。この世界には、本ばかり読んでいるとキャッチできない何かがあるのだ。

11月17日（月）

宿坊に泊まったので、朝の勤行《ごんぎょう》に出てみようかと思ったが、私はお遍路しておりながら、白衣も羽織らず（前回買ったが、自宅に置いてきた）、数珠も持たずに（前回もらったが、自宅に置いてきた）来ているので、常に私服である。そういう格好で朝のお勤めに出ていいものかどうか心配になり、やめてしまった。だいたいお遍路の必需品である、弘法大師の身代わりと言われる杖さえも持っていないのだ。持っているのは、円錐形の菅笠《すげがさ》だけである。なぜ頭だけちゃんと買ったかというと、菅笠は雨のなかを歩くのに便利だろうと思ったからで、実際昨日、便利だった。雨が全然顔にかからない。

思えば、本格的なお遍路さんは、頭が三角（円錐形）で全身白ずくめで、まるでイカのようだ。私は頭だけイカで、あとは単なるバックパッカーである。

さて今日は、天候も回復。海沿いを延々歩いた。

室戸まで81キロという表示。その室戸岬を越えて、今回は高知まで行こうと思っているのだが、岬へ到《いた》る国道は、途中、食堂や店どころか自動販売機もない区間が長く続き、四国遍路の難所のひとつに数えられている。ここまでの山登りや、この長く単調な室戸岬越えまでの区間で、歩き遍路の7割が挫折するのだと昨日宿坊で会った男性が言っていた。たしかに、散歩気分でここまで歩いてきた私も、食料も缶ジュースも補給できないこの長い道のりには、身が引き締まる思いがする。

11月18日（火）

今日は30キロ以上の長い行程。

足の裏にはもはや6つか7つのマメができており、とても痛い。その痛いのをぐいぐい踏み潰すようにして歩いていった。

途中、東洋大師という小さなお寺で、チベットを感じた。何がそう思わせたのかわからないが、たしかに香るチベットの風情。思えばそれは、今回海岸線を歩いている間じゅう、心のどこかで感じていたことだった。なぜだろう。考えてもわからない。風景はちっともチベットと似ていないのに。

11月19日（水）

ようやく室戸岬に到達した。それまで風などなかったのに、岬を回り込むと、ものすごい強風が吹いていた。西側と東側では、これほど違うのかと驚く。

マメを数えてみると、両足の親指以外の全部の指にできていた。8つのマメを持つ男。007に出てきそうだ。

11月20日（木）

あまりのマメの痛さに、ついに気力が減退し、今日の行程は8キロにとどめる。空いた時間で海に出て石を拾った。実はこれまでにもときどき海岸に出たときに拾っていたのだが、今回はじっくり腰を据えていい石を選んだ。多摩川で一緒に石を拾ったイトヒロさんのことを思い出す。イトヒロさんもこうやって石を拾いたかっただろう。それにひきかえ、自分はマメは痛いが、今こうしてここにいて元気である。それだけで十分じゃないかと思う。

11月21日（金）

昨夜は金剛頂寺の宿坊に泊まる。

死後の世界を見に行くことになり、エレベーターに乗って降りていった。すると、天井の高い工場のようなところに出た。目の前にトロッコが3台あって、ランプがついているのに乗れ、と標識が立っていた。真ん中のランプがついている。

トロッコといっても、ガレージぐらいの大きさで、車1台が乗れる長方形の枠に三角形の出っ張りがはみ出していて、人間はその出っ張りのところに立つようになっている。いつの間にか車が1台乗っており、ドライバーが降りてきて私の隣に立った。それは若くしてガンで死んだ青年であった。自分は冷やかしでこんなところに来てよかったのだろうかと畏《おそ》れ多い気持ちがする。せめてこの青年の前では、自分も本当に死んだような顔をしていなければいけないと考えた。

トロッコはある程度走ったところで停止して、われわれが降りると自動的に元の場所へ戻っていった。といっても、さっき乗った場所がすぐそこに見えるぐらいで、こんなに近いのかよ、と意外に思う。

どういうわけか私はプールに入っている。プールには、内部に赤い球状のものをくるんだ三角形の白いぷにゅぷにゅした、水餃子のようなワンタンのようなものがたくさん浮かんでいた。それを背中とプールの縁で挟んで、肩のツボに押し当てるようにしている人がいる。中の赤い球がぐりぐりして効くらしい。自分でもやってみるが、するっと逃げられて、なかなかツボにハマらない。

そうやって水中で苦闘していると、深いところに太い柱のようなものが2本見えた。潜って調べてみたところ、その片方はたしかに死後の世界へ通じていて、その瞬間、背筋がぞっとする。ああ、こんなプールに浸かっていてはいけないと思いながら、ためしにちょっとだけその柱をたぐって潜ってみたいような、そんな自分の怖いもの見たさに、お前はどうしようもないバカだとののしりたいほどの自己嫌悪を覚える。そうでなくても、こころなしかプールの水が、その柱を伝って底の国へ飲み込まれつつあるような気がする。

——このままでは、とりかえしのつかないことになる。

水が流れ始めている。

何やってるんだ。早くプールからあがれ。お前はなんてバカなんだ。

プールの水は、一見静水のようでありながら、その実、水面下では力強い渦となって、すべてを飲み込んでいたのだった。

その後、布団をたたんで朝食。

そうして7時半頃また歩き出し、昨日サボったのを挽回するようなつもりで、30キロ進んだ。

11月22日（土）

さらにまたガシガシガシガシ30キロ無心に歩く。マメは9つになった。

四国遍路に来て以来、海に流れ込む川があるたびに、橋の上で立ち止まって川面を覗き込むのが癖になった。透明感を味わうためだ。ここまでに渡ったどの川も、驚くほどの透明度で、底まで透けて見える清流は、ただ眺めているだけでじわじわと体に水分がしみ込むような心地がする。

それで安芸市内で通りがかった小さな川を、いつもの調子で覗き込んだら、川幅いっぱいに鯉がいて驚いた。しかも覗き込んだ私の顔めがけて、どわわわっと寄ってきた。みなぬらした大きな口を開けて、私が落ちたらパクパク食べるつもりらしかった。鯉め。ふざけてはいけない。

11月23日（日）

今回の目的地であった三十番札所まで、最後の踏ん張り。このところアスファルト道が多くつらかったが、今日は途中少しあぜ道もあって、まずまずの行程。なんとか三十番をクリアし、遍路道とJRが交差するところまで歩いて、電車に乗って東京へ帰った。

急ぎ足で徳島から高知まで歩いたけれど、思い返すとずいぶんもったいないことをした気もする。もっとゆっくり歩いて、寄り道やら道草やら脱線しながら、軽佻浮薄《けいちょうふはく》な観光気分で歩いたほうが面白かったのではないか。

次回からは是非そうしたいが、歩き出すとどうしても、今日距離を稼いで明日以降を楽にしようという計算が働く。何キロとか、何番までとか、数字がちらつくと、ついがんばってしまうのは、これはもう現代人の悪い癖で、数字で示されると条件反射的に邁進してしまうのである。この数字の呪縛《じゅばく》から逃れるには、大変な精神力が必要とされ、それに比べれば肉体的な苦痛のほうがまだましに思える。はっきりとそう意識して歩いているわけではないけれど、これだけ肉体はがんばっているのだから誰からも文句を言われる筋合いはないはずだ、などという気持ちに精神が安住しているということだ。ゆっくり行く、脱線する、サボる、というのは、つまり大きな心の努力がなければできないことなのである。次回はこの困難を乗り越え、おおいにサボりたい。

11月24日（月）

休養。たった10日余り留守にしていただけだったが、ずいぶん久しぶりの自宅のような気がした。

四国遍路中、どの宿でも魚料理が出て、どれもうまいことはうまいんだけれども、いい加減毎日魚で飽き飽きしたと言うと、妻が夕食をすき焼きにしてくれた。それでうれしくなってバクバク食って、胃もたれた。

11月25日（火）

朝、隣の公園を抜けて仕事場へ向かう。

しばらく見ないうちに、イチョウの葉が地面を覆い尽くして、公園がまるで黄金郷のようになっていた。おばあさんが落ち葉を箒《ほうき》で掃いていたが、とてもそんなのんき気な方法で処理できる量の落ち葉ではなく、4トントラック何杯というレベルである。

しばし立ち止まり、雲ひとつない青空と、枝に残る黄色い葉の、光をいっぱい蓄えたような鮮やかさとのコントラストに見惚《みと》れていると、ああ、自分は今ここにいる、との思いが胸に湧いてきた。この光景の前では、たいていのことはつまらぬ問題だと感じる。

私も思わずおばあさんと一緒に箒で落ち葉を掃き集め、ふかふかの厚い厚い黄金マットを作って、どーんと飛び込みたくなった。ひょっとすると、おばあさんもそれで集めてるのか。私が立ち去ったあと、どーんとやろうと。

おばあさんが。

落ち葉のマットに、どーんと。

夜、四国のどこかの民宿に置いてあってちょっとだけ読んだ（眠くて眠くて長くは読めなかった）マンガ『花の慶次』が面白かったので、インターネットで全巻大人買い。もうずいぶん前のマンガらしいが、まったく知らなかった。私はマンガを滅多に読まないので、きっとどこかに私好みのマンガがまだまだ埋もれていると思うのだけれど、どこから手をつけて探していいやら見当もつかない。ネットカフェに行っても、膨大な棚を前に途方に暮れるばかりだ。

ちなみに全巻持っている長編マンガは、今のところ『コブラ』と『うる星やつら』だけだ。

以前『カムイ伝』も揃っていたが、売ってしまった。

11月26日（水）

J社マドンナさんと、新宿で打ち合わせ。

新しく西口にできたブックファーストで、川村湊『闇の摩多羅神』（河出書房新社）を購入。

『ふしぎ盆栽ホンノンボ』の編集担当の碧霞《へきか》元君《げんくん》さんから、「世界ふしぎ発見！」のベトナム特集でホンノンボが取り上げられることになったとメールがきた。とくに私の本が取り上げられるわけではないが、ホンノンボを日本に紹介したいと願っていた私なので、テレビの有名番組でホンノンボが取り上げられるのは、本当にうれしい。そのことによって、ベトナムに興味を持つ日本人がひとりでも増えたなら、自分の仕事が現実に誰かの役に立ったと実感できる。何よりもそのような実感が、物書きとしての私を満足させる。執筆時にお世話になったベトナムの人たちも喜んでくれるだろう。

11月27日（木）

朝から空が重たい雲に覆われていて、冴えない。

マンションの2軒隣の女の子は、曇りの日になると、ただ曇りというだけで朝からおおいにテンションが下がり、幼稚園に行きたくないとだだをこねるのだそうだ。

私は子どもの頃、空に厚い雲がかかると、この雲がずっと晴れなかったら、という妄想にとりつかれて恐怖した。まったく人間の気分は、天候に5割ぐらい左右されているような気がする。

ピエール・ロチ『秋の日本』を読み終える。この能天気で、偏見に満ちた旅行記は、一見著者の見識の薄っぺらさを披瀝《ひれき》しているようだが、その薄っぺらさこそが、逆説的に観光旅行の真髄であり、その薄っぺらのなかにこそ真のエキゾチズムが宿っているという点で、読むに値する。エキゾチズムが、理解できない風景のなかに潜むものだとすれば、エキゾチックな気分に浸りたい旅行者は、敢えて理解しない態度こそが重要なのであり、表層にとどまり、見た目へ、五感へと志向することこそ、観光旅行者の真の素養と言える。世界を、書物ではなく、音楽か絵画のように眺めること。ピエール・ロチに倣《なら》って、私もそのような態度で世界を味わい続けたい。

11月28日（金）

娘、また幼稚園サボる。このところ毎週1回ぐらいはサボっている。きっと私のような大人になるにちがいない。

夜は、息子のランドセルを買いに、イトーヨーカドーへ行った。先日はるばる都内まで、有名ブランドのランドセルを見に行ったが、結局3分の2の値段で買える普通のランドセルで妥協。やっぱりランドセルは、無用の長物という印象が否めない。なぜザックではいけないか。最近は、いろんなカラーが選べるようになったとかいって得意がってるようだが、いまだチェックやストライプや、あるいはもっと思い切った柄のランドセルが出てこないのは、時代錯誤も甚だしいぞ。

ちなみに、隣には学習机なども陳列されていたけれど、金もないし、それを置くスペースもない。息子よ、苦学生ということで、よろしく頼む。

今日からWEBで四国遍路の新連載がスタートした。

その表紙にイラストレーターさんに描いていただいたイラストが予想以上によくて、私は、それを見た瞬間、どんと背中を押されたような気がした。青い海に船が浮かぶ構図で、すこぶる爽やかなのだ。四国遍路というと、普通は抹香臭い印象を持つけれど、そのイラストには抹香臭さは微塵もなく、そうそう、そういうことなんだと、この連載の方向性を再確認できた気分だった。ついついしょぼい方面へ筆を進めがちな昨今の私であるが、このイラストに負けないような明るい連載にしなければ、と気持ちを新たにした。

11月29日（土）

子連れで、車で1時間ほどの場所にある公園へ。

そこにはアスレチックがあって、ＳＡＳＵＫＥ好きの息子にちょうどいい。

さらに広場でサッカーもやる。サッカーをやるときは、ぎりぎりでわざと負けてやるのだが、ちょっと本気で走ると、その後動けなくなって、その隙にどかどかシュートされる。もはや技とか戦術とかいう問題ではない。しょうがないから今回、最後のほうはゴールの前で座っていた。こんなきついスポーツを昔は何十分もよくやったものだ。もし幼稚園の息子と本気で90分間戦ったら、前半の15分で50対０ぐらいまで大きく引き離した後、最終的には50対１００で真に負けるだろう。

11月30日（日）

このところ、ビデオカメラが5分も連続して撮影するとテープがからみ、その後も撮ってはからみ撮ってはからみの体たらくで、先日は大事なテープを千切る事態にまで発展したこともあり、新しいものに買い替えよ、との指令が妻より下っていた。それで来週にさし迫った幼稚園のお遊戯会に向け、電車に乗って有名家電量販店へ向かったのである。

昨今のビデオはハイビジョンカメラが搭載され大変高性能になっており、どうせならそういうものが欲しいけれども、妻からは、うっかりハイビジョンなんかに手を出さないようきつく申し渡されていた。ついワンランク高めの商品を買ってしまいがちな私の性格を見越してのことだ。

店に着くと、ハイビジョンでないスタンダードなビデオカメラが4万円余で売られていた。まさにそれこそが妻が見当をつけていた当の商品であり、予算もそのへんでかつかつであるから、それを買って速攻で帰るだけのことに思えた。

ところが、ふと横を見れば、ハイビジョンのカメラでも6万円台のものがある。ハイビジョンといえば、最低でも8万はするだろうと思っていた。それが6万余。持ってみると、スタンダードよりずっと軽くて手になじみ、これを持って幼稚園のお遊戯会を撮影している自分のイメージがありありと浮かんできた。

で、今度はスタンダードのほうを持ってみると、全体にデカくて手に余る。お遊戯会を撮影している自分のイメージもとくに浮かんでこない。なぜだろう、そっちのほうに未来が待っている気が全然しないのだ。

手に持った感じと未来との間における、この言葉で言い表せないつながりのようなものはいったい何か。思わず、天啓という言葉が頭をよぎる。

もちろん今のわが家に、たとえ2万円といえども余分な金はない。だが、この2万で遠い将来、自分の子どもたちが、若い頃の映像を細やかな画質で見ることができるのである。というような、そういうようなことを考えるの厳禁、と妻にさんざん言い含められてきたのであるが、妻もまさか6万円でハイビジョンが手に入るとは知らなかっただろう。え、6万円、だったらお買い得だわ、とかなんとか言わないとも限らないではないか。

ここはやはり、ハイビジョンを買うべきじゃないのかどうなのか。

それは果たして、無駄使いなのか。

いや、まあ、たしかに無駄使いではあるのだ。それはわかっている。

わかっているが、長い目で見たとき、ああ、ハイビジョンにしておいてよかったなあと、あのとき安いほうにしなくて本当によかったと。そういう日がいつかくるんじゃなかろうか。

ああ、そのとき無理をしてでもハイビジョンにしておけば……みたいな。だとすれば、これは本当に無駄と言えるのであろうか。

無駄って何だろう。

そもそも広辞苑によると……、って、いかん、どんどん危険な方向に進んでいる。あぶないあぶない。

予算は４万円！

出発前に確認したのである。

私は結局、厳しい自制の心でスタンダードのほうを購入、２万円を節約した。

これでいい。余計なことは考えまい。

ところが、そうして一件落着、さっさと帰ろうとした私は、ふと気がつくと、偶然隣にあった携帯音楽プレーヤーのコーナーで、カード型のウォークマンが１万２０００円で売られているのを見つけ、あろうことか「色は黄色で」なんて言って、とくに予定しなかったそのウォークマンを買っていたのである。

iPodより安かったし、電池の持ちがいいというし、何よりカセットレコーダーだのＣＤウォークマンだの、すでに持っている商品からダビングできるというiPodにはない機能が付いているというので、お買い得という判断だった。なんといっても、今買ったばかりのビデオカメラのポイントがついたりして、8000円で買えたのが大きい。

ふたつの戦利品を手に自宅へ引き上げながら、複雑な気持ちになった私だ。

これはつまり、どういうことだろうか。

私は今日、何をしたのか。

ウォークマンは一見無節操な衝動買いのようではあるが、実際よくよく事態を眺めてみれば、6万円引くことの4万円と8000円ということで、合計1万2000円節約したと言える。事実はそうだが、その理屈で関係諸国の理解は得られるであろうか。妻よりも子どもよりも自分を最優先したと、あらぬ疑いをかけられ、紛争につながる恐れはないだろうか。

おまけに、帰宅後さっそく使ってみたくなり、思わずネットからどかどか音楽をダウンロードして、さらに5000円ぐらい金がかかった。大丈夫であろうか。

もちろん、それでもいまだ7000円を節約した計算にはなる。

ここが肝心なところだ。この点だけは、はっきりさせておかねばならない。私は、7000円節約したのである。

ためしに、大きな声で言ってみよう。

「私は、7000円節約した！」

さあ、みんな一緒に。

「私は、7000円節約した！」

おお、全身に力がみなぎってくるようだ。

そうやって唱和していると、仕事机の上で、何かがパチンと弾ける音がして、小さな小さな半透明の女の子が現れた。そうして、「いとしのエリー」の間奏に出てくるみたいな、小さな笑い声とともに、私の声に合わせてくるくると楽しそうに舞い始めた。棒の先から星屑をふりまいている。うふふふ。

やがて女の子は、薄いかげろうのような翅《はね》を羽ばたかせて、私の目の高さに浮き上がったかと思うと、「これから、わたしを買ってくれたお礼に、音楽の国に連れて行ってあげるわ」と言った。

音楽の精だったのだ。

「さあ、一緒に行きましょう」

「べつにええわ」

と私は言った。

8000円のウォークマンひとつで、そこまでは必要ない。

2008年12月

12月1日（月）

さっそく音楽を聴きながら、仕事場へ。

ところが今日は曇ひとつない快晴であった。思わず、イヤホンをはずし、風の匂いを嗅ぐ。音楽などまったくいらなかった。快晴のスットコランドに音楽はいらない。

一日働いた帰り道、漆黒の空に三日月がかかっていた。今日は特別に空気が澄んでいたのだろう。三日月のそばには、何の星だか知らないが、激しい輝きを持つ光点がふたつ見えた。それら月と星々の手前には、住宅地のアンテナが銀色に光りながら林立していて、三日月＋星＋アンテナという図が、稲垣足穂《たるほ》のファンタジーのようで、歩きながら見惚れる。

こういうときはどんな音楽が似合うかと、さっそくウォークマンをまさぐってみるが、的確な曲が浮かばない。というより、無音が似合う気がする。

そういうわけで、買ってはみたものの、携帯音楽はあんまり聴かない一日だった。

12月2日（火）

昨夜、妻がマンションの玄関で、ワンフロア下の住人と鉢合わせし、子どもの音がうるさいと怒鳴られた。それで、前々から懸案になっていた引っ越し問題が急浮上する。

冷静に考えると、現在の家賃負担は相当重い。なにしろ2軒分払っている。これを1軒にまとめればもっと安くなるはず、と妻は前から言っていた。私としては、仕事場は子どものいる家とは別に確保したくて、ついつい決断を先延ばしにしてきたものの、妻に言わせれば、それは収入と引き比べて分不相応な望みだという。然り。私は会社員じゃないから、家賃補助とか社宅扱いという待遇もなく、それで2軒も借りて何様のつもりかと言われれば、まったくもって妻のおっしゃる通りだが、年金でいえば厚生年金に対して国民年金というものがある。であれば、企業の家賃補助にかわって、国民家賃補助というものがあってもいいのではないか。あと国民残業手当とか国民出張費精算とか国民有給休暇とか、そういうものもあっていいのではないか。今度裁判員に当たったら、裁判でそのことを訴えてみよう、って裁判員の意味わかってんのかどうかわれながら心配だが、とにかく、スットコランド暮らしもそろそろ潮時ということか。

夜、ドン・ヘンリーの「ボーイズ・オブ・サマー」をダウンロードしようとして、廃盤でできなかった。夏どころか、もう秋も終わりだけど、無性に「ボーイズ・オブ・サマー」が聴きたい。

12月3日（水）

どうも今、〝館〟が私を呼んでいる気がし、電車に乗って上野の国立科学博物館へ行ってみた。博物館は、水族館、美術館と並んで好きな〝館〟のひとつである。なんでも今、国立科学博物館では「菌類のふしぎ」という展示をやっており、そういえば今、〝菌〟も私を呼んでいる気がするので、〝館〟と〝菌〟で一石二鳥だった。

世の中には菌好きが結構いるもので、「菌類のふしぎ」展も、平日というのに結構人が入っていた。菌好きには、女性が多い気がする。私も趣味が女性的なのだろう、菌、苔《こけ》、石あたりはツボである。これと似たジャンルで、寄生虫とか、人体模型とか、そういう方面へ進む女性もあるけれども、私はそっちは気持ち悪いのでパス。

ところで話はそれるが、上野へ行くため電車に乗っていて気づいたことがある。

車内で私はウォークマンを聴いていたのだが、聴きながら、どうも歌っているくさい。これまでは自宅や仕事場で聴いていたから意識しなかったが、どうやら私はぼそぼそ歌っているくさいのだ。自分でハッとして、あわててやめたのだけれど、その後気が緩むとまたかすかな声で歌っていた。いかん。イヤホンをしているので、よく聞こえないと思って、つい歌ってしまう。しかし聞こえないのは私自身であって、まわりは聞こえているだろう。まずいまずい。アホと思われる。

でも、誰だって耳元で好きな曲がかかったら、歌わずにいられないじゃないか、なあ。実は、私が仕事中、音楽を聴けないのもそのためで、聴くと歌ったりモノマネしたりしてしまって、仕事にならないからである。そうしてみると、昨今の若者はイヤホンはすれど、ちっとも歌ってないのであって、それどころか足でリズムとったりもせず、じっとしているのは、あれはどうやって鍛錬しているのか。

さすがは近頃の若い奴、自制心が強い。

12月4日（木）

そういえば、昨日の日記で〝菌〟について報告するのを忘れたけれども、もういい。私は粘菌を集中的に見たかったんだが、キノコの展示が多くて残念だった。

今日は、岡谷公二『ピエル・ロティの館』（作品社）を読み、書評原稿を書く。

私はこのピエル・ロティ、もしくはピエール・ロチという人に、大変興味がある。自分の嗜好とかなり共通するものを感じるのである。

ロチはとにかく旅行が好きで、それもエキゾチックな場所が好きで、自宅を博物館みたいに改造したりしている。その異国趣味は、死後、オリエンタリズムに過ぎないとして、つまり憧れのようでいて実は〝上から目線〟であるとして批判されるが、まあ、観光旅行なんてどこか〝上から目線〟なものである。観光旅行に限らず、人間どんな国に対してもフラットに見るのはほとんど不可能であって、せいぜい自分の中に〝上から目線〟や〝下から目線〟が含まれていることを自覚しつつ、謙虚にものを見ることとしかできないのである。そのへんはだから、まあ仕方がないものと考えたうえで、私はこの人に共感する。

それは単に旅行好きというだけでなく、そこに驚きを期待していること、珍奇なものが好きなこと、といった嗜好も似ているのである。さらにいうと、物事の裏を読んだり、知識を深めたりすることに食傷しているというか、それがどうしたと思う性質であるところや、それより風景や、その場所にいるという瞬間を味わい、意味を見出そうとするよりも感覚を研ぎ澄ますことに注力する態度も似ている。

私は、ピエール・ロチのそんな態度は、内田百閒《ひゃっけん》とも似ている気がする（文章はべつに似ていないが）。世界から、意味ではなく、感覚を取り出そうとするところ。物事をストーリーではなく、断片でとらえるところ。内田百閒は、まともなストーリーのある小説を書かなかった。きっと書けなかったのだろう。ピエール・ロチは、いくつかの小説を書いたが、どれもストーリーは紋切り型で平板なものばかりだった。彼の小説の評価は、ストーリーではなく、異国の風景の描写に対してのものだったのである。なにしろピエール・ロチはほとんど本を読まなかったし、自分の小説はたいした小説じゃないと公言していたぐらいだ。わかる。小説という形式が、信じられないのだ。小説から零《こぼ》れ落ちる現実の断片のほうに、断然興味があるということなのである。

12月5日（金）

朝日新聞の連載「勝手に関西世界遺産」の取材で、京都へ日帰り。

今回の目的地は、益富地学会館という石の博物館。

このところ私は石づいており、前回の同連載のネタも石仏だった。石拾いの本を書きたいという気持ちも、いまだ捨てきれず、石拾いの何を書くのだろうとときどき考えてみたりし

ている
といっても石を拾って、これが火山岩で、これがチャートでなんて分類したってつまらない。宝石のような金になりそうな石を拾いたいわけでもない。ただ海岸や河原にゴロゴロしているなかから、いい感じの石を拾いたいだけなのだ。

何でもそうなのだが、私が書きたいのは、何かに関する知識や情報でなくて、その感じである。それで本を一冊書こうとすると、知識や情報をずらずら書いてページを埋めることができないから、毎回苦労する。専門知識だの何だのを調べて書くと、手間をかけましたという免罪符にはなるだろうし、読み手にとっては資料にもなるが、そこに安住してしまうとつまらない。何より悪いのは、知識や情報は、本質的に正しいか正しくないかという価値基準を内包しており、そのことが世界を見る目を狭くしてしまうことだ。コウモリは鳥じゃなくて哺乳類だといい、鯨は魚じゃなくて、これも哺乳類だというのは、人間がそういう分類法を第一優先にしているというだけのことで、コウモリは空を飛び、鯨は海を泳ぐ。それを見て、空を飛び海を泳いでいるけど本当は哺乳類なんだよ、なんて小うるさい話で、哺乳類であろうがなかろうが、コウモリが空を飛んでいる感じ、鯨が泳いでいる感じを味わうことが重要に思える。そのときコウモリは鳥であり、鯨は魚かもしれないのであって、分類学的に間違えていようが、それが世界なのだ。もっといえば、たとえばコウモリが木の実に見え、鯨が楽器に思える人がいるならば、それはその人の世界の真実なのである。

というようなことを考えながらいつも書いているんだが、ともかく、石について、なんかいい感じというただその一点を私は書きたいだけで、それだけでまとまったものが書けるのか、今のところさっぱり見当がつかないのだった。

話がそれたが、益富地学会館は、かなり高濃度のスポットだった。どこか面白い場所はないかと思っている人に強力おすすめである。

なかでも驚いたのは雷の化石だ。雷の化石とは何か？

答えは、12月18日の朝日新聞関西版夕刊「勝手に関西世界遺産」にて。

12月6日（土）

午前中は幼稚園のお遊戯会で娘のダンスを見る。

その後、不動産屋へ行き、まずは近所で安く借りられる戸建て物件がないか探す。スットコランドが気に入っているので、このへんで安い物件があれば、それにこしたことはない。

しかし、賃貸マンションより広くて安い戸建てがあるわけがなくて、結局買ったほうが安いと言われ、中古の売り物件をいくつか見せられた。

私の収入で買えるような中古物件は、どれもボロボロか、相当辺鄙《へんぴ》な立地にあって、どれを見ても気が滅入った。

12月7日(日)

今日もまた不動産屋めぐり。

何軒か回っているうちに日が暮れて、最後に見に行った一軒家は、薄闇のなかに沈んでいた。ただでさえ、夜になると、無人の家は、あの世があんぐりと口を開けているように見えて不気味なのに、その家は壁も屋根も古ぼけて、いっそう幽霊屋敷のようだった。

その空家のドアがなかなか開かない。鍵を右に回し左に回し、ああでもないこうでもないとガタゴトやってみるが開かない。中で何かがつかえているんじゃないのか。いい加減あきらめて、「もういいよ、この家は見なくても」と言った瞬間、中から引っ張られるように、急にドアが開いたのである。

うわっ、と思ったのと同時に、それを待っていたかのように、真っ暗な玄関にあった電話が、
プルルルル……、

と鳴り出した。

娘が驚いて泣き出し、私は、背中に、ぞっと冷たいものが走った。

なぜ、誰もいない家の電話が？

あまりに薄気味悪く、大人たちもなんとなく室内に入るのがためらわれて、このままドアを閉めて帰ろうと思ったら、息子が電話に出て、もしもし、とか言っていた。

こらぁ！

思わず横から切ってしまった。まったく幼稚園児は何をするかわからん。

勝手に他人の家の電話に出るんじゃないぞまったく……なのであるが、相手は「伊藤さんの御宅ですか？」って言ってたらしい。伊藤さんは前の住人の名前らしく、表札が出ていた。つまり偶然どんぴしゃのタイミングで電話をかけてきたわけであった。いやはや、びっくりである。

やがて、また電話が鳴り出した。そりゃあ、相手にしてみれば、電話したら子どもが出たのだ。伊藤さんやっぱりいるじゃないかって思うわな。

もう出るなよ、と息子に言い含めて放っておく。そのうち電話の相手も伊藤さんの引っ越しを知るだろう。

とそのとき、ふと思ったのである。

じゃあ、あの電話に出た子どもは誰だったんだ？　ということになるまいか。

誰もいないはずの家に電話をしたら、子どもが出て、もしもし、とだけ言って切れたのである。番号を間違えたかといえば、発信履歴は正しく旧伊藤さんの家だ。伊藤さんに子どもがいたかどうかは知らないが、そんなことは問題ではない。伊藤さん一家はもうその家にいないのだ。

じゃあ、あの電話に出た子どもはいったい……。

おおお、おそるべし。

すまない、伊藤さんに電話をかけた人。

電話に出たのは私の息子です。

12月8日（月）

晴れて寒い一日だった。

私は首が長いので、冬はまず首が寒い。

幼稚園のクリスマス委員になっている妻に、娘のクラスのクリスマス会でサンタをやってほしいと言われる。私が一番、時間の融通がききそうなお父さんだったのだそうで、まったくフリーランスをなめてはいけないのだが、引き受けた。大袈裟《おおげさ》な演技で子どもを欺《あざむ》くのは、私の得意とするところだ。たくさんのつけ髭と、真っ赤な衣装を着て、並みいる幼稚園児を撃破したい。

朝日新聞の原稿。

12月9日（火）

素晴らしい天気。

ここ数週間、自宅のベランダから見るスットコランドは、そのスットコランドたる本領を発揮して、雑木林が真っ赤に色づき、毛糸玉でも並べたようにマフマフしている。そこへもってきて目下急浮上中の引っ越し問題で、この風景もひょっとして今秋限りかも、と思ったりするから、その眺めの軽やかさがますますいとおしい。どこかに移るなら、あのマフマフをセーターにして持っていきたいぐらいだ。もう8年も住んだから、いい加減飽きたと思っていたけれど、飽きたのは町だけであり、自宅から見下ろすこの風景はいまだ飽きない。できれば次も、このぐらい見晴らしのいい場所に住みたい。

今日も昨日に引き続き朝日新聞の原稿。これ1本に2日もかかってしまった。情けなし。

12月10日（水）

四国遍路を書く。

沢木耕太郎『旅する力　深夜特急ノート』（新潮社）が気になり、アマゾンで注文。

全然関係ないが、そういえば、先日読んでのめりこみ、「本の雑誌」の書評にも取り上げたピエール・ロチ『秋の日本』に、日光東照宮の彫刻にクラゲがいると書いてあった。

ほんまかいな。

本文中に3度も出てくる。雲とか何かの見間違いではないだろうか。仮に間違いだったなら、何をクラゲと見間違えたか見に行ってみたい。それとも本当にあるのだろうか、日光東照宮にクラゲが。

12月11日（木）

ニック・ステファノスさんと御茶ノ水の丸善へ行って、書店の方々に挨拶。ここの丸善では、私の『ときどき意味もなくずんずん歩く』（幻冬舎文庫）をワゴンに山積みにして売ってくれているのだ。ありがたい、ありがたすぎる。しかも先週の文庫部門で売り上げが第10位だったと言われ、大先生になったかのように錯覚した。あくまで瞬間最大風速的先生であって、風博士のようなものではあるが、もとをたどればニックさんが、自社本でもないのに、私の本をさまざまな手練手管を弄《ろう》して強引にプッシュしてくれたおかげであり、ニックさんには感謝の言葉もない。

12月12日（金）

書評を連載している「本の雑誌」1月号が届く。

私の書いた書評記事が、またしても冒頭近くに掲載されていて頭を抱えた。しかも伊坂幸太郎の隣だ。いったい何様であろうか宮田珠己は。

だが、ここにきてようやく私は気づいた。いつも1冊だけ紹介しているからいけないのではないか。目次を見ると、「今月の一冊」に引き続き、伊坂幸太郎、宮田珠己の順である。この「今月の一冊」に引きずられて、1冊しか取り上げてない私の書評が前のほうに躍り出てしまうのではあるまいか。伊坂幸太郎は、1冊でなくてたくさん列挙しているが、これは伊坂幸太郎だから前のほうに来ているのであって、私がそんな前に来る理由は、「今月の一冊」の引力としか考えられない。来月からはなるべく2、3冊取り上げることにしよう。

それはそうと、編集後記に本の雑誌経営危機なんて書いてあって、驚いた。「本の雑誌」がもし廃刊になったら、それまで知らなかった面白い本に出会うチャンスがますます減って、出版界は加速度的に白色矮星《わいせい》化するだろう。

かくのごとき重要な局面に、私の原稿が前のほうに載っていたり、こんな日記のアイコンがホームページの真ん中にでかでかと置いてあったりしていいのか本の雑誌。しかも、来月号の巻頭特集が高野秀行さんと私の対談だそうである。首脳部は、この危機的状況を本当に理解しているのであろうか。それとも、そっちは崖だから行くなと言ってるのに、まさにその崖の方向へまっしぐらに滑っていってしまう初心者スキーヤーのように、何かの呪いがかかっているのか。この特集対談をきっかけに↓ますます本誌売れず↓経営悪化↓廃刊↓出版界白色矮星↓重力崩壊↓ダークマターってことにならないか大変心配である。

12月13日（土）

どうしても凧《たこ》揚げがしたいという娘を、車で、とあるグラウンドへ連れて行った。

娘は、近所のママさん連中から「野生児」と呼ばれていて、公園なんかへ行くと、大きな口でガハガハ笑いながら、ものすごいスピードで走る。そのため、手に凧を持たせると、風のない日でもよく揚がるのである。本人もなぜだかわからんが自分だけよく揚がるってんで、凧好きになったらしい。

そんなわけだから、込み入った場所だと、ものの10秒も目を離すと、どこへ行ったかわからなくなる。この間も、たまたま小学生が、笑いながらあっちのほうへ走っていく女の子を見た、と教えてくれて発見できたものの、親としては気が気でない。

12月14日（日）

高野秀行さんと一緒に、読者の方が催してくれたトークイベントに参加。

そんなイベントをわざわざ開催してもらって、本当にありがたい。わざわざ大阪から来てくれた人までいて、感謝の言葉もないぐらいだ。早く次の本を出せ、と詰め寄られたりするのも、うれし恥ずかしい話で、最近の自分はどんどんマニアックなことばかり書いて、もう一般社会と遠くはなれて、銀河の塵《ちり》、まさにダークマターとなり果てているのではないかと思っていたので、なあんだ、まだみんなの近くにいたんじゃないか、と安心した。まあ、実はあの会場全体が銀河の果てで、来ていたのもみんなダークマターだったのかもしれないが。

ところで、私は昔から内向的な性格で、人前でしゃべるのが大変苦手だった。それがここ十数年、自分でも知らぬ間によくしゃべる人に変化していて、今回も高野さんを差し置いてべらべらしゃべり、ひとりでしゃべりすぎたのではないかとあとで反省した。加齢により羞恥心が磨耗したものと思われる。

2次会に来てくれた人のなかに、グラフ好きの若者がいて、小学生の夏休みに、できもしない一日の予定を円グラフに描くのが好きだったとのことで、意気投合。家も近所で一緒に帰った。私は、夏休みの宿題をやる前に、それをたとえば東海道五十三次に見立てて地図を描き、消化したぶんだけ塗り潰すというようなことをやっていた。おかげで初日は地図描きに追われ、ちっとも宿題をしなかったぐらい、そのぐらいグラフとともに生きたのであるが、思えば今、四国八十八ヶ所をやっているのも、その八十八ヶ所を塗り潰していくというグラフ的な快感に酔っている部分が大きい。

グラフフェチにとっては、自分の体重でも、ぬいた鼻毛の数でも何でも、とにかくグラフになりさえすればいいのだ。若者いわく、何でもいいからデータをエクセルでグラフ化して眺めるのは普通のことでしょうとのことで、おおいに力を得た気がした。

そういうわけで、大満足で帰宅し、さっそく早明浦ダムの水位をチェックしたりした。早明浦ダムは、8割がた水が貯まっていた。

12月15日（月）

「本の雑誌」2009年1月特大号で、岸本佐知子さんが「私のベスト3」に挙げていた、ディーノ・ブッツァーティの『シチリアを征服したクマ王国の物語』（福音館文庫）を読みながら（岸本さんの批評眼を私は信頼している）、電車に乗って国会図書館へ行く。実はこれだけ長く文筆業をやっていながら、国会図書館に行くのは初めてだった。

どの雑誌の何月号が見たいというわけではなく、膨大な量の雑誌を片っ端からめくって調べものをする覚悟だった私は、すべてデータベース化されていて、どの雑誌の何号と指定しなければ借りられないシステムに、あてが外れてがっかりした。

12月16日（火）

仕方ないので、ずっと古本屋で探していて見つけられないままになっていた馬琴の『朝夷巡島記』や、中村拓『鎖国前に南蛮人の作れる日本地図』（東洋文庫）を借りて読んだりしてお茶を濁す。それはそれで興味深かったが、調べものはちっとも進まない。

千田稔『天平の僧　行基』（中公新書）を読む。

娘はいまだ半袖で幼稚園に通っていて、今朝は腕に寒イボが立っていた。息子も幼稚園の制服を着るのが嫌で、上着は着ても下半身はいつもジャージで通っている。集合写真もひとりだけジャージなのである。ふたりとも、いったい何のプライドか不明。

12月17日（水）

雨が降ってつまらない。妻に、濡れたくないから仕事場まで車で送ってくれ、と言うと、面倒くさい、と返される。

娘、幼稚園さぼる。

12月18日（木）

ピエール・ロチのことを書いた数日前の日記を読んで、W社のデヴィッド・イネスさんが、すでに絶版になっているロチの本を4冊も送ってくれた。断裁される予定だった在庫を回してくれたのだ。ロチの本は、なかなか手に入らなくなっていたので、とてもうれしい。

私はこれまで、VIP待遇とか、グリーン車とか、株主優待とか、シード権とか、顔パスとか、そういう形で一般庶民を凌駕したことがほとんどなく、ファストパスで「プーさんのハニーハント」の行列を順番抜かししたときは、天下取ったような気になったが、こんな私でも役得というものがあったようだ。

12月19日（金）

世の中、大不況である。

多くの人が会社をクビになったりしていると聞く。私は会社員じゃないのでクビになることはなく、というか最初からクビがないわけで、形でいえばジャミラみたいな存在なわけだが、おかげで雇用調整とかなんとか言う前に、もとから生活費がかつかつで、近年ますます生活苦になってきた。つい世の中が不況だから自分も苦しいように錯覚してしまうが、実は景気が良くても苦しいのである。むしろ不景気になってガソリンなどが安くなり、かえって助かっているふしがある。

それで今日は妻と車に乗って、家賃の安い引っ越し先を探すべく、はるばる相模湖のほうまで足を延ばしてみた。相模湖は高尾山の裏側で、中央線が走っているから都心にも比較的出やすく、立地として悪くないが、山と山に挟まれた土地というのは、どうも暗い感じがしてかなわない。

仕事柄たまに都心に出ることができれば、まあだいたいどこに住んでもいいとはいえ、住みたいと思う土地が関東にちっとも思い当たらなくて困る。そもそも昔から私は関東地方が好きじゃなかった。人ばかり多いうえに、土地がどこまでも平らでメリハリがない。

では、関東じゃなければいいのかといえば、たとえば沖縄や北海道ぐらい自然の豊かな場所を思い浮かべてみても、1、2年ならいいけれど、ずっと住みたいとは思わない。最後は実家のある関西に帰りたいというようなことも考えない。

結局、冷静に自分の心を分析してみると、どうやらどこにも定住したくないようなのである。ある程度住んだら、さっさと移動したい。トレーラーハウスみたいなのがいいのだろうか。一方で迷路のような家を建てたいという野望も抱いているから、われながら自分を持て余す。

その後、夢でも家を探した。

マンションの何階かにある部屋で、リノリウムの床に、真っ白い壁と天井がなんだか非人間的な物件。玄関横にガラスの戸棚があった。どうやらかつて診療所として使われていたらしい。それらしい貼り紙が残っていた。部屋は奥へ続いていて、まったく同じような部屋が順に3部屋あった。しかし、バス・トイレがどこにも見当たらない。それでは困るといって出てきたが、どうやらベランダと思っていた場所がそれだったらしい。マンションの外から見上げると、壁からそこだけ大きな箱が突き出していた。

12月20日（土）

幼稚園の娘のクラスのクリスマス会に、サンタ役で出演する。

娘にバレないように変装して、声色も変え、子どもたちみんなにプレゼントを配った。アドリブで「ここは、たんぽぽ組さんですかあ？　そうかい。いやいや間違えたかと思ったよ」とかなんとか、大仰な演技をしていると、自分が特別な才能を持った人間のように感じられ、全身に力みなぎるようだった。自分の天職は、着ぐるみ人形の中の人なんじゃないかとときどき思う。とりわけ、変装すると演技力が増進する。今からでも遅くないのなら、さんまのまんまがやってみたい。

今日の自分は、文章を書いているときより、ずっと輝いていた。

12月21日（日）

冬至。

これからは日が延びると思うと、少しうれしい。寒くなるのは、これからだが。

子どもが海に連れて行けというので、車に乗って出発したが、途中で運転が面倒くさくなって勝手にそのへんにあったダムに変更した。

ああ、着いた着いた、やあ、海といえばやっぱこれこれ、大きなコンクリートの斜面だよなあ、ってダムやないかい！

という子どもからの定番のツッコミを期待して、内心、可笑しかった。しかし当の子どもは、海のことなどすっかり忘れて、走り回っていた。娘は相変わらず半袖で、見るからに寒そうだった。フリースを着せようとするもまったく聞く耳持たず、しまいにはアイスまで食い始めた。

12月22日（月）

先週、列車の旅に関するエッセイの依頼があり、何を書こうか思案中である。最近よく乗っているのは東海道新幹線だが、それじゃあロマンがなさすぎる気もする。先日乗って面白かったのが、湘南モノレールだった。モノレールは列車だろうか。

私は熱心な鉄道ファンではないけれど、鉄道に乗るのは好きである。新幹線から路面電車、モノレールやケーブルカーまで、どれも好きだが、とりわけ懸垂式モノレールには昔から惹かれてきた。というのも、子どもの頃に観た、ブラッドベリ原作の映画「華氏451」に懸垂式モノレールが出てきたのである。駅舎もない原っぱの上空に停車したモノレールの底が開き、それが下がってきてタラップとなって、そこから人が降りてくる。その映像が、なんとなく不気味で、惹きつけられた。それのいったいどこが不気味なんだと奇異に思うかもしれないが、私の中で、映画自体の不気味さが、その場面に刻印されてしまったらしいのだ。おそらく懸垂式モノレールの、車両が上からレールで押さえつけられている形が、抑圧的な管理社会のイメージとだぶったのだろう。「華氏451」の交通機関が懸垂式モノレールだったのは必然だった。人間はレールより上には行けないのだ。

そんなわけで、それ以来、懸垂式モノレールは、私にとってのなつかしくて不気味な未来の象徴になった。ちょっと怖いのである。ちょっと怖いから惹かれるのである。

12月23日（火）

編集者に電話して、湘南モノレールも列車のうち、との確認をとり、今日乗りに行った。取材のつもりなのだが、家族がついてきた。

なぜか私は前々から、さほど乗ったこともない湘南モノレールに、とてもいい印象を抱いていた。今回あらためて乗ってみてその理由がよくわかった。

もともと気になる懸垂式であるという以外に、始点の大船駅から巨大観音像が見え、コース途中は思わぬ急勾配や鋭いカーブがあったりしてまるでジェットコースターのごとく、なおかつ終点にはクラゲの展示に力を入れている新江ノ島水族館があるという、大仏、ジェットコースター、変なカタチの海の生き物といった、私が好きで好きで本まで書いた3点セットが、盛り込まれていたのである。とりわけ懸垂式モノレールというのは、先頭に乗って窓から前を見ると、その風景はいわゆるインバーテッドタイプ（座席がレールにぶらさがっているタイプ）のコースターとまったく同じで、しかも湘南モノレールには、そのままトンネルに突入したり、地面すれすれを走ったりする部分もあって、スペクタクルな味わいが濃く、交通機関としてだけでなく、アトラクションとしても十分やっていけるレベルに達している。3両連結のうち先頭車両だけでも車体をなくし、かわりに安全バーのついた横4列のシートをぶらさげて、生身むき出しで、スキー場のリフト感覚で走らせたら、用もないのに何度も乗りたがる子どもやマニアが増えて、収益はますます向上するのではないか。

・家族が海に行ってる間、私はひとりで何度も乗って往復し、十二分に堪能した。その後、水族館へ行って、タッチプールでエイを触ったりして、エイが触れるタッチプールは珍しいので、今日はいろいろと印象深い一日になった。エイは、指で押すと中のほうは硬いこともわかった。

12月24日（水）

目下私は新聞連載をふたつ持っているが、ひとつは今年度いっぱいで終わることに前々から決まっており、まあ長い連載だったし、むしろ長すぎたぐらいだと思っていたのだが、もうひとつのほうも、紙面改正があるとのことで、もうすぐ終わりとの連絡がきた。こちらもそこそこ長い連載であったから、そろそろか、と半ば予測していたけれど、現実に連載がふたつも終わって、生活はますます苦しくなることが決定した。

そんなわけで、仕事場へ向かう途中の本屋で、雑誌を買おうとして買わなかった。かわりにじっくり立ち読みする。こんなことは、これまであまりなかったことだ。私は、気になった本や雑誌の類は、よほど値の張るものでない限り、買わなかったことはない。生活費が苦しいとか言いながら、書籍代についてはとくに節約しようとも思ってこなかった。読書はめしのタネであって、直接書評で使ったりしなくても、読みたい本を読まずにこの仕事は続けられないからだ。いちいちこの日記に書いていないが、実は私は高価な古本などもどしどし買っていて、こないだは『南蛮紅毛日本地図集成』などという大型本を6万円余り出して買ったし、そもそも欲しい本ならば値段も見ずに買う。あるときなど、中野美代子おすすめの絵入りのマルコ・ポーロ『東方見聞録』をアマゾンでクリックしようとして、ちらっと目に入った値段が100万円以上したので、あわてて止めたぐらいだ。ビデオカメラで2万円節約とか言いながら、書籍方面の金銭感覚はザルになっており、全体としては節約もへったくれもなかったのである。

しかし、もはやそんな贅沢はしていられない。自分への投資だとか事業用だとか言っても限度がある。子どものクリスマスプレゼントも年々拍車をかけてけちってきている今、聖域であった書籍代にも大ナタをふるわねばならない。

で、今日、雑誌を買わずに立ち読みしていたのだけれども、同時にしかしこれが自分の本だったらどうなのか、立ち読みされておしまいでは悲しいではないか、やっぱりこの雑誌も買ってやるべきなんじゃないか、と悶々となった。

夜、家族みんなでクリスマスケーキを食う。

12月25日（木）

J社マドンナさんと、青山のデザイン事務所で新連載の打ち合わせ。本屋めぐりもせずに、まっすぐ帰宅。

往復の電車で阿部謹也『西洋中世の男と女』（ちくま学芸文庫）を読む。前々からこの阿部謹也という人の本は面白そうだと思っていて、今回初めてちゃんと読んだのだが、とてもわかりやすいし、興味深い話が次々出てきて飽きさせない。

中世のキリスト教世界には、贖罪規定書なるものがあって、夫婦間の性行為についても細かい規定が設けられていたそうだ。キリスト教では性行為を基本的に悪としているので、こういう日にはしてはいけない、と定められた日がどっさりあり、まず日曜はだめ、土曜もだめだし、金曜や水曜もだめだったという。他にも降誕節中はだめとか、四旬節中はだめとかいろいろあって、結局年間に44日ぐらいしかできる日はないのらしい。なんとも大きなお世話というか、うるさい話というか、よく考えてみるといい話である。もっと減らしてもいいのではないか。

12月26日（金）

家族が親戚の家へ出かけ、ひとり原稿を書く。今年もあと1週間を切ったが、年賀状はさっぱり書けていない。今年はぎりぎりまで原稿を書く日々だ。

沢木耕太郎『旅する力　深夜特急ノート』を読む。中に「帰ってきた日本はなぜか暗く静かで寂しく感じられた」というタイトルのエッセイがあった。私も海外の長旅から帰国するといつもそう思う。日本人は黒や灰色の服ばかり着ていて、通勤電車の中など真っ暗である。だからなるべく自分だけでも黒い服は買わないよう気にかけているものの、そうはいっても服を買うことなど年に一度あるかないかだから、そのとき忘れていると黒を買ってたりする。汚れが目立たなそう、という理由で選んでしまうのだ。

日本が黒っぽいのは、清潔好きだからなのか。

12月27日（土）

子どもがいないと朝ゆっくり寝ていられる。おかげで、気がつくと午後1時だった。まだ

10時ぐらいだろうと思っていた。独身時代みたいだ。

正直、子どもがいないと仕事は捗る。やはりどこに引っ越すにせよ、仕事部屋を別に借りるという点は譲れない、と思った。

私はこの日記に、自分が貧乏だ貧乏だと書いてきたが、これを読んだある人から、ちっとも貧乏ではないではないか、という指摘があった。家族で沖縄旅行したり、マンガを大人買いしたりしていながら、貧乏とは言えないだろうと。

なるほど、おっしゃる通りだ。昨今の派遣切りのニュースなどを見ていると、収入があるだけましという気がしてくる。

ただ自分の気持ちのなかでは、常に金欠で苦しんでいるイメージがあって、つまりそれはしょっちゅう貯金を切り崩していることで、心理的に貧乏感を生んでいたのである。実際のところは、家計簿をつけていないし、どのぐらい貯金を切り崩して、家計がどうなっているのか、よくわかっていなかった。そこであらためて事業経費だけでなく、家計含めどのぐらい支出していて、逆に事業収入以外の子育て支援金みたいなもの含めどのぐらい収入があるのか、計算してみた。するとやはり大幅に赤字で、貯金も具体的にどっさり減っていた。このままの生活を続けていたら、あと2、3年で破綻する。

といっても、このままでは、というのはまるで当てにならない予測であって、私の場合、このままということはないのである。なにしろ来年の年収がさっぱり予測できない。たとえば去年の年収はおととしの2・5倍あった。今年は去年の3分の2にとどまった。というような乱高下が常態なのだ。そこで、脱サラしてからの年収をグラフにしてみたところ、何の傾向もない面白いグラフができて、深い味わいが感じられた。どういうわけかグラフにしてしまうと、赤字すらも渋みである。グラフを見て節約計画などを立てるつもりだったが、つい見惚れてしまい、何も進展しなかった。

12月28日（日）

家族戻る。

昨日、家計の収支を計算してみてからというもの、家の中の照明が暗くなった気がする。

12月29日（月）

赤松啓介『夜這いの民俗学・夜這いの性愛論』（ちくま学芸文庫）を読んだら驚いた。夜這いというのは若者だけの習俗ではなく、おっさんもおばはんも亭主も嫁もみんな日常茶飯事のようにやってたらしい。他人の子が生まれても気にしないというから凄い。書評で取り上げる予定はなかったのだが、思わず今日書いていた書評原稿に途中から挿入。おかげで、もうなんかぶっ飛んだというだけの読書感想文になってしまった。

年賀状の準備。今頃からでは遅い気もするが、みんなきっと同じようなものだろう。

12月30日（火）

もろもろの原稿をメールして、今年の仕事終了。あとは年賀状を書く。
今年も終わりなので、2008年に読んだ本ベスト3を記す。
1川村湊『牛頭天王と蘇民将来伝説』（作品社）
2赤坂憲雄『境界の発生』（講談社学術文庫）
3飯嶋和一『始祖鳥記』（小学館文庫）
今年の本じゃないものばかりだが、1位は圧倒的ベスト1だった。川村湊は面白い。この本を読むまで、祇園祭が牛頭天王の祭りだったとはちっとも知らなかった。「本の雑誌」の書評で取り上げようかとも思ったのだが、牛頭天王に興味がない人が読みたいと思うようなポイントが発見できず断念。

赤坂憲雄は、境界という着眼点が心地よい。たしか東北学というジャンルを提唱した人ではなかったか。東北学なんて興味なかったし、この本にもとくに言及されていたわけではないけれども、朝廷とその外の世界との境界だった場所ということで東北に注目しているのかもしれない。だとすれば、東北も面白そうだ。

飯嶋和一については、評価が高いのは知っていたが、読んだのは初めて。圧倒的な筆力に心震えた。おかげで思わず新刊の『出星前夜』も読んでしまったわけだが、個人的には『始祖鳥記』のほうが明るくて好きだった。


テレビを見ると、今年一年を総括するニュースは、どれも景気後退一色で、補正予算がどうしたこうしたと言っている。結局細かい話はいろいろあろうが、今回の世界大不況は、もはや炭素エネルギーに頼った社会システムが終焉《しゅうえん》を迎えている証なのだから、新しいエネルギーに立脚したインフラ構築に重点的に金を使うのが筋であろう。日本中の屋根に太陽光発電機を取り付け、すべての高速道路に振動発電機を取り付け、その他潮汐《ちょうせき》発電でも、地熱発電でも、小水力発電でも何でもどんどん取り付けて、そこに雇用を生み出せばいいじゃないか。きっとみんなそう思っているはずなのに、それを邪魔しているのはいったい誰なんだ。

原発星人か。

その点アメリカは、グリーン・ニューディール政策を打ち出している点で、たいしたものである。アメリカの時代はもう終わりかと思っていたけれど、オバマを選んだところからして、変化を恐れない強靭な底力を感じる。

対する日本は、技術があるから大丈夫なんて言って、技術力神話の上であぐらをかいて事態を楽観視しているのは、かつて神の国だから負けることはないなんて言ってたのと同じだ。なんとなくそんな気がするというだけの話ではないか。そうやって現状に甘んじ、状況に応じた具体策を打ち出さないから、戦争にも負けたのだ。たとえ技術力があったとしても、未来像が描けなければ意味がない。

とかなんとか、かっこいいことを書きつつ、私は思った。

だったら自分が音頭とってインフラ構築やってはどうか、と。

すみません。面倒くさいです。エラそうなこと言いました。

そういえば、ドラッカーだったか、ガルブレイスだったか「日本は何もしないことで、バブル崩壊を乗り切った」とかなんとか言っていた。やるべきことがわかっているのに何もしない→結果的にうまくいった、という夢のような展開がこの世にはあるのだ。私も日本政府に倣って、わかっているのに何もしない→ロト6、というような展開を期待したい。

12月31日（水）

関西へ帰省する。

新幹線のホームで、空いている自由席に並んだら、喫煙席だった。また並びなおす気力なく、そのまま乗って帰る。おかげで喉が痛くなった。

妻が数日前にテレビで滋賀県の里山を見、それがあまりに美しかったので滋賀県に住みたいと言い出し、新幹線の窓から滋賀県を眺めるのを楽しみに待っていた。私も前々から新幹線から眺める米原周辺の風景が気に入っていたので、滋賀県に引っ越すのもいいかもしれないな、と考えた。

私はとくに田舎暮らしがしたいわけではなく、金がないから安い場所へ移ろうというだけなのだが、思えば、私がいつまでも関東から離れないのは、仕事が来なくなるのではという危惧《きぐ》があるからで、仕事が来ないも何も、来ている仕事さえちっともやらないのでは意味がない。ならば関東にいる理由もない。せっかくの文筆稼業であるし、思い切って会社員では引っ越せないような場所に移るのも面白いのではないか。

そうして岐阜から長いトンネルを抜け、右手に見えるあれが伊吹山だ、と言おうとしたら、雪で何も見えなかった。名古屋は晴れていたのに、こっちの空はどんよりと暗く、広い田園のなかにぽこぽこと小山の浮かぶかわいい風景も、今日は真っ白。寒い場所が嫌いな妻は、いきなりトーンダウンしていた。関西全般に雪なんじゃないか、なんてなぐさめたが、またトンネルを抜けて京都に出たところ、京都はすっかり晴れていた。以後、滋賀県は話題から消える。残念だった滋賀県。

大晦日の夜は恒例の、ゆく年くる年。

冬

2009年1月～3月

2009年1月

元日（木）

朝早く、西国巡礼の札所でもある中山寺に初詣に行く。

今年はいい加減にするべき年だ。

そういえば、去年もいい加減にしないといけない年だった気がするが、いい加減に過ごしてしまった。今年は、いい加減に、いい加減から脱却しなければならぬ。

と、くだらないことを書いてみたけれども、新年というのはなかなかいいものだ。例年正月になると、ついに私の時代が来たような気がする。おみくじを引いても、それはそれは凄い一年になるであろう、順風満帆よきかなよきかな、って感じで、実際にそうなったためしはあんまりないんだが、年初ぐらいは、おお、ついに私の時代が！　という錯覚に思いを馳《は》せたいところだ。

で、さっそくおみくじを引いてみたところ、凶。

今年一年ろくなもんじゃないであろう、失せものは出ないし、待ち人は来ないし、家移りはよろしくないし、踏んだり蹴ったりであろう、ってふざけてはいけない。

ふざけてはいけないのだが、実はたぶん凶だろうと予想していたのである。ここ数年凶など出たことがなく、いつも大吉とか吉だったのだが、今年に限ってはそろそろ凶だろう、そんな周期がきている感じだと思ったら、やっぱりそうだった。これまでも、引く前から、今回は楽勝だ、まあ大吉か悪くても吉だろう、と思うと、実際そうなってきたから、私には予知能力があるのかもしれない。おみくじの出る目を当てるという超能力が。競馬の予想屋みたいに、おみくじ当てます、って看板出したら商売になるだろうか。どうでもいいよ、と言われるのがオチか。

息子が「お父さん、凶が出て泣いてた」と妻に報告していた。泣いてないっちゅうねん！

帰宅後、雑煮を食べる。

わが家の雑煮は、とてもうまい。普段食べ物の味などあまりわからない私だが、うちの雑煮はうまいと思う。焼餅以外に、焼き豆腐とかまぼことごぼう、にんじん、ほうれん草が入っている。だしは、昆布とかつおだそうだ。それにかつおぶしと海苔《のり》をふって食べる。正月15日ぐらいまで毎朝食べたいぐらいだが、妻は面倒くさいといって三が日しか作ってくれない。残念だ。

その後、寝正月。しかし、子どもが大暴れで、寝ていられなかった。

1月2日（金）

今日も寝正月できず。私の実家は帰省しても老いた母しかいないので、子どもにかかる労力がほとんど分散されない。正月は、子どもひとりに対し、大人3人は欲しいところだ。

深夜のBSで映画「ユメ十夜」をやっていたので観た。第六夜の松尾スズキ監督作品が際立っていた。松尾スズキは名前以外どんな作品を作っている人かよく知らなかったのだが、なるほど才能を感じる。

「つーか、彫ってねえじゃねえか」

「彫るぜ」

ってところに、なんかぐっときた。この「彫るぜ」というセリフ前に現代ふうのツッコミを入れたことで、「彫るぜ」の〝ぜ〟の違和感が際立って、言葉の異形の相が顔を覗かせた感じがしたのである。スピード感のある構成もよかった。それに比べて、何人かの監督が撮っている仮面を使った不条理劇みたいな正統派の作品は、どうしようもなく古臭く、想像力の貧困さが痛々しいほどだった。

1月3日（土）

丹波篠山のチルドレンズミュージアムへ出かける。古い中学校を改造した子どもの遊びの博物館。そこで子どもを遊ばせつつも、もしここに引っ越したら、という目で風景を眺めている自分がいた。

1月4日（日）

息子を連れて、映画「ウォーリー」を観に行く。前評判は悪くなかったので、そこそこ期待していたが、DVDで十分というか、観なくてもべつに支障のない映画だった。

そんなことより私は、イオンのショッピングコンプレックスに初めて足を踏み入れ、そこがあまりに華やかだったので、意味もなくいらんもんを買ってしまいそうな衝動に駆られて、いつかお金持ちになったらイオンで片っ端からものを買うぞ！　と、小さな夢で胸がいっぱいになった。まるで未開世界からやってきた少年のような気分だった。少年の心を持った大人とは、きっとイオンにおける私のような人間を言うのにちがいない。

1月5日（月）

45歳になった。私が？　ほんまかいな。イメージでいえば、初老の気配さえ漂う年齢ではないか。しかし自分では、まだ中年の自覚さえないのだ。子どもの頃は、中年といえば、もうどうでもよくなっている印象だった。40過ぎれば、まったくどうでもよくなっているだろうと。ところが、実際になってみると、ちっともどうでもよくなく、ますます目が離せない感じだ。

そうするとたとえば、80とか過ぎて死ぬ間際には、心が散髪屋のリノリウムの床みたいにT字のモップでごみが全部さらえるぐらいフラットになって、１００歳とか超えたら、もう生と死が心の中でバリアフリーになってると漠然と想像しているのは、実際は全然違って、死を目前に控えても脳内はますます、乞うご期待！　みたいに活性化しているのだろうか。だとしたら死ぬに死ねんな。

車に乗って湖東にある太郎坊宮へ行ってみる。朝日新聞で連載している「勝手に関西世界遺産」の候補地として下見に行ったのだ。関西人でも京阪神に住んでいるとあまり聞かない場所だが、姿のいい岩山で、700段以上の階段を上ると、中腹に夫婦岩というダイナミックな岩がある。岩峰の一部が剝がれて、その間が、細い通路になっていた。規模は全然違うが、ヨルダンのペトラを彷彿《ほうふつ》させ、なかなか面白い。こういうちょっと奇抜な風景が好きだ。まあほんと、ペトラとは比ぶべくもないのだが。

1月6日（火）

J社新連載の取材で、兵庫県加西市北条町の五百羅漢を訪れた。

この新連載は、3月に終了する「勝手に関西世界遺産」とそっくりの企画で、全国の気になるスポットをめぐるというもの。加西市の石仏は、「勝手に関西世界遺産」でも、隠れキリシタンの手によると推測されている背面十字架地蔵を取り上げたが、今回は、五百羅漢のほうを見に行った。五百羅漢と言いつつ、実際には羅漢かどうかもわからない石仏が、まるでマッチを立てて並べたように整列していて、そのひとつひとつが変テコでユーモラスという不思議な場所である。慶長時代以前からあるのだそうだが、誰が何のために造ったものかはわかっていない。最近は珍スポットブームだけれども、今出来の巨大仏とか廃墟なんかではなく、長い歴史があるのに珍物件というのは、なかなか興味深い。

取材に行くと、市役所の観光課の人が来ていて挨拶された。お寺からは大変ありがたがられ、おみやげまでもらったりして、加西市の未来は私が担っているようなＶＩＰな気分に浸ることができた。その一方で、経費削減のため自分で写真を撮ってくるように言われていた私は、ＶＩＰらしからぬ腰の引けたカメラさばきで、そのへっぴり腰な私の姿を、観光課の人が写真に収めていた。まさか、市の広報誌に載ったりするんじゃなかろうな。

写真：加西市の未来を担う宮田氏のしなやかな腰の引け。

とかなんとか。

1月7日（水）

長野まゆみ『三日月少年の秘密』（河出文庫）を読む。

女性は少年の話が好きだ。なぜだろうか。少年はそんないいもんじゃないと思うぞ。足臭いし。まあ、少女が好きな男も似たようなものか。

しかしな諸君、かかる地球温暖化の危機に、萌えとか言ってる場合じゃないぞ。誰か、原発星人と戦う三日月中年の話を書きたまえ。

今日も寝正月。いまだ正月と言っていいのかは不明。

1月8日（木）

法事があり、車に乗って兵庫県の田舎へ。

車で播但《ばんたん》連絡道路を北上すると、次から次へと日めくりカレンダーのように山が現れる。あるところで、水田に覆われた広大な盆地の中央を自動車道が一直線に貫き、それが遠方の山の重なりの要のところへまっしぐらに向かって、まるで風景のすべてがそこに収斂《しゅうれん》するかのように見えたのが、なんだか田舎なのに未来を感じる風景に思え、こうして山があり川があり田んぼがあるのが一般的な国土なのに、自分は生まれてこのかた、住宅の密集した都市郊外にしか住んだことがないと、情けない気持ちになって、実はそれは異常なことなんじゃないかと、そのせいで私の頭の中は、何かが偏ってしまっているのではないかと、そんなことをちらっと考えた。

法事の後、新幹線で帰京。さすがに帰省ラッシュはとっくに終わって、車内はガラガラであった。

1月9日（金）

帰省中は郵便を止めていたので、本日、いっぱい年賀状が届いた。誰もかれも娘がバレエをやっているのは、いったいどういうわけだ。

1月10日（土）

都内で田舎暮らしのセミナーがあったので、出かけていく。

べつに田舎暮らしに憧れているわけではなく、生活防衛上、田舎で暮らさざるを得ないのではないかと思ったのである。地方都市のちょっと郊外あたりに住むのがちょうどいいのではと思い、そういうＩターンを考えてみたりしているのだけれど、地方都市も家賃はさほど安くなく、そうなるとさらに引っ込んで山村や漁村みたいな場所で古民家暮らしみたいなことになるのだろうか。物件情報を見ると、下水道がなくて汲《く》み取りだったり、水道は井戸とか書いてあったりして、顔がひきつってくる。住めばなんとかなんだろ行ったれ行ったれ、とか、子どもにはそういう経験もあったほうがいい、とか、旅行だと思えばよくあることじゃないか、とか頭では思っても、顔はどんどんひきつり、「Iターン不本意日記」というこの日記の続編タイトルなんかも浮かんできたりして、都会暮らししかしたことのない者のひ弱さが露呈するばかりであった。

帰宅後、モノマネ。

このぉーうぉおきなぁーそーらぅぉぉぉぉぉー、吹きわたあていまそー。

1月11日（日）

仕事場へ行って、新連載の第1回原稿を書く。先日取材した加西の五百羅漢について。撮ってきた写真を見ながら書いていくが、写真を見ると本当に面白いので、ついつい見入ってしまう。石仏ファンになってしまいそうだ。

1月12日（月）

息子がフットサルの大会に出場。応援に行く。

本人はとりたててサッカーが好きでたまらないというわけではなく、友だちに誘われて参加したサッカースクールなので、サッカー好きで練習熱心な友だちとの力の差は歴然と開いてしまっている。本人もようやく自分がチーム内で、うまい下手でいえば、下手なほうにランクされていることに最近気づき、今回の試合に及んでやっとやる気になったようだった。みんながどかどか点を取るなか、必死で1点もぎとって、それでも友だちより少ないことに自分で苛立っていた。

こうして友だちと張り合って切磋《せっさ》琢磨《たくま》する息子を見ると、転校させないでやりたいとも思い、もとから無きに等しい引っ越しの覚悟はぐらぐら揺らいで、いったい自分がどうしたいのか、さっぱりわからなくなってしまう。

チーム自体は28対0で圧勝。味方がシュートをするときには、ゴールの反対側へ走り込み、こぼれ球を狙うというような、そういうようなチームなのである。本当に幼稚園児なのだろうか。

1月13日（火）

「本の雑誌」の対談で、高野さん、ニック・ステファノスさんと東京ディズニーランドへ行った。辺境作家高野秀行とシンデレラ城という写真を撮影するためだけに行ったようなものだった。このまったく相容れないふたつの要素を並べて、味わいを鑑賞することを、美術用語でデペイズマンという。シュールレアリスム絵画などで多用された。

ところで高野さんが、内澤旬子さんとエンタメ・ノンフ文芸部を発足するという。小説を書きたいけれどもなかなかうまくいかないエンタメ・ノンフ作家陣が、一致団結して小説に立ち向かおうという、イワシか子羊のごとき軟弱クラブなのであるが、そういうことなら、私も参加させてもらうことにした。ぜひこの場で、自分以上にだめな人を見つけて心癒されたい。そして受験生のように、いやあ全然書いてないんですよ、なんて言って油断させておいて、自分だけ書いて相手を出し抜きたい。

だいたい発表する場もなければ、締め切りもないからこれまで書けなかったのだ、と口走ると、締め切りがあれば絶対書きますか、とニックさんにツッコまれ、おお書くとも、書かいでか、でもいいもの書くとは限らないぞ、と答えたところ、どうしていつもそう高飛車なんですか、言ってることは逃げ腰なのに、と言われる。

高飛車で逃げ腰は、私のおおいに得意とするところだ。

口ではでかいことを言いながら、腰は後ろに引けて、ひらがなでいえば〝く〟のカタチである。

高野さんと、それにしても、やっぱりあの2月号のタカタマ対談リターンズはどうなのか、という話になった。「本の雑誌」史上未曾有の危機だというのに、あの危機感のまったくない内容はどうだ。本の話もしていないじゃないか。

1月14日(水)

朝起きたら瞼《まぶた》がひっついて離れなくなっていて驚いた。思わず眼科に行って、目薬をもらう。

こんなことになったのも、昨夜、ニックさんにもらった平山夢明、吉野朔実『狂気な作家のつくり方』(本の雑誌社)をベッドで読んだせいだ。この対談、エグいぞ。夜中に読むもんじゃない。これに比べると、私と高野さんの対談などまったく薄味のコンソメスープのようだ。

1月15日(木)

空は凛とした快晴ながら、凍《し》み込む寒さ。

仕事場へ向かって歩きながら、最近めっきり寒がりになったと思う。先日ディズニーランドへ行ったときも話したのだが、ここ数年ですっかり体質が変わってしまった気がする。寒がりになったのもそうだが、運動神経に靄がかかったようなのだ。あっ、と思った瞬間、ぱっ、と動かない。若い頃は、考える前に体が反応するのが普通だったが、今はゆっくり考える時間がある。そして考えた末、やっぱり動かないのだ。これが自動車が突っ込んできたみたいな状況だったら、手遅れになるだろう。

ところで、いつだったか幕で囲って工事が始まっていた交差点の更地に、中古車ショップができていた。私としては本屋かカフェかせめてATMができてほしかったのだが、しょうがない。中古車ショップにはでかいネオンサインがあって、そのあたりの風景を一新させていた。こうして風景が変わると、これまでの時間が急に過去へと送り込まれた感じがして、一新する前の世界がなつかしく思い出される。ここにネオンサインがなかった頃――ついこないだのことなのに、まるで大昔のようだ。

ああ、スットコランドにも長く住んだなあと、しみじみ思った。8年目ぐらいかと漠然と思っていたが、調べてみるともう10年目だった。

10年も住んでいながら、いまだここが自分の居場所だと思えない。ベランダからの景色は気に入っているけれど、自分はここではよそ者だという感じがぬぐえないままだ。これまでもずっとそうだった。学校でも会社でも、家にいてさえ、ここではないどこかを夢想してきた。みんなそうやって自分の場所など見つけないままに人生を終わるものなのか。あるいは、とくに居場所なんかなくて、それを夢想する状態が居場所なのか。

椎名誠『波切り草』（文藝春秋）を読む。

1月16日（金）

寒い寒い。

あまりに寒いので、最近は風呂が嫌いじゃなくなってきた。これまで温泉ならびに風呂嫌いを標榜《ひょうぼう》してきた私も、今では寛容な精神が芽生えた。というよりむしろ敵の軍門に下りそうな勢いでさえあって、なるほど温かいお湯に浸かるのも悪くないというレベルを超えて、こういう寒い日は、ぜひともお湯に浸かってのんびりしたいと思うようになってきた。以前は冬でもシャワーで十分だと思っていたのに、自分でもその変化には驚くばかりだ。つまるところ、体が弱ってきたのである。学生時代、温泉好きの友人がいて、お前は老人か！　とツッコんでいた頃がなつかしい。

変化はそれだけではない。

昔から私は、ものを食べることに興味が湧かず、食事なんか錠剤で済めばいいし、食べ物のうまいまずいがほとんどわからないのを得意にしていたが、最近、うまいものとまずいものの違いがだんだんわかるようになってきた。これまでは極端にうまいものと極端にまずいものしか判別できなかった。しかし今では、毎日の味噌汁の微妙な味の違いが感知できるようになり、昨日のより今日のほうが出汁が効いているとか、そんな小ざかしいことを思うようになったのである。感覚が繊細になったと喜んでる場合ではない。人間、体の弱い部分や衰えた部分に染み入る栄養素をうまいと感じるわけであるから、舌が肥えるのは、体がだめになってきた証拠である。グルメというのは、体が脆弱《ぜいじゃく》で不健康な人がなるものであって、体が健康であればあるほど、味の良し悪しなど気にならない。健康な若者が何でもうまいうまいといってガツガツ食べることからもこれは明らかであろう。つまり人間、グルメになったら、そこが人生の折り返し点と言ってよく、ああ自分は味がわかるようになってきたなと思ったら、それは人生は残り半分を切って下り坂に入りましたという体からのメッセージなのである。したがって若いうちからグルメだったり、食文化がどうのこうのと小うるさいことを言う人間は、早死にする可能性が高い。

恐ろしいことに、私は、少しずつ味がわかるようになってきた。

グルメになるにあたって、余生をどう過ごすか真剣に考えねばなるまい。

1月17日(土)

家族で近所のスットコ川へ行って、おにぎりを食べる。

スットコ川には、でかい鯉がのったりと泳いでいた。気持ちのいい一日だ。

川沿いの公園で息子にサッカーの練習をさせていると、園内放送がかかって、サッカーやキャッチボールは他の人の迷惑になるのでやめましょう、とかなんとか言い出した。あきらかにわれわれめがけて放送したものと思われる。ふざけてはいけない。では聞くが、公園でなくて、どこでサッカーをやればいいのか。悔しいので、隅っこのほうに移動して、細々と続けた。

公園でサッカーもキャッチボールもできなくなった世界。おそるべし。

1月18日(日)

息子のフットサル予選リーグ第2試合。

かつては子どものスポーツの試合なんぞに一喜一憂する親は見苦しいと思っていたが、気がつくと観客席で「もっと前に出ろ、前へ！」などと喚いていて、妻にたしなめられる私であった。

ところで、先週のロト6がまた当たっていた。しばらく当たっていなかったので心配していたが、やはり波は来ている。末等とはいえ、こうも間歇《かんけつ》的に当たるのは怪しい。今回の隠された意味は、きっとこうだ。「私を忘れるな」。もちろん忘れていないとも！

それにひきかえ、カースン・ネーピアさんからは最近めっきり連絡がない。忘れられたらしい。

1月19日（月）

本の雑誌社まで行って、高野秀行、内澤旬子両氏、ならびにニック・ステファノス氏とともに、エンタメ・ノンフ文芸部立ち上げとかなんとか言いながら、酒飲んだり、お菓子食ったりして、くだを巻く。なぜか私が部長ということに最初から決まっていた。何かが間違っている気がする。一番遅筆な私が部長になっているようでは、早くも部の先行きは見えたようなものではないか。

1月20日（火）

郵便局へ行って、余った年賀状や、書き損じを切手に換えてもらう。

それと、ついに壊れたポットのかわりに魔法瓶をネットで買った。待機電力を節約するためだ。わが家では今、小規模な家電崩壊期が来ており、ポットのほかにデジカメが先日だめになった。家電ではないが、私のメガネにもヒビが入っているのが見つかり、車のタイヤも磨《す》り減っているので要交換と言われた。こうして何でも同時期に壊れるのは、太陽の黒点の動きに何か関係があると思われる。最近、黒点がまったく観測されなくなっているらしい。ブライアン・フェイガン『歴史を変えた気候大変動』（河出書房新社）。

小説執筆の時間を捻出するため、まだ遠い先の締め切りに向けて、四国遍路の原稿を書く。

1月21日（水）

朝から銀行へ行って、貯金を崩し、家賃の引き落とし口座に振り込む。その後、ほとんど聴かないCDを売りに行き、わずかながら金をつくる。

四国遍路を黙々と。

１月22日（木）

小雨降る寒い一日。

こんな日は気分も陰気になり、机にへばりついていても仕事が捗らない。晴れると、外出したくなって捗らないから、どっちにしても捗らない。では、どちらがより捗らないかといえば、やはり晴れるほうがいてもたってもいられず捗らないが、どうしてどうしてどんよりと陰気な日も侮れないものがある。まだパソコンに向かっているだけましとはいえ、光の加減ですぐ眠くなってしまう。陰気で眠いとなると、原稿は書けても文章にポップな感じが出てこない。私はこう見えても、ポップな文章を目指しているのだ。但し、しょぼいポップ、題して、ショボポップだ。打倒ロリポップ！

ところで私の仕事場は、独身時代に作ったカーテンを流用している都合で、窓辺が寸足らずである。カーテンを閉じていても、下から冷気ががんがん入ってくる。そこでこのたび思いついて、窓際にダンボール箱を隙間なく並べ、床に散らばっている本を収納することにした。そうすると、床は片付くし、冷気はシャットアウトされるし、一石二鳥だ。おまけに床が広くなって、毛布を敷くと、仕事場でゆったりと眠れることも判明した。一石三鳥だ。

1月23日（金）

なんだか朝から悪寒がする。

熱はないし、食欲もあるが、風邪の前兆くさい。すかさずカコナールを飲んで迎え撃つ。その後がんばって仕事場のあるマンションへ出勤すると、オートロックの玄関が開かなかった。鍵を差し込もうとしても、入らない。どういうわけか雨が降ると、ときどきそういうことがある。これはもう家に帰って休養か、と思ったら、住人の誰かに来客があって、それに紛れて侵入することができた。雨が降ると入れないマンションもどうかと思うぞ。

ところで、ずいぶん前に、ジェットコ仲間の市川さんに修理をお願いしていたパソコンが戻ってきた。ゲームに使うパソコンなので、なるべく遅く戻ってくるように祈っていたのだが、ついに戻ってきてしまった。これからいっぱい仕事をしようというときに限って、こういう人智を超えたアクシデントが起こる。この不測の事態に対処するため、午後は仕事を休まざるを得なくなった。もしもの場合に備えて、「A列車で行こう8」とMYST Ⅳ「REVELATION」をインストール。無念だ、かえすがえすも無念だ。MYSTシリーズは時間がかかるので、とりわけ無念である。

１月24日（土）

咳が出始めた。

風邪は最初が肝心なので、休日だし一日寝ていることにしたのだが、子どもが乗っかってきて一睡もできず。

夜「世界ふしぎ発見！」をテレビで観る。ベトナムのホンノンボが紹介されるという事前情報があったので、楽しみにしていた。ほんの一瞬紹介されるだけかと思っていたら、クイズにまでなっており、おお、ホンノンボもこうしてテレビで取り上げられるまでになったか、と感激した。

番組のエンドロールに、『ふしぎ盆栽ホンノンボ』のタイトルと私の名がテロップで流れるというので見ていると、画面の下を、新幹線のように目にも留まらぬ速さで通過していった。よほど動体視力のある人でないと、文字通り目に留まらなかっただろう。録画しておき、その瞬間に一時停止ボタンを押してみたけれど、それでも画面の中央にうまく留まらなかったぐらい、そのぐらい速かった。

まあしかし、そんなことはどうだっていいのだ。ジェットコースターの紹介番組で自分がテレビに出たときよりも、何倍もうれしかった。

1月25日（日）

関西へ。新幹線で、高橋昌明『酒呑童子の誕生』（中公文庫）を読む。

今回も車窓から素晴らしい富士山が見えた。ただ、見るたびに富士山が低くなっていくような気がするのはなぜだろうか。まさか富士山が本当に縮んでいるはずはないので、きっと私の背が知らず知らず伸びているのだろう。

咳が治らない。

1月26日（月）

滋賀県の太郎坊宮を取材。これが実質最後の「勝手に関西世界遺産」だ。長い連載だった。

朝日新聞の挿翅虎さんと、挿翅虎さんの奥さんとともに、珈琲館でカフェオレなど飲みつつ、軽く打ち上げをした。

なぜ担当記者の奥さんがいるのかというと、どういうわけか挿翅虎さんの奥さんは、ときどき夫の取材についてくるのである。写真家であり、好奇心旺盛な彼女は、取材ネタが面白そうだと、ついついついてきてしまうようなのだ。そしてだんだんわかってきたのだが、奥さんと私は趣味が似ているのである。そうするとこの連載の取材先は私が選んでいるわけだから、ほぼ自動的に奥さんがついてくることになるわけである。

それにしても本当に長い連載だった。6人の持ち回りで、合計200回を超えたのである。思い返せば、私が第1回で取り上げたエキスポランドのダイダラザウルスはすでに撤去されてしまったし、第11回で取り上げた工業地帯の眺めは後に大ブームになるなど、時の経過を実感する。この取材のおかげで関西地方の隅々まで旅行しまくることができて、実に面白かった。

1月27日（火）

もう何年使っているかわからない携帯が、ふと見ると、メッキが剥げてボロボロになっていたので新しいのに変更した。メタリックな外観が、使い古した革製品みたいになっていたのである。ふと見るまでまったく気づかなかった。

私はそういうことがよくあって、結婚したときだったか、ふと見ると、いつも使っていたゴミ箱が、子どもの頃にシールをペタペタ貼ったままの安っぽいプラスチックのゴミ箱だったことに気づき、恥ずかしかったことがある。おお、30を越えたいい大人が、こんなゴミ箱で彼女を部屋に呼んでいたか、と動揺した。それまでまったく気づかなかったのである。

先日も自分の着ているハイネックのシャツをふと見ると、ネック上端の折り返しの部分が擦り切れてネックが2枚ある格好になってたりした。そんなもんずっと見えているはずなのに、目に入っていながら見ていないのである。

私には目に入っていながら見えていないものが多すぎて、よく妻に呆れられる。トレーナーやセーターなど、前後をいったん確認したうえで、前後ろに着ることがしょっちゅうある。じゃあ、確認したのはなんだったのか、というわけだ。自分でもなぜかわからないが、そういうとき、身振りでは確認の仕草をしていても頭の中はまったく別のことを考えているのらしい。

それと関係あるのかどうかわからないが、シェーバーがなくなった。家電崩壊期にシェーバーまでなくなっては、遺憾《いかん》の極みである。たしか関西へ行くときにザックに入れたところまでは憶えているのだが、関西の実家でザックを確認すると入っていなかったのである。では、ザックに入れた記憶はなんだったのか、ということだ。

日常の細々したことに、いつもうわの空な私だ。

1月28日（水）

朝日新聞の原稿を書く。

来週、九州の取材が入り、そろそろ四国遍路第3弾も考えねばならないし、青色申告の時期も近づいていたりで、気持ちが慌しい。

おまけにシェーバーがないので、髭がどんどん伸びている。

1月29日（木）

どんどんどんどん髭が伸びている。

朝日の原稿をようやく書きあげ、頼まれていた文庫解説の原稿も書きあげる。さらに来週九州取材に行くことになったために、今のうちに「本の雑誌」の書評原稿を仕上げておきたかったのだが、まだ取り上げるべき本が決まらず焦る。今日読み始めたのは、原田一美『ナチ独裁下の子どもたち　ヒトラー・ユーゲント体制』（講談社選書メチエ）で、なかなか面白そうである。最後まで面白ければ、これを取り上げようと思う。

ところで、ずっと仕事している日は、とくに日記に書くことがない。つまりこの日記が短い日ほど、私は仕事しているということかもしれない。誰が読んでいるかわからないので、ときどきわざと書かないで仕事に没頭しているふりをしようかと思う。

1月30日（金）

髭が伸びに伸び、廊下を歩くと、壁に触れるまでになった。歩きながら、ヒゲで壁掃除しているかのような状態である。

『ナチ独裁下の子どもたち』順調に読み進み、後半にきて、期待していた以上に面白い展開になったので、さっそくこの本で書評を書く。書評は面白い本を読んだ直後に書けば、あっという間に書きあがる。だから締め切り前に面白い本を読めばいいわけだが、面白いかどうか読んでみないとわからないから、何冊か読んでどれも面白くないと焦ることになる。今回も何冊か乗り越えたうえでのこの本なのだが、面白くなく、なおかつコメントしたい点もない本については、この日記にはタイトルも書いていない。人知れず読んで通り過ぎているのだ。

ともあれ原稿は一気に書けた。よかったよかった。

ただ原稿を書きながらも、髭が仕事机を埋め尽くし、キーボードがじゃりじゃりしたのには参った。手でかきわけないと文字がよく見えないのだった。

1月31日（土）

本格的な雨。

午前中は、息子のフットサルの試合の応援に行き、順調に勝ち進むのを見届けた後、図書館へ行って、絵本20冊借りる。

そしてこのところ大問題になっていたシェーバーを、ついに発見した。関西へ持参したのでないザックの中に入っていた。ザックに放り込んだ記憶は間違っていなかったのだが、ザックが間違っていた。とにかくこれで、車の運転席がまるごと埋まって前方がよく見えないうえに、通行人からは毛玉が運転してるのかと思われるぐらいになっていた髭を、ようやく剃《そ》ることができた。

2009年2月

2月1日（日）

先週から始まった仮面ライダーディケイドを観る。なんだか今回の仮面ライダーはずいぶん素人くさいデザインだ。ストーリーも、これまでの平成仮面ライダーを全否定するような、あるいは全否定とみせて逆に全肯定するのかもしれないが、妙に自己言及的な展開で、それほどファンというわけでもない私のような者はしらけてしまう。いい加減、仮面ライダーシリーズは終了して、平成仮面の忍者赤影シリーズでもやってはどうか。

快晴になったので、近所の公園へ行くと、いつもの幼稚園児が集結しており、適宜対応する。

今日は、自宅のベランダ窓から遠く富士山が見えて、その白い頂がくっきりと青空に映えていた。

冬枯れのスットコランドも、実に美しい。

2月2日（月）

仕事場へ行って、四国遍路を書く。

うどん屋が潰れて更地になっていた場所に、新しい建物ができていた。今度は何ができるのだろうか。

節分になると太巻きを太陽に向かってかぶりつくとかなんとか。関西の習慣だというが、関西に生まれ、22歳まで住んでいた私はそんな話、聞いたことがない。とてもうそくさい。きっと何者かが仕組んだ罠だ。諸君、信じてはいかんぞ。

咳、いつの間にか治っている。

2月3日（火）

新連載の取材のため、南九州へ。

羽田に行くのに、早朝の通勤電車に乗ったが、体がというより気持ちがきつかった。乗る前からして、席を確保すべく、どの列に並ぶか検討しなければならないし、ドアが開いたら空いた席めがけて素早く移動しないといけない。そんなどうでもいいようなことで神経すり減らしたくない。けど、座りたいから、やっぱりあれこれ検討してしまうのだ。

さらに乗ったら乗ったで人がいっぱいで、気を遣った。サラリーマンだった頃は、そんなに気を遣った記憶がないのだが、久々に乗ると、手がぶつかったんじゃないかとか、押してしまったとか、妙に神経質になっていた。みんな近い！ 今どき夫婦でもこんなに近寄らないぞ。毎日通勤電車に乗る気力はもうないな、と思った。

さて、J社マドンナさんと飛行機に乗って、鹿児島空港に降り立つと、雨がしっかり降っていた。マドンナさんは晴れ女だというし、私も晴れ男なので、おかしいなと思ったが、そういえば今回の目的地は宮崎県のえびの市で、私はえびのだけはダメなのだった。もう20年以上前になるが、高校時代に友だちと旅行に来て、えびの高原が大雨だった。その後また別の仲間とも来たが、やはりそのときもえびの高原だけ雨だったのである。晴れ男を自認する私も、どういうわけか、えびのには効かず、苦い思いをした。そして、今回も雨。滅多にない屈辱感だ。

取材したのは田の神さあ（たのかんさあ）といって、豊作を祈願する石像である。これがなかなかユーモラスで面白い。このところ石仏とか石に惹かれている私なので、是非ともいろいろ回って楽しみたかったんだが、雨。くううう。今度の連載は写真も自分で撮らなければならないため、天気が気が気でない。世の雨男や雨女たちはいつもこんな悔しさを味わっていたのかとあらためて発見した。これからはもっと優しくしてあげようと思う。

それでも撮影しているうちに雨は止み、なんとかなった。

さて、日帰りのマドンナさんを空港へ送り、私はレンタカーでひとり鹿児島市内へ向かう。もう一件、取材するのだ。

夜の九州自動車道を走っていると、ふと夜空に浮かぶ月が視界に入り、その瞬間、まったく知らない場所にいるという感覚に突如襲われ、体中をうりゃうりゃしたものが駆け抜けた。思わず、高速のサービスエリアに車を停めて、そのぽつんとした味わいを堪能する。

さすがに南九州はコートのいらない暖かさで、大気も湿っぽく、高く昇った月が夜空に滲むのを眺めていると、どこか日本でない場所にいるような気がした。ああ、このままどこか知らない場所へ消えてしまいたい、と相変わらずいつもと同じことを考えてしまうのだった。

高速を降り、市内に入ると、それこそまったく知らない場所。ループ橋があったり、妙に歪んだデザインの街路灯や、聞いたこともない地名の標識を見るのも目に新しく、ますますうれしくなった。

2月4日（水）

串木野からフェリーで甑島《こしきじま》へ。

飛行機や電車やバスと違い、船に乗るのは、旅行感がかきたてられる。風も暖かく、空もきっぱり晴れて、最高の気分。座席に座らず、甲板に出てずっと海を眺めていた。

そして、今自分はこんな縁もゆかりもない南九州にいて、仕事していると思い、旅行してお金がもらえるなんて、なんて結構な身分だろうかと考えた。きっと旅行ライターになりたい人はたくさんいるだろう。私もかつてそう思っていた。で、実際そうなってみて、どんな気分かというと、それはそれはありがたく、このままこういう仕事を続けてお金ががっぽがっぽ儲かるなら人生言うことなしだが、お金はちっとも儲からない。お金の儲からなさたるや、予想をはるかに超えるレベルであった。

●仕事で行く旅行と、趣味で行く旅行は何か違いますか。

○仕事で行く旅行はやるべきことが決まっているので、寄り道とか、ちょっとあれ食べてみようとか、あそこ行ってみようなんて気まぐれに動けないので、決められたルートの内側から、ガラス越しに世界を見ているような感じがします。つまり本当にここに来たという感じが若干薄いです。

●仕事で旅行しても楽しくないということですか。
○仕事でも何でも旅行しないよりしたほうがいいです。
甑島は、思いのほか山がちな大きな島で、植生だろうか日の光のせいだろうか、南国の香りがした。支庁へ行って、簡単に話を聞き、今回の目的である「長目の浜」を見に行く。海の中に長々と横たわる天橋立以上の奇観。これが見たかったのだ。あっちから見たり、こっちから見たり、忙しく動き回って写真を撮影。ついでにサブカットも撮るべく、島中を駆けめぐった。

人気《ひとけ》のない道でのんびりクルマを走らせていると、今という時間こそ、生きている時間だと思い、山々が明るくこんもりしているのや、道端のなんでもない草地の雑草の勢いに、なんかもうそれだけで十分じゃないかという気持ちになった。

2月5日（木）

湯船に浅く湯を張って、どろんこになった足を洗った。

足の裏を見ると、これが自分の足かと思うほど、大きくひらべったく広がって、ところどころあばたのようなものができていた。なんて汚い足だと思う。落ちた泥が湯船の一角に集まって、そうしてできた黒い塊のなかから、オタマジャクシが2匹出てきた。足についた泥のなかに紛れていたのだ。

2匹のオタマジャクシをよく見ると尾っぽのあたりが妙に幅があり、何本も尾っぽがあるようす。これはオタマジャクシじゃないのかもしれないと思ったら、思いが通じたようでイカになった。イカはコウイカで、何本もの足を顔の前で揩《こす》り合わせるようにしながら、ふわふわと空中に漂い出た。いつの間にやら、私の目の高さを泳いでいる。すごい、空間を泳いでるぞ、カメラで撮らねばと思った途端に、これは夢だから何でも許されるのだとひらめき、目が覚めた。

串木野に戻り、高速を飛ばして再びえびの市へ。おととい雨で今ひとついい写真が撮れなかったので、再挑戦。ぎりぎりまで動き回って、夕方の飛行機で帰る。

帰宅すると、妻に、九州はどうだったかと聞かれたので、あったかくて空が明るくてよかったよ、と答えると、福岡出身の妻も、自分も東京に来たときなんて暗い空なんだろうと思ったと言った。関西でさえ暗いと思うのだそうだ。たしかに、九州に比べると京阪神も空は暗い気がする。関東はなおさらだ。

私はいずれは九州や四国か、せめて山陽地方に住みたい。空の明るいところに。沖縄はちよっと暑すぎるが。

そういえばニック・ステファノスさんは、雪国に住みたいと言っていた。まったく理解できない。狭いところに閉じ込められるのが好きなのらしい。

2月6日（金）

このたびの九州往復の機内で読んだ浅田次郎のエッセイに、年間5冊だか7冊だかはコンスタントに新刊を出してきたとか書いてあって、なるほど売れてる人は仕事量が違うと思ったのである。私なんぞ、年1冊出ればいいほうである。書く内容が、長い取材旅行を必要とするということもあるが、それにしたって私は絶対的に机に向かっている量が少ないのであって、いつも今日から心を入れ替えて仕事に邁進しようと思ってはいるが、ちっともそうならない。だいたい私の心の底には、仕事＝死への第一歩、という観念ががっしりと根付いており、それもこれも会社員時代に2度、退職してさらにもう一度入院を経験し、結局その病気が慢性化してしまったせいである。それからというもの、激しい運動はするな、ストレスは溜めるな、という医者の警告を真摯《しんし》に受け止め、なるべく好きなことばつかりして生きていくよう精進している。仕事は他人の7割、というのが私に課せられた義務なのだ。

そういうわけで私はむしろ大変がんばっている努力の人とさえ言えるが、計算してみると、浅田次郎の7割どころか1割か2割、なおかつ質的にはさらにその数割減という現状は、いったい誰の謀略であろうか。ちょっとがんばりすぎている。自分を褒めてやりたい。

しかし収入的にはちっともほめられた状況ではなく、できればもう少し手綱を緩め、仕事してもいい気がする。そういうときには精神論で乗り切ろうとしたってダメなので、肉体的に乗り越えようと適度な有酸素運動を続けようとしてみたものの、やはり私のゆるぎない精神は、そういうものをこともなく撃破してしまった。四国遍路でいっぱい歩いてるからいいだろう、とかなんとか鋭く計算してしまったのだ。

そこで今は早起き作戦というのを考えている。毎朝8時に子どもを幼稚園バスに乗せるから、その役を私が買って出て、そのまま通勤しようという作戦だ。子どもをバスに乗せ忘れるわけにはいかないから、絶対起きなければ面倒なことになるという状況に自分を追い込むわけである。できれば私もそのバスで仕事場まで運んでもらいたい。

ただ、そうすると通勤途中のスーパーが開いてないので、買い出しができず、弁当を作っていかねばならない。さっそく挫折しそうになって喜んでいると、妻が作ってくれると言い、いよいよ進退窮《きわ》まった。

というわけで今朝、早起きして出勤し、九州取材の原稿を書いた。因果なことにこれが大変捗り、早起きは効果的ということがわかって、頭を抱えた。

浮いた時間には、エンタメ・ノンフ文芸部で書く小説の構想。これまではずっと長編を書いていたが、今回は短いのを書いてみようと思う。

2月7日（土）

できれば週末も仕事したかったが、息子のフットサルが準々決勝で、当然一緒に行くだろうという妻の暗黙のプレッシャーを受け、応援に行く。うちの息子はサッカーが下手なのだと思っていたが、どうやら、チームメイトがうますぎるのらしい。ドリブルで4人抜きしてシュートとか、コーナーキックで直接ゴールポスト上隅に蹴り込んだりする。規定違反なので大きな声では言えないが、実は彼らは東大阪の民間企業が極秘に開発したサイボーグである。ハーフタイムに控え室を覗くと、膝の関節を開いて、中に油を差していた。まあ、最近はオリンピックでも、中国など大半の選手がサイボーグだったりするから、大会側も見て見ぬふりということか。加油！

2月8日（日）

午前中は息子のフットサル準決勝の応援。勝って決勝へ。

帰宅後、昨夜BSでやっていた映画「七人の侍」を録画しておいたので観る。もう何度観たことだろう。ところどころモノマネできるぐらいだ。農民の娘が、侍のひとり勝四郎という若者に惚れてなるようになり、そのオヤジが、娘をキズモノにされて黙っちゃいられねえ！　とかなんとか怒るシーンがあるが、赤松啓介『夜這いの民俗学・夜這いの性愛論』を読んだ今となっては、リアリティを感じられない。この時代、処女性や貞操などに誰もこだわっていなかったのだ。さらにこれは前々から思っていたのだが、殺される4人の侍が、みな鉄砲で撃たれて死ぬというのはいかがなものか。ひとりぐらいは斬られるか、落馬事故とか、別の死に方をさせないとワンパターンではないのか。

もちろんそれでも私の中では好きな映画ベスト5に入る作品。個人的には志村喬のセリフ「戦いはこの一撃で決まる！」が泣きどころだ。何度観ても、そこで泣く。

これまでにいろんな映画を観て泣いてきた私だが、ちなみに過去一番泣いた作品は、映画でなくてテレビドラマだけれどもアメリカの黒人の歴史を描いた「ルーツ」で、これは観た次の朝まで泣いていたような記憶がある。ドキュメンタリーや実話をもとにした作品に弱いので、アポロ13号の映画でなくて立花隆がやっていたドキュメンタリーでも、かなり泣いた。宇宙で大事故を起こしたアポロ13号を奇跡的に生還させた地上責任者のクランツ（当時31歳）が、老人となった今それを思い出して「みんな、よくやってくれた」と涙する場面で、号泣。

そして最近では、去年、DVDで「A．I．」を観て、不覚にも号泣してしまったのだが、恥ずかしいので内緒だ。映画「ゴースト」を観に行ったときに、一緒に行った友人3人が号泣するなか、アホらしくてひとり大笑いしてしまい、顰蹙を買った。あんなくだらない映画で泣くとはみんなレベル低すぎ、と呆れたものだが、「A．I．」で泣いた今、大きなことは言えなくなった。

2月9日（月）

新しい学校に転校し、生徒がほんの4、5人しかいないクラスに編入された。12時のチャイムが鳴り、知り合いもいないので、ひとりで昼飯に出かける。

駅のほうへ行ってみると、構内にパン屋があり、壁一面にパンを貼って売っていた。埃もたまっているし、冷たそうで買う気になれず、壁の裏へ回ると、狭い通路にいくつもの店がひしめいてどうやらバザールのようだった。ローストビーフを挟んだコッペパンがあり、うまそうだったので、そういえば朝もパンだったけれど、それにしようと思う。

　ところが店の人に、自分は朝パンだったので、昼は丼にすると言ってしまい、丼を注文する。温かいのがいいか、と聞かれ、もちろんだと答えると、向かいの店でラーメンを買ってそのお碗の上にのせておけば温まるからと言われる。それで丼とラーメンを買うと、財布の中から110円玉を抜き取られた。110円玉は、白ふちになっているところが、100円玉と違う。

　丼とラーメンで110円は安いが、それでもきっとボッたくっているだろうと勘が働き、内訳を問いただすと、店のおばはんは何かごまかすふうで、私をボートに乗せ、池を一周させた。そうしてボート代込みの値段だと言い張る。よくある手だと思い、全部返すから110円玉を返せ、と言うと、しぶしぶ返してよこした。そのあとで私は、100円なら、と思い、100円玉を置いて丼とラーメンを持ち去ったのだが、うっかり財布からもう100円がこぼれ落ちてしまい、結局200円失ってバカを見たと思う。

　教室に戻ろうとするのだが、校舎がややこしく、校舎の中にもバザールが食い込んでいたり、バス停があったりして、自分の教室がわからない。

　中学時代の同級生の女の子に偶然鉢合わせした。誰かに届け物をしたいようだが、彼女も迷ってしまったらしい。誰かの遺品をしかるべき女性に届けようとしているとのこと。ドラマになりそうな話だと思った。

そうこうしているうちに1時を過ぎてしまって、少しぐらい遅れても午後は自習だから問題ないけれども、転校早々いい加減な奴だと思われそうで、嫌になる。いっそこのまま校舎だかバザールだかわからない九龍城の中を探検しようか、それとも教室へ戻るべきか私は迷っていた。

2月10日（火）

朝起きたら目がシバシバする。出たな、花粉！

仕事は昨日から書き始めた短編小説を黙々とやる。

数日前からタイモン・スクリーチ『定信お見通し』（青土社）を読んでいる。外国人が日本の歴史文化をこれほどユニークな視点で分析できることに驚く。むしろ外国人だから、斬新な見方ができるのかもしれないが、それにしても、われわれ日本人でも知らないようなことを、よくこれだけ論じきれるものだ。あらためて、ちゃんと勉強した人は凄いなあと思う。

タイモン・スクリーチがどこの何人《なんぴと》か知らんが、日本語を勉強し日本人以上に日本の歴史を勉強し、立派な仕事をした。やっぱり最終的にはちゃんと勉強した人の勝ちだ。わかりきったことなのに、なぜ私はちゃんと勉強しなかったか。ひょっとしてこれからするのか。勘弁してほしい。

2月11日（水）

スットコ市民体育館で息子のフットサル決勝。あろうことか優勝してしまった。しかも息子の見違えるような働きぶりに、親としては目に涙が溜まってどうしようもなかったのであるが、息子と思ったそれは、試合後、親には目もくれず、眼玉を赤と緑に点滅させながら、両脚をいくつものパーツに分解してクリーナーで掃除していた。

その後、子どもと保護者交えて、祝賀カラオケ。

2月12日（木）

この不景気に東京ディズニーランドが最高益だという。その一方で、大阪のエキスポランド閉園という悲しいニュースも聞いた。もう関西に残っている純国産の遊園地はひとつかふたつだ。東京でも、多摩丘陵にある多摩テックが閉園することが決まったと、先日ニュースで言っていた。もはや従来型の遊園地では新しい時代に対応できないのか。だとすれば、日本が誇るアニメや特撮をベースに、ディズニーランドのような遊園地を作ることは不可能なのだろうか。コンテンツは十分あるのだから、なんとかなりそうな気がするが、日本人がやるとどうしても人形並べただけのしょぼいものになりそうな気がするのはなぜだろう。

一方でキッザニアみたいな仕事テーマパークが流行っているから、わけがわからん。そうまでして仕事したいか。私はしたくない。思うに日本人は、どうもお勉強とか仕事が混じっていないと、単に楽しいだけのものには全力を注げないのではないか。遊ぶほうも、常に言い訳しながら遊んでいるのだ。まったく中途半端で、情けないことである。その点私は、遊びではなく仕事で言い訳しているから、筋が通っている。仕事から逃げ、つい遊んでしまうその姿勢にぶれがない。参考になれば幸いである。

ところでニュースといえば、ネットで読んだのだけれど、最近の美大生のなかには、デッサンの授業で、本物の女性のヌードを見て気分が悪くなり退出したりする男子がいるらしい。もったいない。私が代わってやる。連絡せよ。

2月13日（金）

このところ3月末から4月並みの陽気ということで、暖かい。

というネタから話をぐっと展開させようと15分考えたが、何も思いつかなかった。

2月14日（土）

記録的に暑い一日で、Tシャツで過ごせそうなほどだった。

今日はスットコ幼稚園の音楽会。このところ子どもの用事で週末がことごとく埋まっている。

年配の幼稚園の先生の話によると、幼児は、体の弱い年次と強い年次が1年毎に交互にやってくるそうだ。今年インフルエンザが大流行したが、年中組の欠席者数は、年長・年少組のそれより格段に多かったとのこと。つまり2002年、2004年生まれが平均的に体が強く、2003年生まれはそれに比べて弱いらしいのだ。理由はわからないが、どういうわけかこれまでも毎年交互に入れ替わってきたという。なぜだろう。豊作だった翌年は、土地が痩せて、丈夫な作物が育たないといった類の話だろうか。

だが、その考え方は成立しないように思われる。というのも、妻は義兄と13ヶ月違いで生まれた年子なので、この理屈に従えば丈夫な人間に育たないはずだが、十分丈夫どころか頑丈に育ち、OL時代オフィスのトイレに入ろうとして、後ろ手に閉めたドアノブを力いっぱいもぎとってしまい、出るに出られなくなったほどである。他にも、あっ、とか言った瞬間に壊してきた部品備品は数知れず、こないだもサイドブレーキを引いたまま、加速が悪いとか言って、がんがんアクセルを踏んでいた。

というわけで、今日のお話は「記録的に暑い一日」「1年おきに園児が丈夫」「妻が乱暴」の3点でした。

2月15日（日）

スットコランドに梅が咲いた。

ここ数日の陽気でつぼみがいっせいに開花して、春が一歩近づいた。子どもの頃、私はどういうわけか春が大嫌いだったのだが、今は梅が咲いてうれしい。

同じマンションに住む男性がハウスメーカーの営業で、今度近所にオープンハウスができたので、冷やかしでいいから見に来てくれと言われ、見に行った。6000万もするそうだから冷やかすほかないが、最近の家は凄いことになっていてそれに驚いた。たとえば、トイレが体重や尿の糖度を測ってくれるのである。トイレに入った途端、便座のふたが自動であがるのはもう常識らしい。そんなところまで電気使ってもったいないと思うのは、私が貧乏性だからか。なかでも驚いたのは、インターホンで来客に応対する際、女性の声を男性の声にボイスチェンジしてくれる機能だ。そこまでやるか。それでもし宅配便だったら、おっさんの面を被って出ていくのだろうか。面白いじゃないか。

2月16日（月）

いい天気である。

仕事場へ向かう途中、どこかに梅を見に行きたい、やっぱり桜より梅だよなあ、などと考え、危うく道をそれて駅に向かいそうになったが、そうこうしているうちに、ドシャドシャくしゃみが出始め、そうだった、今は花粉が充満しているんだったと思い直し、おとなしく仕事場へ向かった。

今日は青色申告の申告書にとりかかる。1年分の領収書をひっくり返し、チマチマ入力していった。このチマチマが結構好きなのだ。

2月17日（火）

V社より新連載の話があり、打ち合わせに行く。

やはり旅まわりのネタを期待されているようだった。

大変ありがたい話ではあるが、すでに今年は四国遍路と、すでに原稿を書き始めているJ社の日本紀行と、ふたつの旅連載がスタートしたところで、さらなる旅連載をやる時間的余裕があるかどうか。取材費もあまり出ないようだし、近場で東京紀行みたいなものをやるかという話もちらっと出たが、東京にまるで興味がない。

いくつか今自分が興味のあるテーマを話したところ、そのひとつがなかなかいいのでは、ということになり検討することになった。ただ、取材費をかけずにどうやるか。また、そのテーマというのが船に乗りたいということなんだけれども、船に乗るばかりでは話が単調にならないかというのが、気になるところである。だからといって、船に関してマニアックな知識を仕入れて、船旅入門みたいなものを書きたいとは思わない。ただなんとなく、ぼーっと船に乗っていたいだけなので、そこを無理して関係者に取材みたいな仕事っぽいことをすると、自分自身が興をそがれ、できあがる本も旅の感じが薄まるように思われる。

なんかもう、ぼーっとした本が書きたい。ぼーっとしたい人が、ぼーっと読んで、ますますぼーっとできるような本が。最近は、なかなかそういう紀行本に出会わなくなった。読めば知識が増進するような無駄のない本ばかりで、楽しくない。

夜、珍しく、飲み会。最近は、夜中にどこかの店に入るというだけで気疲れするが、この日も集合前からぐったり疲れていた。あまりに疲れていたので、先にハンバーガー食って勢いをつけたぐらいだ。ただ今夜の飲み会は、話が盛り上がり、ニンニクとか食ってるうちにだんだん回復した。

就職氷河期に社会人になった世代（当人はロスジェネ世代と呼んでいた）のライターがいて、私のようなバブル世代の人は、のん気でうらやましいと言っていた。たしかに、私もまったくのん気な日記（これ）書いてるよな、と自分でよく思う。就職活動のときは、自分の5年後、10年後までのライフプランを描いていたというので、こっちはそんなことちっともしなかったと思った。気がつけば会社に紛れ込んでおり、営業が嫌だとか贅沢を言っていたのである。巷では、われわれバブル世代は、使えない人材が多いと揶揄《やゆ》されているそうだが、まったくそんな感じがする。自分の内側から〝使えない感じ〟が、泉のごとく湧き出るようだ。

2月18日（水）

青色申告がなかなか終わらない。おかげでちっとも原稿にかかれない。

ここ数日早起きするようになってから、非常に疲れている。朝8時に家を出て、仕事場に向かい、午前中は快調に仕事しているのだが、昼食後いったん仮眠をとっての午後の部は、夕方5時ぐらいに体がどっと疲れて動けなくなってしまう。立ち仕事ではないのだから、目の疲れや肩が凝るならわかるが、全身疲労困憊《こんぱい》なのである。

外を歩いていたりするとてきめんで、昨日も、飲み会キャンセルして帰ろうかと思ったほどだった。擬音でいうところの、ヘトヘトとかクタクタというレベルではない。ヘトヘトのト、クタクタのタあたりには、まだ活力の残滓《ざんし》がこびりついている感じがあるが、そういう体力すら残っておらず、敢えて擬音にするなら、スヘスへとでも呼ぶべきか。萎んだ風船になったような感触だ。

これまでにも持久力がなくなったり、食が細くなったり、と少しずつ寄る年波を実感しつつあったが、今度はそういう下り坂のイメージとは違い、まるで滝のような衰弱ぶりである。

2月19日（木）

相変わらず、体調スヘスへ。朝っぱらから疲れている。

こういうときはたんぱく質だと思い、スーパーで大豆を買って仕事場でポリポリ食べようと思ったら、口に入れると炒《い》ってない豆だった。おお、よく見ずに買ってしまったぞ。このように判断レベルも低下している。

一日じゅうぐったりで、仕事にならず。夜、打ち合わせが入っていたが、電話してキャンセルさせてもらう。

2月20日（金）

朝からダウン。夕方に新宿のジュンク堂でトークショーがあるので、大事をとってそれまで家で休む。なるべくギリギリに家を出、直前に滋養強壮ドリングを飲んで臨んだ。高野秀行さん、内澤旬子さんと旅の話。イスタンブールで豪華客船が燃えていたことなどをしゃべる。3人いると、トークショーも楽だ。

その後ニック・ステファノスさんも交えて、文芸部の会合。もともと酒は飲まないが、ますます夜の飲み会に対応できない肉体になってきている。

2月21日（土）

午前中は、ほぼ自宅で休養。午後から子どもを遊ばせにスットコ川公園へ行く。

帰宅後、ふらふらの頭で、岡谷公二『南の精神誌』（新潮社）を読む。岡谷公二は、私にとって中野美代子に匹敵する書き手のひとり。どの本もハズレがなく、面白い。

2月22日（日）

体力も回復してきたので、家族を連れて立川の昭和記念公園まで遠出。
公園内にところどころ梅が咲いていたが、満開とまではいかず。

2月23日（月）

サラリーマン時代の同僚から飲み会に誘われ、六本木まで出かける。

六本木など当時から滅多に来なかったが、今の生活になってからはますます縁遠い場所になった。六本木ヒルズに一度か二度来た記憶があるが、夢か空想だった気もする。私の中ではそのぐらい薄く、ちっとも魅力を感じない世界だ。まあ、六本木に限らず、たいていの盛り場には疲れしか感じない私である。

6人集まって、主に思い出話をしていた。みな血色がいいのに驚いた。いつの間にか本格的なジョガーになっている同僚（女）もいて、100キロマラソンなどの大会に出まくっているという。それ楽しいのか、と言いそうになったが、それだけ長ければかえって面白そうな気もし、自分も走りたいような気がしてきた。でも、こないだ2キロで高山病になったとか、そんな時間がとれないとか、忙しいとか、締め切りがとかいろいろ言っていると、「宮田さん、そんなのは全部言い訳」と鋭くツッコまれ、「そうなのだ。そんなのは全部言い訳なのだ。そして、その言い訳こそが私なのだ」とあらためて自己理解を深め、己のアイデンティティを一層強固なものにした。

とはいえ、このところ体調がよくないこともあり、そろそろ生きるために運動を日課にする必要が出てきた気がしている。

タイモン・スクリーチ『江戸の大普請』（講談社）を帰りの電車で読む。江戸なんて大嫌いだが、タイモン・スクリーチによる江戸の分析は、なかなか興味深い。とりわけ「吉原通いの図像学」と題された章は、魅力的だった。吉原へ向かう男たちが、途中どういう風景を見、そこで何を考えたかを道順に沿って検証する。そこにはまるで異世界ファンタジーに入り込んでいくような世界が展開するのだ。

2月24日（火）

青色申告。

今年は、還付金の額がなかなか多くてうれしいが、うっかり使ってしまうと、あとで住民税でがっぽり取られて泣くことになるから、手をつけないよう注意しなければいけない。

夕方、朝日新聞の挿翅虎さんが、はるばる関西から私の仕事場を見にやってきた。そして本棚を見て、いいなあ、いいなあ、なんて言いながら写真を撮り、またはるばる関西へと帰っていった。

2月25日（水）

朝から雨。雨の日が続く。

花粉症の身には助かるけれども、やはり気持ちはパッとしない。

関西大学から講義の打診。「東アジアの思想と宗教」というテーマで何か話せとのこと。そのテーマでなぜ私か。わけがわからん。高尚すぎるぞ。「東アジアのアホアホ・スポット巡り」とか、そんなテーマにしてほしい。ま、どっちにしても話す内容は同じだが。

午後には雨があがったので、突如、私は走ることにした。

スットコ川公園から川沿いにランニングコースがあるので、そこを走る。いきなりハードな距離では挫折するに決まっているので、初日の今日は2・5キロ。かつての同僚で女100キロジョガーの〝みなぢ〟によれば、続かないのは、速く走りすぎているからで、1キロ6分でゆっくり走ればいいとのこと。

私はこれまでにも何度かこのコースをジョギングしたけれど、最長で20回程度しか続いたことがない。そのときは陸上部時代の癖というべきか、前日の記録を塗り替えようと、毎回必死でラストスパートしていた。あれがいけなかったのだ。あれで疲れてしまったのだ。これからは楽しく走ろう。

というわけで、走り出したところ、1キロ6分はさすがに楽だ。と思っていたのは最初のうちだけで、みるみるうちにペースが落ち、後半はそのペースも保てなくなって、やっぱり最後はスパートだったのである。同じじゃないか。

2月26日（木）

どんよりとした空。このところ、こんな天気ばっかりで、気が滅入る。

それでも仕事を午後3時に終わらせ、また走りに行った。2日目というのは大事である。ここで走らないと、そのままずっと走らないのは目に見えている。

ジャージに着替え、ジョギングシューズで家を出ると、もうそれだけで何かがみなぎり、全身が健康になった気がした。形は大切だ。心地よい疲労に、もう、走り終わったような気さえした。しかも小雨が降って面倒くさそうだったので、ますます走り終えたのだという充実感でいっぱいになった。濡れているのは、これは雨じゃない。汗だ。

スットコ川のランニングコースへ行ってみると、さすがにこの天気では、昨日はたくさんいたジョガーたちも、まったく来ておらず、こんな日に走るのは、よほどのモノ好きに思われた。私も満を持して帰ろうかと思ったが、そういうのは満を持してとは言わないんじゃないかという意見もあり、せっかくここまで来たんだし、走ることにする。

昨今の体調不良は、明らかに有酸素運動の欠如が原因であり、私の理論によれば、ずっと前から夜になると足が熱くなるのも、ここ数日体がスヘスヘになったのも、引っ越し先が決まらないのも、小説が捗らないのも、年初のおみくじが凶だったのも、すべては有酸素運動で解決できるはずである。ここで挫折するわけにはいかない。

昨日1キロ6分を遵守しようとして、しんどかったので、今日は時計など見ずに風景を楽しみながら走る。と思ったんだが、冬枯れのスットコ川は昨日にも増して寒々しく、午後3時過ぎなのに、もう日が暮れるかというような寂しさで、ますます意気消沈した。

それがどういうわけか走り終わってみれば、1キロ6分を大きく上回るハイペースだったのであって、みるみる自分が力をつけてきているのを実感した。まだ2日目だけど。

そうして帰宅した後、満を持して熱い風呂に入り、満を持して子どもと遊び、さらに満を持してさっさと寝たのだった。いつになく快調だったのである（仕事以外）。

2月27日（金）

雪混じりの雨。天気予報によれば、今日の最高気温は4度とか言っている。ツンドラみたいな毎日だ。どうせなら雪でも積もってくれたほうがハッピーな気分になれるのに、仕事場の窓から見える畑の土は、ソホーズみたいに黒々と沈んで、まったく白くなる気配もない。

ここのところ、仕事の合間をぬって、V社新連載の企画を練っているが、なかなかいいアイデアが浮かばない。遊覧船の旅という企画を思いついてはみたのだけれど、各地の遊覧船の歴史や、船の形式を調べて、遊覧船読本みたいなものを書くのは私の本分ではないし、遊覧船はどれも似たような感じで、書き分けにくい。どれも似たようなものだからこそ、かえって書けるしょぼい紀行文があるのではないかと期待しているのだが、こうすればいいという方法がちっとも見えてこない。一度遊覧船を捨てて考え直してみるか。

2月28日（土）

引き続きどんよりとした日和。

またしても息子がサッカー大会に出て、応援に行く。おかげでジョギングできなかったと残念に思っていると、チームメイトのお父さんが、自宅から会場まで20キロ近い距離を走ってきた。おお、ここにもジョガーがいたか。聞けば、年は私とまったく同じで、再来週フルマラソンの大会に出るのだという。みんなどうしてそんなに走るのか。何がそんなに楽しいのか、理解に苦しむ。

そして、走ろうと思えばどんな状況でも走れるのであって、息子の応援があるから走れないと当然のごとく判断した私は、いかに本気出してないかもわかった。早くも私にジョガーは無理という気配が濃厚になってきた気がする。

一応参考までに、そのお父さんに、毎日何キロぐらい走っているのか、どのぐらいのペースで走っているのか、などとリサーチしたものの、自分から聞いておきながら、ほとんどうわの空であった。

2009年3月

3月1日（日）

W社のデヴィッド・イネスさんが浅草に家を建てたので、見せてもらいに行った。超有名な建築家に設計を依頼したのだそうで、建築雑誌なんかにも載るようだ。さすがに場所が場所だけに広い土地を手に入れるのは難しく、立地面積は狭いのであるが、中に入ると工夫満載で見ごたえがあった。中央に螺旋《らせん》階段があって、それにそって吹き抜けが走り、天窓から1階のキッチンにまで光が射し込んでくる。何よりうらやましいのは、1階からてっぺんまで壁一面を埋め尽くすように設置された本棚で、膨大な量の本が収納できつつ、同時にインテリアにもなっている。こんな本棚が私も欲しい。

しかし、見ていて気になるのは、その本棚のてっぺんまで、どうやって本を取りに行くのかという点である。螺旋階段からアクセスできる場所は限られており、梯子《はしご》も架かっていない。と思っていると、デヴィッド・イネスさんは、本棚そのものをよじ登って、蜘蛛のように宙を移動していた。素敵だ。

私も、いつになるのかさっぱり見当がつかないけれど、自分好みの家を建ててみたい。何度も書いているように、建てたいのは迷路のような家である。そこには数々の仕掛けがあり、本棚をずらすと裏に隠し部屋があるなんていうのも憧れだが、吹き抜けの高い位置に部屋があり、あの部屋にはどうやって行くのか、訪問者のみなさんで推理してみてください、みたいな謎かけのある家が希望だ。

「さて、これからわが家を案内しますが、途中で気分の悪くなられた方は遠慮なくおっしゃってください。脱出ルートをお教えします」

「何、トイレに行きたい？　行けるものならいつでもどうぞ」

「ああ、だめだめ、その扉に触ってはいけません。どうしても触りたいなら、自己責任でお願いします」

「すみませんね、何のお構いもできずに。お帰りは、そのレバーを引いてください。ああ、他の人は危ないから離れて！　そこ、危ない！　離れて！　さあ、どうぞそのレバーを。何か言っておきたいことがあるなら今のうちに。何？　いえいえ、その円の中に立っていれば大丈夫ですから。ただし、決してはみ出ないように気をつけてください。ではごきげんよう、さようなら」

3月2日（月）

晴れた。

それだけでうれしいぐらいに、このところ天気がぐずついていた。本物のスコットランドも、結構曇りがちだと聞くから、その意味ではスットコランドの、スットコぶりがますます上がったとも言えるが、そんなことより、晴れたほうがよい。晴れると花粉が飛ぶが、それでもやっぱり晴れたほうがいいのである。

あまりに久々の快晴だったので、思わず午前中は仕事を休んで、スットコ川公園へ走りに行った。川沿いの、もうだいぶ前に開いた梅の蕾《つぼみ》も、このところのぶり返す寒さで、やっぱり咲くのやめようかな、みたいな消極的な彩りで、いまだ地味なままだった。春は来ているようで、まだ来ていない。

走り出すと、向かい風が強く、さっそく嫌になった。

午後から病院へ行って、このところガクンと落ちた体調の謎を探った。が、特に異状は発見できず。つまるところ、やっぱり、そうじゃないかとは思っていたが、結局、寄る年波ということなのであった。今回はそれがちょっと大波だったわけだ。

私はもう厄年は過ぎているけれども、おそらく厄年というのは、みな一様に何歳というものではなく、この大波に襲われた年がその人の臨床学的厄年なのであって、そういう意味で今年が私の厄年なのにちがいない。ついに私も真のおっさんと化すのだと思うとやりきれない気分だが、それとは別に、昔から私は、本来、小説やエッセイなどは老人が書くものと思っている節があって、なぜかといえば、老人が書いたもののほうが面白いからで、自分が着実にその方向に向かっているのは、悪いことばかりではないという気もする。

だから、今まで私がちっともいいものを書いていないのは、老人じゃなかったからだ。ということに、私の脳内ではなっている。

3月3日（火）

また曇天に逆戻り。

仕事場から帰宅すると、どういうわけか近所の幼稚園児がわが家に集結しており、私を見るなり、「プリキュアに変身してぇ！」と集まってきた。だが悪いけど今日は、プリキュアに変身する気力がなかった。以前公園で変身してみせたときは、全身に力みなぎり何も怖いものはなかったのだが、今ではプリキュアも、だいぶ疲労がたまってしまった。プリキュアの正体がこんなおっさんだと知ったら、全国の子どもたちもがっかりだろう。

このまま家にいると各方面からパンチされたりキックされたりするので、避難ついでに散髪に行くことにした。思い切って刈り上げてもらったところ、プリキュアは、ヒトラーみたいな頭になった。

茂在寅男『古代日本の航海術』（小学館ライブラリー）を読む。日本語の起源について、さまざまに大胆な仮説を立てて読ませる。仮説は仮説として、断定してしまわない無欲な態度が心地よい。

さらに、矢野隆『蛇衆』（集英社）も一気に読む。大変面白いと評判のようだが、改行ばかりのたたみかける文体に、ついていけなかった。改行が多いと、どうしてもページ稼ぎの匂いがしてしまう点はさておくとしても、私はどうも、男くさい〝たたみかけ文体〟が好きではないらしい。これはそうではなかったけれど、男を〝漢〟と書かれたりすると、もうだめである。そこには加齢臭が漂う気がしてしまう。時代小説は、できれば枯れ枝に射す日の光のように書いてほしい。もしくは、透明な水がコポコポと湧く川の源流のように書いてほしい。それもできないのなら、せめて仮面の忍者赤影のように書いてほしい。

3月4日（水）

昨夜、雪が降り、どうせなら積もれば面白いと思ったが、ちっとも積もらなかった。このところ寒さが戻って、春が待ち遠しい。

明日から四国遍路に行くので、午後は主に荷造り。なんとか全体で9キロに抑えたい。

インターネットによると、今回歩く高知県は、これから花粉非常に多し、とのことで、海沿いだからスットコランドよりはましだろうと期待していた私は、がっかりである。普通に考えて、海風が吹けば花粉は山奥へ行ってしまうと思うのだが、花粉情報を見ると、関東地方でも伊豆半島だけ真っ赤だったりすることがあるから、海なんか気休めにもならないようだ。そんなことなら、3月は、北海道か沖縄の取材を入れればよかった。

3月5日(木)

四国遍路第3弾。

今日は高知へ移動するだけで一日使った。ここ数日来、体力が落ちているので、不安もあるが、歩き出せばなんとかなるだろう。新幹線で、宮本常一『忘れられた日本人』(岩波文庫)を途中まで読む。

3月6日(金)

朝、小雨降るなか、高知市内のビジネスホテルを出て、電車で土佐一宮《いっく》駅まで行き、そこから歩き始める。前回は、この駅まで歩いたのだ。

今回の目標は、ゆっくり行くことである。一日何キロという数字に操られて、ついドカドカ歩いてしまう歩き遍路の悪い癖をあらためるため、のんびりした旅を実現するのだ。なので、今日は桂浜でゴールにするつもりだったのだが、やっぱりもう少し先の雪蹊寺まで歩いてしまった。だめだ、がんばりすぎている。

否。これをがんばりすぎと考えること自体が、誤りであり、甘えなのだ。私は決断できなかった、そのために惰性で歩いてしまったと反省すべし。

3月7日（土）

今日も、気がつけば30キロもスタスタ歩いていた。ちっともわかっちゃいない。自分の決断力のなさに呆れるばかりだ。

ところで今回の目的には、ゆっくり行くということの他にもうひとつ、マメに勝つ、というのがある。可能な限りマメを作らないこと。そのために、靴の中敷きを固いものに換えてきたし、マメの兆候を感じたら、即座にその場で潰して水を抜くという処置を施しながら歩いている。すると、早くもその成果が現れ、これまでのように歩き出したその日からマメができるということはなくなり、2日目の今日も小さいものができたものの、すぐに潰して、たいした痛みに発展しなかった。その点では、私は進歩している。

あとは、心を鬼にしてぶらぶらしたい。

3月8日（日）

横浪半島の深く入り込んだ内湾を、巡航船が運航しているというので、それに乗ろうと思ったら、日曜は運休と言われ、ならばいい機会だと今日はほぼ歩かないことにして、海辺で石を拾った。

宿で関西人のおじさんに会い、息子さんの話をしてくれたのだが、この息子が大学を休学して1年間アジアを放浪し、その後サラリーマンなんかやっとれんと言い出して、今は広告会社に勤めながら写真家になるために勉強中。現在31歳で、結婚したらやりたいことができんようになると独身のままだというので、まったく他人事とは思えなかった。「育て方まちごうた」とおじさんが嘆くので、「そんなことはありません」と思わず反論。

「そやかて、写真家なんて食えんやろ。ほしたらいつまでも所帯持たれへんわな」「何をおっしゃいます。これからは、サラリーマンだって、食えませんよ」「まあ、たしかにそやな」

3月9日（月）

午後から雨。

東京でもここ四国でも、このところちっとも晴れないが、冬から春にかけての天候は、昔からそういうものだっただろうか。去年を思い出そうとしても、まるで思い出せない。2月から3月にかけてというのは、一年でもとりわけどんな感じだったか思い出せない季節だ。しかし考えてみると、今時点でたとえば夏の感じを思い出そうと思っても、それすら難しいのであって、何月が思い出せないというより、そもそも天気や気候というもの自体、そのときその場のそれがすべてであるのらしくて、他の季節は映像だけしか浮かんでこない。音や匂いや肌触りとなると、まったく思い浮かべることあたわず。いったい夏の暑さとはどんな感じだったろう。

逆にいえば、だからこそ季節は常に新しいのかもしれない。

土佐久礼《とさくれ》まで歩いて民宿に泊まる。

3月10日（火）

昨夜の民宿は、サービスは悪いのに、他より1000円も高かった。宿泊客のひとりは、宿賃を2回払わされそうになったと憤っていた。

腹立たしいが、まあ、たまにはこういう宿もある。

今日はようやく晴れた。晴れと雨では全然気分が違って、峠越えも楽しい。

窪川という町があり、近くに四万十川が流れていた。四国というと、私がまず思い浮かべるのが四万十川であり、これは是非見に行かねばと思って、ちょっと寄り道して川べりで休憩した。水は青々と淀《よど》んで、川ごと絞れば手にじゅわっと青がつきそうなほどだ。このあたりは中流域に当たると思うが、すでに川幅も広く、穏やかな風景に心洗われるようだった。

3月11日（水）

三十七番札所の岩本寺の宿坊に泊まると、年配のオランダ人女性が、はるばる歩き遍路に来ていた。スペインに、サンチャゴ・デ・コンポステラに到る長い巡礼の道があるが、かつてそこを歩いたときに、日本人から四国の話を聞き、是非来てみたくなったのだという。67歳のばあさんなのに、たったひとりで10キロ余りのザックを背負い、2ヶ月かけて回るつもりだそうだ。

それはそれは勇敢というか、素敵なばあさんだが、日本語は、ありがとう、しか話せないのらしく、民宿の看板が出ていても、読めないから通り過ぎてしまうと言うのだった。それでなんとなく放っておけない気がして、一緒に歩くことに決め、今日一日で20キロ進んだ。彼女が一日20キロぐらいが限界だと言うから、その辺の宿を取ったのだったが、歩き出すとこのばあさんがスタスタスタスタ滅法速く、昼過ぎには宿に着いてしまった。おそるべし67歳。宿にあがるなり曰く、

「なぜ日本の民宿にはインターネットがないの？　ネパールだってどこにでもあったのに」

ネパールでもトレッキングしたらしい。

3月12日（木）

心浮き立つような快晴。

ずっと太平洋を眺めながら歩く楽しい道で、四国に来て初めて、長い長い白砂のビーチを見た。

今日もオランダ人ばあさんのヘレナと、25キロ歩く。それでもばあさん、ちっともヘタレなかった。たまには西洋料理も食いたかろうと、洋食が食べられるレストランで昼飯にすると、ナイフとフォークで食べられるなんて素敵、と喜んでいた。いつも道に迷って、何度も戻ったりしてたから、あなたがいて助かるわ、とばあさん。このままずっと一緒に

歩くのも面白そうだと思ったが、残念ながら、私はもうすぐ帰らなければならないのだった。

3月13日（金）

天気は崩れて春の嵐。

私は、四万十川の河口にかかる大橋までばあさんと歩き、そこで彼女を見送った。

ひとりになると寂しいわ、とばあさんは言い、おそらくそれは真実だろうと思われた。言葉もわからないのだから、心細いはずである。昨日も、お遍路中、全然西洋人に会わない、と嘆いていた。

それでもその年でザック担いでやってくるところが凄い。

私はしばらく、ばあさんが歩いていくのを見送ったが、そのうちふり返ったときにちゃんと見ていてやろうと思ったのに、一度もふり返らずに行ってしまった。がんばれよ、ばあさん。

四国遍路第3弾は、とりあえずここまで。本当はもっともっと一度に歩きたいけれども、その間に仕事がどんどん溜まってしまうから、そうもできない。出発前は、体力の低下に不安があったものの、歩いているほうが疲れないものだ。60過ぎの人たちが、いっぱい歩いているので、みんなたいしたもんだと思っていたが、ひょっとするとみな歩いているほうが楽なのではないか、という気がした。

3月14日（土）

一日かけて自宅に帰る。

帰ってみると、机の上に、ゲラのファックスやら、手紙やら何やら、いっぱい溜まっていた。

「本の雑誌」4月号が届いており、雑誌人生すごろくというページを読むと、雑誌人生の終わりは「歴史読本」になっていて、「この年になると歴史と自分の健康にしか興味が持てない」と書いてあり、うろたえる。最近の自分は「歴史読本」を見つくろって買う傾向があり、同時に自分の健康にばかり気がいっている。四国遍路なども結構年配者が多かったりするし、予想外の速さで自分は老人化しているのではあるまいか。もちろん歴史と自分の健康以外にも興味のある分野はあるけれども、では何に興味があるかというと、しょぼい観光地とか、遊覧船とか言い始めてたりして、おおむね老人ぽい。いかんいかん。ジェットコースターを乗り回していたはずのかつての私はどこへ行ったか。

3月15日（日）

息子が朝から高熱。休日も診療している小児科へ連れて行くと、インフルエンザであった。それで、副作用が問題になっているタミフルでなく、リレンザという吸入式の薬をもらった。リボルバーみたいな回転式の器具を口にくわえて、薬を吸い込むのである。こんな形の薬があることに、私は妙に感心した。面白そうなので、自分もやってみたく思っていると、薬剤師に突然「お父さん、これくわえたらお子さんのインフルエンザうつりますから、気をつけてください」と指摘され、驚く。なぜわかったのだろう。顔に書いてあったのか。

3月16日（月）

ニック・ステファノスさんが来て、書評用の本を渡す。

その際ニックさんに、この日記を単行本にする際、帯の文言は「何もかも三日坊主」がいいのではないかと言われる。何を言うか。ふざけてはいけない。私のどこが三日坊主というのであろうか。

たしかに水泳は三日坊主だった。だが、あれはやはり金がかかるから、しょうがなかったのである。さすがに貧乏だから、プールに通うのは無理があった。でもジョギングは金がかからないから、続くはずだ。すでに四国遍路前に3回走っており、今後もまだまだ走るんじゃないかと予測されている。予測とか言ってないで、さっそく今日走ったらどうかという意見もあろうが、今日はお遍路の後遺症とかいろいろあるから、ちょっと無理。

さらにそのニックさんが、WEB日誌に自分は昔大変モテたと書いていて、面白くない。私は昔からちっともモテなかったのである。自分では若い頃、このオレがモテないはずはないとなぜか確信していて、絶対あの子は自分に惚れているはずだと思った相手にアタックしてふられ、なんのなんの、こないだは不覚をとったが、次は大丈夫と思ったらまたしてもふられ、今度は少し慎重になって、あの子はまずオレを気に入っているにちがいないと思ったその子にもふられ、最後はあんまり自信ないけど、ひょっとしたらいけるんじゃないかと思った相手にもまたまたふられて、青春の冒頭から4連敗し、おおいに凹んだのである。そしてようやく気づいたのだ。女の子がこっちをチラチラ見るのは、あれは撒き餌《まえ》だったのだと。

私はすっかりのぼせて舞い上がってしまい、世界中の女がオレを見ていると思って自惚《うぬぼ》れていた。

そうして己の非力を悟った私は、撒き餌に動じない強い心をつくるため、すぐさま提婆達多《だいばだった》のもとへ弟子入りし、仏の修行に励んだのだった。

3月17日（火）

J社マドンナさんと新宿で打ち合わせ。

なんでもマドンナさんは、子どもの頃から重度の花粉症で、「くしゃみや鼻水などかわいいほうです。私は咳が続いて熱まで出てました。それに満腹中枢がやられて、いくら食べても空腹なんです。おかげで毎年春になると太ってました」と言っていた。花粉症は太るのらしい。そのわりには、マドンナさんは、春なのにちっとも太っていない。

帰りの電車で、私は座って椎名誠『砲艦銀鼠号』（集英社）を読んでいた。あるとき、何の気なしに隣を見ると、若いサラリーマンが手帳を開いて何か書いている。その手帳に手書きの栞《しおり》がはさまっていて、そこに書かれていた文章を、読むでもなく読んだ私は、いきなり目が離せなくなった。栞にはこうあった。

「お前は百億創り出す男だ。何事にも決して逃げ出すな」

おお、なんというガッツあふれる栞であろうか。

私は、若いサラリーマンの筆先を目で追った。申し訳ないと思いつつも、つい盗み見したくなってしまったのである。するとそこには、具体的な行動計画がいくつも書き連ねてあった。業務上の目標や、「3月末までに英会話を始める」などといった文言が、10近くも並んでいただろうか。そしてそのなかに次の一文を発見した私は、いよいよ声をあげそうになった。

「30歳までに1億円の資産をつくる」

んんん。凄い！

凄くて、まぶしい。そして、なんか恥ずかしい。

なぜ恥ずかしいかというと、昔の自分を思い出したからだ。私もかつては、そうやって人生の目標をノートに書いたりしていた。20代の男子というのは、たいていそんなことをどこかに書きつけるものなのである。そして私の観測では、そうやって書いてる奴ほど、たいした人物にならないのだった。んんん、恥ずかしい。

ちなみに、当時の私の行動計画は、1億の資産ではなく、30歳までに会社辞める、だった。

いつも前向きに後ろ向きだった私である。

ところで、彼の行動計画のひとつが、どうも腑に落ちなかった。盗み見しておいて口出しするわけにもいくまいから、ぐっとこらえたのだが、その一文とはこうである。

「3月末までに花粉症を治す」

無理だろ、それ。

帰宅後、3キロ走る。

3月18日（水）

息子のスットコ幼稚園卒園式。インフルエンザはなんとか治って無事卒園。

今週になってようやく晴れの日が続くようになり、これはつまり春が来たのだった。卒園式から戻って、午後からまたジョギングしようと思っていたのだが、気がつくと昼間っから自宅の和室でぐっすり寝ていた。

春眠暁を覚えず。ジョギングも覚えず。

3月19日（木）

読売新聞から依頼された書評原稿を書く。ここで私の薦めた5冊の本が、丸の内の丸善で並べて売られると聞き、思わず全部自分の本を薦めたくなったが、良識ある読書人としてそこは我慢し、他人の本をお薦めする。

テーマは、〝味わい深い旅の本〟にした。味わい深い旅の本といって、私がまず思い浮かべるのは、幸田文の『崩れ』であり、内田百閒の『第一阿房列車』であり、つげ義春の『貧困旅行記』であり、ジェローム の『ボートの三人男』であり、チャペックの『イギリスだより』だったりするわけだけれども、とにかく読んでしみじみと味わいがある大人の紀行文を紹介したつもりである。スタインベックの『チャーリーとの旅』もいいな。大竹伸朗『カスバの男』もいい。金子光晴『どくろ杯』とか。開高健『夏の闇』は紀行文じゃないかな。とにかく何度でも読み返せるような、味のある旅の本が好きだ。

そういえば、春になって早明浦ダムはどうしているだろうか、と調べてみれば、なんと貯水率100％。春には渇水になるのかと思っていた。残念、と言っちゃ悪いが、グラフ的見ごたえがなかった。

3月20日（金）

8年前に海で死んだ友人のお彼岸に、栃木まで出かけていく。

彼女のことを思い出すと、今でも頭が混乱する。海が大好きだった彼女は、深く潜りすぎて、帰ってこられなかった。

思えばその事故以来、私を含め、海仲間たちは、徐々に海から遠ざかっていった気がする。単純に事故のせいだけとは言えないが、海へ行くと、あのときの光景をつい思い出してしまうのである。バカみたいに青い空だった。

しかし、少しずつその傷も癒えてきた。これからは、もう少し海に行こうじゃないか、そんな空気が、今日会った仲間の間に広がっていた。

もう誰も亡くなったりしませんように。

3月21日（土）

妻多忙により、娘の幼稚園のクラスのお別れ会に付き添う。

すると、これが滅法恥ずかしかったのである。

参加者は、みな母親ばかりで、幼稚園の先生も女だから、大人の男は私だけ。子どもとともに、ジャンケンゲームとか玉運びゲームに興じるバフバフ女たちに混じって、我ひとりおっさん。ほとんど誰も話しかけてこないし、いやあ、お父さんひとりだけですねえアハハハ、というような心和む会話もなく、どうやら私はその場にいないものとみなされているようであった。春だというのに、ツンドラのように寒かった。私は部屋の片隅で、壁に向かって般若心経でも唱えていようかと思ったのであるが、提婆達多の教えを思い出し、心静かに娘を見守り続けたのであった。

3月22日（日）

もうすぐ取材旅行で伊豆に行くので、今のうちに連載他の仕事をこなしておきたい。日曜だったが、仕事場へ。

途中、いつしかうどん屋が潰れて更地になっていた土地に、コンビニができている。スットコ通りには一気にコンビニが4軒も並ぶことになった。そんなに密集して、何をたくらんでいるのか。そのうち2軒は同じ系列で、しかもその距離約200メートル、おまけにもう

2軒も同じ系列なのである。2軒出店するのは、他系列のコンビニを間に挟んで裏返そうという魂胆か。

藤田洋三『鏝絵《こてえ》放浪記』(石風社)を読む。

3月23日(月)

自宅から仕事場へ向かうのと反対方向のスットコ通りに桜の並木がある。仕事場へ向かいがてら、その方向を眺めやると、いまだ桜は咲いていないようすだったが、どことなく木々のあたりが薄ぼんやりとピンクがかっているようにも見えた。あるいは近寄ってみれば少しは咲いているのかもしれない。

仕事を午後3時で切り上げ、家族総出でスットコ川公園へ出かけ、ジョギング。今日も3キロ走って、おおいに意気があがった、じゃなくて、息があがった。だんだん走り慣れて楽しくなってきたかというと、そんなことはもちろんない。苦痛だ。

3月24日(火)

先日エンタメ・ノンフ文芸部で書いた短編小説を、Z社のモーリスさんに送って読んでもらっていたのだが、今日モーリスさんが近所までやってきて、大変面白かったのでもっと書け、と言われる。そう言われるとうれしいので、もっともっと書きまくりたいのであるが、さしあたり目先の連載や、頼まれた文庫解説に決着をつけねばと、まずはそっちを黙々とやる。

今日も午後3時に仕事を切り上げ、ジョギング。

この頃、せっかく暖かくなったと思っていたら、またも冬の寒さが戻ってきて、それが長引いている。寒いと思っていっぱい着て走ったら、服が重くて難儀だった。

3月25日（水）

J社連載のための伊豆取材。新幹線内で編集のマドンナさんと、写真家の木寺紀雄さんと合流する。木寺さんとは初対面だった。繊細な写真を撮る人なので、見た目も細くて繊細な感じなのかと勝手に想像していたら、全然違って、スポーツマンのような逞《たくま》しい人だった。

三島でレンタカーを借りて、伊豆半島の西海岸を南下する。

私は以前から、西伊豆に興味があり、一度じっくり旅行してみたかった。今回の企画は、まさに念願かなった形だ。欲をいえば、夏に来て、そこらじゅうの海を潜りながら旅行できればもっとよかった。

最初に訪れた戸田は深海魚で有名なところで、深海魚料理の看板などが多く出ていた。そのひとつで、タカアシガニを食べる。店の中にプールがあって、タカアシガニがうじゃうじゃおり、プールの縁に脚をかけて這い出ようとしていた。タカアシガニは巨大化すると体長4メートルにもなり、そのぐらいになると人間を襲って食べることもあるというから、食事に気をとられているすきに、いきなり足元にやってこないかハラハラした（ウソ）。

その後港で深海魚が水揚げされるところを見学する。深海魚は、目玉が飛び出し、口からは膨らんだ風船がはみ出して、ゆるキャラみたいになっていた。このままセサミストリートに出てきても、見劣りしないぐらいだ。

この戸田の幼稚園には、よくあるさくら組とかたんぽぽ組などではなく、タカアシガニ組、ヤドカリ組、ぼっち組なんてのがあると聞き、面白そうなので、幼稚園も見に行った。ぼっちというのも深海にいる魚である。またこの町では、タカアシガニの甲羅に顔を描いたものを魔除けとして飾る風習もあって、あちこちで甲羅の面を見る。つまるところ、とにかくもう、そこらじゅう深海魚の町なのだった。

一方で深海魚を快く思わない反対派も町にはいて、宿のオヤジは、夕暮れになると、スーパーカブに乗った半魚人が県道をブンブン走り回るので、うるさくてかなわん、と語っていた。「やつらは、そうやって人間を追い出して、この町を乗っ取るつもりなんだ」

しかし、そういうオヤジの襟元には、よく見えない位置にエラがあり、ときおりバッホバッホと上下動しているのを、私は最初に確認していた。町の複雑な政治事情を垣間見た思いがした。

3月26日（木）

深海魚博物館を見学。深海魚で町興ししようという狙いで造られた博物館だそうである。その名を聞いただけで、個人的にはおおいに心躍るが、われわれ以外に見学者はさっぱりいなかった。みんななぜ見に来ない。目黒の寄生虫博物館とか行ってる場合じゃないぞ。

戸田の後は、車でさらに南下。堂ヶ島の遊覧船に乗る予定だったのだが、今日の日本付近は西高東低の冬型の気圧配置により西風が強く、船どころか岸壁に立っているだけで体ごと宙にさらわれそうな面白さで、遊覧船は欠航になっていた。船の遊覧コースには、天窓のあるふしぎな洞窟があるというから、その写真を撮りたかったのに、面白い風も良し悪しである。

今夜の宿は、高級旅館。部屋に囲炉裏があったり、コタツがあったりする、粋な旅館だった。若い頃は、宿なんか寝るだけだからどうだっていいと思っていたが、最近はいい宿だとうれしい。こういう旅館はたいてい内部が迷路状になってたりするのも私好みで、いつか金持ちになったら、日本中の旅館を泊まり歩いて、日本迷宮旅館オブ・ザ・イヤーを選定してみたい。

3月27日（金）

西伊豆取材最終日。

遊覧船に再びトライしたかったけれども、今日も強風。

松崎の伊豆の長八美術館を見学。左官職人だった入江長八は、鏝絵の技術で一躍有名になった人物。その長八作の鏝絵がいくつか展示されていて、面白く見る。漆喰《しっくい》で半立体的に描く鏝絵に、私は前々から惹かれていた。絵が、漆喰によって出っ張ったり盛り上がったりした途端に、そこに何かの気配が立ち上がってくる気がするからだ。何の気配とはうまく言えないが、何かしら四次元的な異形感というか、妖怪的な味わいがせり出してくるのだ。この味わいこそ、深海魚とならんで、今回の旅で私が味わいたかったものである。

午後からは松崎の町を散策。

有名建築家が造ったへんてこな形の時計塔があって、案内してくれた地元ボランティアの人が、その時計塔に批判的であった。同じ建築家は、橋もかけていて、それらが町の雰囲気にちっとも合わないとのこと。まあ、エッフェル塔なんかも完成当時はパリ市民に大不評だったそうですから、これも100年たてば味が出るのかもしれませんがね、とかなんとか皮肉たっぷりに紹介してくれた。たしかにその橋はとても安っぽかった。まったく、建築家というのは、どうしてこうなってしまうのか。

さらに歩いて、鏝絵があるという旅館に見物にあがらせてもらうと、偶然そこはつげ義春のマンガ「長八の宿」で取り上げられた宿で、私の愛読書『貧困旅行記』にも出てくるお女将《おかみ》さんがいまだ現役でおられた。私は有名人に会っても別段うれしいと思わない性質だが、作品のモデルになった市井の人というのは、興味深い。作品の内側に入り込んだような気になるせいだろうか。作者に会うよりもずっと酩酊《めいてい》感がある。

「なに式っていうんですか、あれを読んだときは、先生もとうとう頭のほうにきちゃったか、なんて思って……」

「『ねじ式』でしょうか」

「そうそう。そしたらあるお客さんに、つげ先生の代表作ですよって教えられて、まあ、そうでしたかなんて言ってね」

その後、またしても海岸に出て、荒れる海の写真を撮って帰る。やはり西伊豆は、期待にたがわぬいい味があった。次は是非シュノーケリング三昧しに来たい。

帰宅すると、ロト6がまた1000円当たっていた。

そろそろ本番だ。

3月28日（土）

温暖化で今年は桜の開花が早まると天気予報で言っていたのは、どうやら当たらなかったらしい。スットコランドの桜は、まだまだぼんやりしている。

そのぼんやりした桜を見ながら、これから西伊豆取材の原稿を仕上げ、さらに書評原稿をUPし、四国遍路を書いたら、すばやく短編小説にとりかかって、またZ社モーリスさんに見てもらおう、と思った。

3月29日（日）

ニックさん、高野さん、両氏絶賛の三崎亜記『廃墟建築士』（集英社）をアマゾンで注文。

伊豆の原稿と、伊豆取材中のこの日記を書く。

最近、仕事の合間や寝る前に、音楽をよく聴いている。しかし、テレビで音楽番組を見るわけでもなく、そもそもテレビ自体さほど見ないので、新しい音楽がまったく入ってこない。聴くのは古い曲ばかりだ。古い曲を聴くと、それをよく聴いていた頃の情景が頭に浮かんで懐かしいだけでなく、そのときに感じていたさまざまな情感まで喚起されて、当時の世界の肌触りがじわじわと甦ってくることがあるけれど、たとえば今からでも同じように新しい曲が世界の情感とともに摺《す》り込まれることがあるのだろうか。もうおっさんだから、どんな曲もあっさりスルーしてしまい、なかなか脳に浸透しないいんじゃないか、とそんなことを考える。

ちなみに私の脳内に摺り込まれているもっとも新しい曲は、宇多田ヒカルの「Distance」だろうか。これを聴くと、海で死んだ友人のことを思い出す。彼女が死んだ後に、私はたまたまレバノンを旅行し、そのとき持っていったMDにこの曲が入っていた。

いや、もっと新しい曲がある。ザ・クランベリーズの「Dreams」を、映画「恋する惑星」（DVDで観た）の中で聴いて、初めて香港を旅したときの初々しい気持ちを思い出したのである。このDVDを観たのは、ほんの数年前だが、香港を初めて旅したのはもう20年以上前で、摺り込まれたのはその20年以上前の記憶だ。最近聴いた曲に、ずいぶん昔の情景が摺り込まれた珍しい例と言える。

ん、そういえばつい最近摺り込まれた曲があった。たしかあれは2年前だ。そうだ、すっかり忘れていた。それを聴くと、当時（といってもこの間だ）の息子のことが、そしてその息子をじっと見ていた世界の情感が思い浮かぶ。なあんだ、まだまだ摺り込み可能なんじゃないか。その曲とは、仮面ライダー電王のテーマ曲「クライマックス・ジャンプ」である。

♪いーじゃん！いーじゃん！スゲーじゃん?!♪

んんん、おっさんの脳に摺り込むには、ちょっと軽い気もする。

3月30日（月）

ここしばらく子どもと遊んでいなかったので、今日は仕事を休んで、近所のキャンプ場へオタマジャクシを捕りに行った。去年も行ったのだが、息子はそれを覚えていて、また行きたいとせがまれたのである。

オタマジャクシはどっさりいた。

網で掬《すく》うと、それこそうどんでも湯がいているときみたいに、ずっしり重たいほど捕れた。

悪いけど、こんなにいらんわ。息子はおおいに盛り上がって、捕れるだけ捕って帰るつもり

のようすだったが、そんなに持ち帰られてはたまらんので、息子の目を盗んで大半を逃がす。するとそれを見ていた娘が、

「おとうさん、オタマジャクシ逃げてるよ。ああ、逃げてる。ほら、あ、また、あ。おとうさん、大変。逃げてる逃げてる！」

「んん？　そうかな、逃げてるかなあ、そうかなあ」

キャンプ場の桜は、まだまだ二分咲き程度だったが、春の光が、森の木々の奥のほうにまで回っていた。


午後はスットコ川公園へ行って3キロ走る。

スットコ川公園は、川沿いの桜並木が美しいため、花見の時期は、近所の人が大勢大挙して押し寄せるのだが、今年はまだ満開にならない。

3月31日（火）

今日も走る。

少しずつ体が慣れてきた、と言いたいところだけれども、そんなことはちっともない。桜

もまだまだ。

だがまあ、そのうち体も慣れるだろう。桜ももうすぐ満開になるだろう。ついでにロト6も、もうすぐどーんと当たるんじゃないかと思うが、

「あなたは絶対宝くじに当たらない。そういう人だ」

となぜか妻は断言するのだった。

宝くじに当たらないなら、ちゃんと働かないとなあ。

3キロのタイムは昨日と変わらなかったが、ゴールして5分後と10分後に測っている脈拍数が突然がくんと減っていた。ほんのちょっとだけ、いい気分であった。

解説

椎名誠

残念ながらつい先ごろ休刊してしまったけれど蔵前仁一さんの「旅行人」の頃から宮田さんの書くものに注目していた。テーマからして一瞬気がゆるむような独特の反時代的な柔軟さを持っていて、それでも充分何かよくわからない気合い（ではなかったな、これは気配だ）がつたわってくる。とにかく緊迫感とかはったりといったものの片鱗《へんりん》もない柔らかなトーンに包まれている。だからいったい何が書いてあるのだろうと思いながら、ごくごくスムーズに書いてあるものの中に入り込んでいける。

「旅行人」という雑誌なので全体が旅にからまる話で統一されているのだが、宮田さんの書いているものだけがなんだか「ひょっこりひょうたん島」のように自由に勝手に波間にぷかぷか浮いている。あるいはそこらの草原に転がって頭の後ろに腕を組み空を眺めたときに、最初に目に入ったほんわりした大きな雲のかたまりのような。

このやわらかい筆致の中で語られる表現がまたきわめて特徴的で、なんというのだろうか、紋切り型の表現で申し訳ないが「宮田文体」とでもいうような、ほんわりやさしい、ちょっとだけ現実離れした、ちょっとだけ異次元に片足を突っ込んだような「ちょっとだけ文体」とでもいうようなとげのない個性に満ちている。雑誌の中の連載だからいつも短い分量で終わってしまう。時として、何が書いてあったんだろう、などと三十分後にはいくら思い出そうとしてもわからなかったりする。まあこれは八十五パーセントぐらいぼくの年齢によるボケが入っているのだろうが、宮田さんの文体そのものが自分の好きなように人の心に強引にねじ込まないようなやさしいこころねで書かれているからなんだろうとも思う。

本になったものでぼくが最初に読んだのは『ウはウミウシのウ』だった。その本で宮田さんは海がとても好きだがとりわけ好きなのはシュノーケリングで、しかも同じシュノーケリングでも鋭利なモリを構えて激しく潜っていって魚や貝などの獲物を誇らしげにとってくるというようなものではなく、ただもうクラゲのように海面に浮かびながらウミウシを探して感動しているというところもまさしく宮田さんであり、一冊の本になって初めて宮田語法というようなものがあるのに気が付いた。ちょっとこれは表現しづらいのだが、常套句《じょうとうく》をほんわりとどこかでねじ曲げ、まるで逆の表現にしてしまうような文章のめくらましのような、しかし決して強引ではない面白語法があるのを知った。それにしても大きな海の上で、どうやら一個体ずつ模様や姿の違うウミウシを見て感動している今どきの大人＝宮田珠己という存在はつくづく貴重である。

以来、この人の書く本を夜寝るときなどに毎日少しずつ読んでいってはやがて完読するという読み方になっていった。不眠症気味のぼくにとっては、夜寝る前に読む本の選択は非常に重要である。果てしない想像力をかりたてられるような激しいSFとか、次のページがどういう展開になっているかわからない翻訳ミステリーなどは危険物だ。その点、これは決して宮田さんを軽んじているわけではないと承知しておいてほしいのだが、その独特ののんびりほんわかした文章で語られる、やはりたいていのんびりほんわかしたテーマの本を読んでいれば安心である。ぼくも宮田さんのように小さいけれど思いがけないことに感動して徐々に睡眠方向に入っていけるからだ。

さて本書『スットコランド日記』だ。宮田さんの文章は、ぼくが初代編集長として創刊した「本の雑誌」にもその後ちょくちょく登場するようになり、その頃にはぼくは編集長の現役を退き一読者になっていたのだが、わが母なる雑誌にぼくがファンとして仰ぐこの作家が登場したことを驚くとともに喜んだのである。『スットコランド日記』はその「本の雑誌」

のwebで連載され最終的に単行本になった。もちろん連載時にも読んでいたのだが、さっきも書いたように宮田さんの文章はぼくの場合三十分経《た》つと何が書いてあったのか忘れてしまうので、こうして一冊にまとまって最初から読んでもすべて新鮮に読めるのだった。

日記というのは簡単なようでいてなかなか難しいジャンルである。まずこうした連載の公開日記というものは、自分でもいくつかの雑誌で同じように連載したことがあるのでよくわかるのだが、本当に実際に起きたこと、感じたことを書く。しかし雑誌に載せる日記であるから、青少年の頃にひそかに真剣に書いたような本当の心の奥のことなどは書けない。やはり常に読者を意識しつつ、でもどこかで読者の反応を期待しながら書いている。つまりは生活と思考の一般公開だ。そういう意味で、たとえば一昔前の放蕩《ほうとう》作家といわれるような内面ただならぬキャラクターの持ち主が書く日記などは読むほうもそれなりに緊張を強《し》いられたりしたものだ。しかし本書の日記は全編どこも緊張する表現など存在しない。むしろ当然のように心がゆるやかになる。

登場人物は、家族の妻とまだ幼い息子と娘が主役であり、あとはやはり不思議な語感で造形されている外国人名の出版社の担当編集者数名、そしてどこかのお店の店長だったり郵便屋さんだったりする、その人の職業がわかればそれでいいだけの人々。こういうとてもシンプルな登場人物によって構成される日記は、それ一冊で連続テレビドラマのような読む者の読書続行欲を喚起させる不思議な力を持っている。

多くの日記は基本的には自慢ばなしである。自分がいかに博識であるかとか、稀《まれ》なる特技を持っているとか、あるいは自虐系の作家であると自分がいかに悲惨ですくいどころのないダメ人間であるか、などを微細に綴《つづ》っていたりする。ところがこの『スットコランド日記』はまずスットコランドがどの地方のどういうところにあるかがわからないところがすばらしい。読んでいてわかってくるのは、都会ではないどこか郊外の町で、町そのものはあまり面白くもないところだが、自宅からの眺めはまことに心地よく（たぶん高台にある）緑がそこかしこに見えて、都合よく拡大解釈していけばスコットランドみたいだというところから発想されているようで、そのへんのとぼけ方がとてもいい。著者は原稿を書くために自宅とは別のところに執筆場を持ちそこに通っているのだが、その行き帰りの風景程度がせいぜい動きのある描写である。旅雑誌に連載ものを書いていた作家のものとは思えないくらい行動範囲は狭く、その日々に出会う人も数が知れている。

読む者は次第にスットコランドに魅力を感じるようになっていく。ぼくはベッドに転がって読みながら、しきりに「ムーミン」を思い出していた。このスットコランドは日本にあるのだが、でも宮田さんのほんわかした文章によってこの町がひとかたまりどこかに浮上してしまっているような気分にさえなる。そう、この日記もまた「ひょっこりひょうたん島」みたいであるし、寝転がったときに空にぽっかり浮かんでいる雲の上の世界であるような気もしてくる。宮田さんが大変気に入っているこのスットコランドから様々な事情があってやがてどこかに越さなければならないということが現実的になってきたとき、読んでいるぼくはとんでもなく不思議な寂しさを覚えたものだ。

——作家

この作品は二〇〇九年八月本の雑誌社より刊行されたものです。

スットコランド日記《にっき》

宮田珠己《みやたたまき》

平成25年12月5日　初版発行

発行人――石原正康
編集人――永島賞二
発行所――株式会社幻冬舎
〒151-0051東京都渋谷区千駄ヶ谷4-9-7
電話　03(5411)6222(営業)
03(5411)6211(編集)
振替00120-8-767643
印刷・製本―株式会社 光邦
装丁者――高橋雅之

幻冬舎文庫

ISBN978-4-344-42123-3　C0195　み-10-6

幻冬舎ホームページアドレス　http://www.gentosha.co.jp/
この本に関するご意見・ご感想をメールでお寄せいただく場合は、
comment@gentosha.co.jpまで。